NEW FORCES
OF LITERATURE

文艺
新实力

愚父 著

行囊里的旧乡

浙江工商大学出版社 | 杭州

图书在版编目(CIP)数据

行囊里的旧乡 / 愚父著. —杭州：浙江工商大学
出版社，2023.10

ISBN 978-7-5178-5675-7

Ⅰ. ①行… Ⅱ. ①愚… Ⅲ. ①散文集－中国－当代
Ⅳ. ①I267

中国国家版本馆 CIP 数据核字(2023)第 160415 号

行囊里的旧乡
XINGNANG LI DE JIUXIANG

愚　父　著

出品人	郑英龙
策划编辑	沈　娴
责任编辑	刘　颖
责任校对	夏湘娣
封面设计	观止堂_未氓
责任印制	包建辉
出版发行	浙江工商大学出版社
	（杭州市教工路 198 号　邮政编码 310012）
	（E-mail：zjgsupress@163.com）
	（网址：http://www.zjgsupress.com）
	电话：0571－88904980，88831806（传真）
排　版	杭州朝曦图文设计有限公司
印　刷	浙江海虹彩色印务有限公司
开　本	787 mm×1092 mm　1/32
印　张	11.5
字　数	225 千
版印次	2023 年 10 月第 1 版　2023 年 10 月第 1 次印刷
书　号	ISBN 978-7-5178-5675-7
定　价	78.00 元

我有一个梦　仍旧在山岗(代序)

我有一个梦想,藏在心底数十载。

夜深人静、万籁俱寂的时候,我常常会点燃一支烟,站在空无一人的阳台上,望着不见尽头的夜色,那个梦想就会不期然地敲门。有时候,听见这样的敲门声,猛然间会血脉偾张,精神昂扬;可另一些时候,听见这样的敲门声,自己也会对着自己悄然一笑,笑自己的卑微,笑自己的猥琐。

那个梦想就是:放下一切,远走他方。

这样的远走,是真正的远走,只有起点,没有终点,就想知道,那些远走的人究竟是怎样地生,怎样地死?沿途中又究竟会遇见怎样的事,怎样的人?

其实,细细地回想起来,这个梦想早就于年少之时萌芽。

我读的是复式班,一、二、三、四年级挤在一个教室里,一节课里,老师安排每个年级讲十分钟,其余时间,要么看书,要么做作业,我大多时间用来听别的年级的课。读完一年级,过了暑假,老师就直接让我跳级读三年级了。

记得那是读小学三年级时,清明节过后的一天,因为一件小事,我莫名其妙地与一帮平日里总混在一起的伙伴闹翻了。本来都是成群结队地去打猪草、砍柴的,因为一言不合,他们就撇下了我,作为惩罚。我知道,他们是有意而为,大概是因为老师让我跳级了,让我显得有些另类。虽有些难过,可我就是倔强地不肯低头,于是,只好独自一个人进山。

到了太阳挂岗,一担柴已经捆好。坐在高高的山岗上,凉风习习中,青翠的山峦一浪远过一浪,最远处已经被笼罩在朦朦胧胧的薄烟之中。广袤的天空下,盘旋着一只鹰,展开的翅膀似乎一动不动。我不明白,鹰靠什么能如此轻松、如此自由自在地飘浮在晴朗的天空下,似乎在寻找,又似乎在游戏。看得越久,就越羡慕起来:如果我是那只鹰多好,想飞到哪里就飞到哪里,想盘旋多久就盘旋多久。猛然间,心底生起一些疑惑:山那边是什么?有一些什么样的人?有一些什么样的事?

春天的黄昏似乎极短,昼与夜的交替就在一瞬间,太阳一落山,天就黑了下来。等我担着一担柴回到村口,父亲和哥哥已经举着火把,准备进山找我了。父亲问我为什么会弄得这么晚,为什么没有和其他人在一起,我没有说话,也不知道该说什么。如果我说看见一只鹰,想做一只鹰,他会明白吗?

等到高中毕业,明白自己唯一之路就是回村当农民,除此之外,别无任何可能的时候,也就渐渐地心灰意冷起来。每天,除了一身的劳累,头脑中考虑最多的就是吃,似乎此外便没有什么可思考的了,至于那些对鹰的向往,早已被抛到九霄云外。正当我死心塌地想当好一个农民,尽快学会耕田、耙田,尽快地讨得浸谷种、发谷芽的技术，尽快识别各种病虫害的时候，开始凭考试分数上大学，我竟然在千万人竞过独木桥中胜出，进了大学。

那是一个令人回忆起来就心驰神往的年代，似乎一切都有可能。

读大学期间，我读了高尔基的自传体三部曲和他的《俄罗斯浪游散记》，读了艾芜的《南行记》，惊异于在高加索海河边的乱草丛中分娩的妇女那顽强如兽的生命力(高尔基《一个人的诞生》)，见识了中缅边境上神出鬼没、死死生生的强盗土匪(艾芜《山峡中》)，更向往的是那耳闻目见这些的流浪人即作者。我知道，没有亲身经历，这一切不可想象。这些让我心底的那个山岗上的梦想再次复活，我觉得应该放下一切，流浪四方。

一个深秋的黄昏，我约上一个要好的杨姓同学，去学校西边的树林中散步，谈了自己打算休学，外出流浪，学做高尔基、艾芜。同学一脸的惊讶：你该不会脑瓜子出问题了吧？我说肯定没有。他说得很实在：好不容易有机会上大学，多少人羡慕不已，更何况，家里的父母亲友正期待着我们出息呢。我不得不承认，他的话更有道理。

可是，一想起行走的途中，会遇到那些意外神奇的人与事，我就心神不宁。于是，我悄悄地写了一封信给哥哥，说了自己的想法。一周之后，我收到了哥哥的回信，信上说：我不知道你怎么会产生这样的想法，我也不知道如何说服你，但你要明白，你每次写信回家，让家里给你寄钱时，母亲总是毫不犹豫，她信奉：在家千日好，在外一日难。可你要知道，那钱是母亲一个一个攒起鸡蛋，卖了，集起来的钱。

我忽然明白：我不仅仅是为了自己上学，不能只想着我自己。从此，我再也没有与人谈起"走四方"的话题，甚至连偷偷地想一想也没有了。

毕业后，我分在一个江南小城里的中学教书，父母为我不用再受日晒雨淋而高兴，可对我来说，新鲜劲儿没有多少日子就过去了，日复一日的单调又让我意兴阑珊，不知如何是好。

一个暑假，我去上海，在城隍庙的门口，遇见了一个年轻人。他一手捏着一沓各种颜色的纸，一手捏了一把小剪刀，给路人剪头像，五毛钱一张。只见一张纸在剪刀下随意旋转，三下两下，一个神形皆备的头像侧影就活脱脱地出来了，一旁的我目瞪口呆。于是，那个深藏在心底的梦想又一次复活：若学得这一招，简易方便，既可谋生，又可流浪四方，何等理想。

可上海也非久留之地，而回到了那个偏远的江南小城，又能向谁投师学艺？其实，我是门外汉，剪影看起来是手上功夫，真正的功夫却在手外，透视、造型、点线掌握，哪里能够速成？

一来因为无师可投，更重要的，是因为俗心未了，渐渐地，那个梦想又沉沦下去，直至毫无音讯。

数十年的人海浮沉，不知不觉又理所当然地转换了数个行业，可谓"你方唱罢我登场，城头变幻大王旗"。整日纠缠于俗事俗务，一心斡旋于俗人俗套，追逐成功与荣华，沉湎喜乐与悲哀。至于那萌芽于山岗上，几次复生于从前日子里的梦想，虽不能说已抛之于九霄云外，偶尔也会若隐若现，可终究还是被视为早年的幼稚不懂世事。到头来，两鬓苍苍，眼神茫然，一看自己，哪里还是自己？饭后茶余，不免有些羞愧。

此生最最佩服弘一法师的决绝，一位成就斐然的学者、艺术家，一入虎跑寺，无人能唤回。他托钵行走于残山剩水间，挂单弘法于破寺旧庙中，夜览古籍，昼书佛经，信奉律宗，践行始终，恰如《诗经·小雅》所言："高山仰止，景行行止。""虽不能至，然心向往之。"

不过，人总就是人，偶然间，读到木心的《圆光》，说起弘一法师的一件往事：讲述者与法师"同上雁荡山，并立岩巅，天风浩然，都不言语"。讲述者此时见法师"眼中的微茫变化"，不禁问：

"似有所思？"

"有思。"弘一答。

"何所思？"

"人间事，家中事。"

书中感叹：你看，像弘一那样高的道行，尚且到最后还不断尘念，何况我等凡夫俗子，营营扰扰。

原来如此！我似乎有些原谅了自己。

目　录

辑五　彼黍离离

辑六 鸡鸣不已

后 记

辑一 / 昔我往矣

活着就是奔节日而去

昨日的旧乡,节是节,年是年。

平常的日子,尽管过得像村前弯过的野溪,清汤寡水,可节日毕竟是节日,即使再穷,也拼了命,弄出一些日子里的好来。

清明做米粿,或半圆形,或梳子状。讲究一些的,有米粉皮包馅的,大多是酸菜豆腐馅、酸菜笋芽馅,最讲究的一两家,其间会夹杂一星半点的肉丁,那是陈年的腊肉切成,暗红的颜色陷在黑白里,虽不醒目,可滋味无限;没有馅的,则用印版印出,再在粿子上点上红点,喜庆得很。

端午包粽子,有甜有咸,家境好的,糯米里还加红枣或腊肉。

七月半到了,一早起来,在石磨上磨米浆,炊汽糕,那一天,村子里尽是带点酸味的米香。孩子们端着一碗碗汽糕,送了东家送西家,在屋与屋之间的窄弄里穿梭。

中秋似乎不讲究,既然吃不上月饼,也就没有什么仪式了。

最讲究的当数过年了,再穷的人家,也要杀猪宰鸡,碾豆子做豆腐。女人们挽了袖子,在冰冷的清水中洗青菜,洗萝卜,还要将一些平日里常用,能移动的家具搬到水井边,洗洗刷刷,粉嫩的手臂冻得通红。大年三十,家家要炖猪头,将已经风腊过的整个猪头焖在大锅里炖，个把钟头后，捞起猪头，一边撕猪头肉吃(一定要撕着吃，不能用刀切，一动刀，肉就失味)，一边将切好的萝卜块倒进炖猪头的油汤里。等萝卜煮熟，装上一碗，撒些葱花、辣椒末，挑一坨腌了好些日子的辣椒酱，热气腾腾地狼吞虎咽一番，从鼻子到口腔，到喉咙，再到半圆的肚子，处处洋溢着浓浓的年味。半个水桶的萝卜块要吃够一个正月，过了元宵，萝卜块会泛出一些些酸味，汤水也浓了许多，对这些事我印象特别深。

吃过年夜饭，灶间的火塘里会煨上一个大大的、早些时候就准备好的树墩，越大越好，树墩越大，意味着来年日子越红火。农人总是那样，将心愿寄托在实用上。其实煨树墩还有一个大用处：大年三十夜要守年，据说孩子睡得越晚，长辈越长寿，所以年轻人大都是一夜到天亮，吃完大年初一早上的挂面才上床。夜里冷，取暖就靠树墩烧出的火炭了。

童年的记忆里，似乎从没穿新衣新裤的场景，可一双新鞋是必有的。那是母亲穿针引线做出来的，鞋底又厚又硬，耐穿。刚穿上时不太好受，走路脚板都弯不起，就像蹚在一块木板上，追逐嬉闹很不便，不过多穿几天就好了。

小时候的我，只觉得活着就是奔节日而去，如果没有节日，活着还有什么意思？

雪的滋味不一样

旧乡的雪夜,才是真正的雪夜。

其实,白天已经有了明显的迹象,厚厚的灰云堆积在村子上空,凝结不动,四处的炊烟离开屋顶便升不上去,只好挺不情愿地四散开来,渐渐淡了,直至乌有。最明显的,是吹来的风,冰片似的贴在脸上,钻进衣袖里,让走在路上的人缩紧脖子,行色匆匆。过了午后,洋洋洒洒的一阵颗粒状雪霰,将风枯的乱草地铺成一片白色,雪霰越大,意味着接下来的雪越厚。

雪霰只是雪花到来的前哨,为之做一个明目张胆的铺垫。

大雪之夜的黄昏来得比以往早,入暝之前,一簇一簇絮状的雪花就铺天盖地而来,穿蓑衣,戴笠帽,奔着回家的人们,一头一肩的雪,行色匆匆。

父亲怕我们乱跑,脏了鞋子,湿了衣服,早早地就将我们赶上床。

吹灭煤油灯,静静地躺在满是尿臊味和脚臭味的被窝里,能够清晰地听见瓦背上、窗外的泥地上"嚓嚓嚓"连续不断的声音,那是雪落在自己同伴身上的声响。想象中,雪正一寸一寸地堆高,不知道明天早上起来,大门是否推得开?

半夜里,被楼板上跑步操练的老鼠吵醒,窗外时不时地传来"哗啦啦"雪崩塌的声响,那是树冠承受不住积雪的沉重,只好歪了脖子,将积雪倾倒一地。有时是一阵"嘎嘎嘎"之后,再"哗啦啦"一片,那是一些倔强的树、竹,与积雪抗争,直至被压断身子,才将积雪一倾于地。急盼天亮的心,在黑黑的夜里煎熬,不知不觉又睡去了。

一觉醒来,天已大亮,第一件事就是趴在床沿,透过房门上的格子窗,看天井上的瓦檐积雪有多高。

一夜的窸窸窣窣,瓦檐上,齐整整的,雪堆起五六寸厚。

早饭后,大人们总是站在门前,胸前或小肚子下挂个火熜,一脸戚戚地望着弥天雪片——少干一天活,就少了一口吃的。而孩子们已经迫不及待,急匆匆地,带上早已备好的豆子、玉米粒、布线、细竹竿,出门安"吊"捕鸟。

在田塍上,在竹林里,在荒秃的山边,扫开一米见方的积雪,将细竹竿插入土里,地上挖一个浅浅的小坑,放上玉米粒、豆子,再将竹竿头上系好的布线拉下来,做成一个活络扣。等鸟儿飞来觅食,头伸进浅坑啄食时,便会触动活络扣,使竹竿弹起,布线就系在鸟的脖子上,使鸟在劫难逃。

捕到的鸟多是鹧鸪,银灰的羽毛散落一地。最幸运的是能捕到山鸡,一来个子大,肉多;二来羽毛多彩,可以扎毽子。

旧乡的冬雪,是孩子们一年中最最渴望的,已近年关的雪夜,是我儿时最最熬人的时光,以至于长大后,一读到"风雪夜归人",就会感慨万千。

花开花落总那般

旧乡的花,赤橙黄绿青蓝紫,样样有,可在乡人们眼中,大多不是观赏的,都有其用处,花的开放,是为了帮人们在难熬的生活中活下去。

墙角,或者篱笆边,总是可见一丛丛的指甲花,粉嫩的花像一把把小喇叭,将花瓣研碎,用其汁涂在指甲上,粉粉的颜色,让女孩子满心欢喜。

农历三月底,一畈一畈紫蓝色的紫云英开得无休无止,随后,金黄金黄的油菜花也开得肆无忌惮,让寂寞了一冬的田野热闹非凡。赶花期的放蜂人来了,他们找一块空地,将一层层的蜂箱一字摆开,掀起箱罩,蜜蜂涌出,四散开来,为紫云英的花蜜奔忙。紧接着,桃花、梨花也开了,粉红的,雪白的,菜园地旁,水沟边,尽是蜜蜂狂欢的世界。不等花期过去,开满紫云英的水田开始翻耕,刚刚还摇曳生姿的紫云英翻倒在浑浊的泥水中,让人不由得生出怜香惜玉之情,可农人不会如此,因为花期未过的紫云英是最好的肥料。而桃花、梨花,则任其自然凋落,结出点点青色的小果,让它在风中雨中渐渐长大。等到将熟时,树下就会多出一块木牌,写着"刚喷过农药,请不要采摘",是真是假,只有主人知道。

当然,野地里的紫藤、杜鹃、百合都是自由自在的,它们想开就开,想落就落,没有人管。百合的球状茎形如大蒜,一瓣一瓣的,剥开来炒,是一道好菜。紫藤花与叶都是上好的猪食,一撸一大把,很过瘾。杜鹃花大多是红的,花瓣有淡淡的酸甜,嚼多了,淡红的花汁会留在唇边,久洗不去。

夏日里,唯有野沟里的辣草——古人叫红蓼——开出碎碎的花,没有用处,当猪草猪不吃,当肥料据说也不肥,只有孩子们抓鱼时,会割了大把大把的红蓼,在水边的石板上揉出浆水来,流入水中,水中的鱼就会昏头昏脑,将头伸出水面,或翻白了肚子搁在水边,等着孩子们争抢。

最让人不安的,是不常见的竹子开花。如果成片的竹子开出一穗一穗的花来,村子里就会弥漫开一种不祥的气息,大人们忧心忡忡,连连叹息,孩子们都知道,这时候自己要格外小心,因为大人一旦心情不好,孩子就成了撒气桶,动不动会挨一顿揍。据说,竹子开花是荒年的预兆。那样的年份,非旱即涝,缴了公粮后,生产队粮仓里就所剩无几,本来给猪吃的番薯、萝卜都要好好地储藏起来,以度饥荒。

在旧乡的人们眼中,花儿没有颜色,只分有用和无用。

酸甜苦辣也生鲜

旧乡的日子,虽说寡淡如水,但其中也有一些令我念念不忘的酸甜苦辣。

辣中之最,自然非辣椒莫属。辣椒是家家常年必备,菜菜必有。谚语有"爬山当棉袄,辣椒当油炒",菜中无油正常,菜中无辣则不行了。母亲总是待辣椒将红未红时,把它们摘下来洗净,拌上盐,装进一尺多高的坛子里,用捣衣杵杵紧,在最上面铺几片箬叶,等着青黄不接的日子到来。杵紧的辣椒不会变质,不然,过些日子,辣椒就会只剩薄薄的壳,没法吃了。已经红了的,则摘下来晒干,切碎,装在罐子里,在断了油水的日子里,在蔬菜里撒上碎辣椒,辣辣的,当油水。

经霜冻过的大白菜也如此,割回来,洗干净,撒上盐,用卵石压紧在缸里。等上一些日子,就有一层菜汁浮上来,结成薄薄的白花。年关近了,家家都要杀猪,那叫年猪,虽然一大半要卖给城里的食品公司,自家多多少少会留一些。杀了猪,捞出腌冬菜来,与猪肉一起炒,油油的酸味,即使在雨雪天里,也会让人爽得汗流双颊。

说起苦,算得上的,就是夏日里满篱笆挂着的苦瓜了。苦瓜开黄色的花,花蒂下长出果子来,由粒状成条状,渐渐成形,黄色的花渐渐干枯、收缩,在斜风细雨中坠落。苦瓜有白色的,也有青色的,青色的总比白色的更苦一些。摘下,剖开,去了囊,切成丝爆炒,十分下饭。苦涩的滋味并不让人生厌。母亲总是说,苦瓜清凉,多吃无病。

提到甜,家家都有的,就数冻米糖了。冻米糖里最普通的是糯米爆花的,最差的是薯条炒熟做成的,最高级的,非芝麻糖莫属了。我们家从来没有做过芝麻糖,虽收了一两升芝麻,自己也舍不得吃,而是用来换钱,补贴家用。村里只有年底有分红的人家才会炒芝麻糖。正月里,客人来拜年了,八仙桌上摆着芝麻糖,炒熟的芝麻的芳香和着蔗糖的甜香四散开来,令人垂涎欲滴。主人一个劲儿地劝客人:"吃吧,吃吧。拿出来就是吃的。"客人也知道,这是乡人特有的客气,肯定不会贸然而为。八仙桌上的芝麻糖,体现了这家人在村子里的身份与地位。

而今,旧乡里的酸甜苦辣早已遥远,此味只合梦里寻。

泥土里抠日子

旧乡的人们视土地如命,他们认定:日子就是从泥土中抠出来的。

开春了,人们都在田里忙:旧的田塍要重新筑过,各村的田总有相邻的地方,有时人们因为多挖一锄还是少挖一锄而争执半天,甚至卷袖扎腰,大有拼个你死我活之势。

旧乡的人们侍弄田地可谓尽心尽力。

冬天农闲时,满山满坡尽是白烟袅袅——男男女女铲下长满蕨衣的地皮,堆在一起,烧焦泥灰,待来年春天撒入田间,增加肥力,闲谈笑语惊得林间鸟雀四飞。冬天,生产队的灰铺里,焦泥灰堆如山。

春天来了,割下漫山遍野的青草,铺满闲了一冬的水田,然后赶起耕牛,让铁犁翻起青草下的泥土,让青草压在泥下腐烂。经过一冬的田泥翻开来,弥漫出一股鲜甜的气息。人们闻见这样的气息,可以判断出此地的肥沃程度。

土地就是粮食,粮食就是命,旧乡的人们如此定义。

从我懂事起,就知道土地分成集体的和自己的,自己的叫自留地。集体的田地里种什么,集体说了算,自留地里种什么,父亲说了算。小时候不明白,为何别家的自留地连片见方,而我家的自留地总是零零碎碎,不是在沟边,就是在山旁。这样的田地,旱起来浇不到水,梅雨季节被水淹,加上父亲不太会侍弄庄稼,自留地里出产的东西总比别人少。不过,一年四季,自留地里也是绿绿的一片,不会撂荒。春天有韭菜、豇豆,夏天有辣椒、茄子,秋天有南瓜、番薯,冬天有青菜、萝卜:四时蔬果,随季节变换。

而今,旧乡似乎不再旧,修了新的路,建了新的房,高速公路的高架桥从村子上方横空而过。

喜鹊也许是村里的先民

旧乡的村口，几棵乌桕立在水边，冬天光着枝丫，夏天绿树成荫，西山坡上还有巍峨高耸的五叶枫。

五叶枫春绿，夏茂，秋黄，入冬了，落尽最后一片叶子，只剩光秃秃的枝干。其意外之处，在于树颠那个大大的喜鹊窝，尤显瞩目。

人们总说鸠占鹊巢，这个说法来自《诗经》："维鹊有巢，维鸠居之。"但是，在旧乡，要抢夺鹊巢的，不是鸠，而是乌鸦。

近年关时，高高的五叶枫的四周，一窝喜鹊与一群乌鸦乱飞，叽叽喳喳地吵成一片，时不时有啄落的羽毛纷扬飘散。人们站在家门前，数落乌鸦的不是，期待喜鹊的胜利。一场乱战之后，总是不失大家所望，喜鹊的巢仍旧是喜鹊的巢，落败的乌鸦群四散开去，也不知上哪里过的年。

在旧乡人眼中，喜鹊是吉庆鸟，乌鸦则预示着不祥。说来也怪，每逢村里接新娘，或者起新房上梁的日子，五叶枫上的喜鹊总是叫得很欢，平添了许多喜庆气氛。所以，每年喜鹊与乌鸦在五叶枫前的攻防战，也牵动着旧乡大人们的心。人们听惯了喜鹊的"唧唧"叫声，哪能容得下乌鸦"呀呀呀"地乱叫？

　　已经忘了是谁出的主意,终于有一天,我们几个作孽的孩子,偷偷地爬上五叶枫,将喜鹊窝捅了下来。别看远远望去,喜鹊窝不大,一捅下来,却是一地的干柴。我们每人捆了一把,英雄般地背了回家。

　　傍晚,漫天的霞光里,一群喜鹊"唧唧"乱飞。人们觉得奇怪,没有到年关,也不见乌鸦,喜鹊怎么会如此惊扰?细细一看,五叶枫上的鹊巢不见了。大人们一想,肯定是哪个孩子干的。一家家追查,自然水落石出,个个吃了各自父亲的一顿乱棍。

　　还好,没过几天,新的喜鹊巢又搭成了,我们终于松了一口气。到了年底,少不了的喜鹊乌鸦大战又会上演,立于门口的人们,自然少不了许多的话题。

闹　年

从前,旧乡的日子过得很慢,慢得让孩子们心生不满。

除了零星的婚嫁丧事,日子平静得没有改变,前天和昨天一个样,昨天和今天一个样,也可以想见,明天也不会有什么改变。大人们大概习惯了,早已在死板的生活里俯首,可孩子们却不一样,总是懵懵懂懂地,渴望着发生一些什么,若指望不了他人,就自己想了法子,闹出一些动静。

那年大年三十的早上,我们几个无所事事的孩子都觉得很无聊。各人在年前已经砍了一堆的柴火,架在各自的门前,满缸满槽的薯藤,满屋子的萝卜、番薯已经够家里的猪吃一个来春。田野里该收的都收了,山上也寻不见任何的野果,在村子的石子路上一通乱跑,也无法挥霍完身体内无名的冲动。不知是谁出了个主意:过年了,扮个讨饭人,去各家各户门上讨点什么,看看会不会被认出来。主意一出,大家都觉得很兴奋,志明自告奋勇:"我来。"

怎么打扮呢?众人没有点子,可这难不住聪明的志明。

天微微阴着,空中飘着若有若无的毛毛雨。志明不知从家里哪个角落找出一领又破又旧的蓑衣,套在身上,头上一顶笠帽压得低低的,手上端了一个坑坑洼洼的铝制饭盒,我们几个"同谋"跟在他身后看热闹。

志明到了人家门口一站,低了头,也不吭声。主人在大年三十里见乞丐上门,都鱼肉相待,我们去了几家,也没人认出来。满满一饭盒的鱼肉饭菜,似乎比什么都美味,让我们几个躲在李子树下兴奋无比地狼吞虎咽。

要不是志明太肆无忌惮,大人也不会发现——他竟然大了胆子,试着上自己家去乞讨,看看母亲能否发现。结果,他继父见门口站了一个乞丐,也不言语,我们几个在身后嘀嘀咕咕,有些神色不正,关键是,他觉得这一领蓑衣有些眼熟,就上前掀了笠帽,志明立刻"原形毕露"。

我们几个风一般作鸟兽散,跑得屁股冒烟,迟迟不敢回家。等到爆竹响起,才一个个挨着墙根回家去,那时,可怜的志明已经被继父打得鬼哭狼嚎了。

去舅舅家的路上

小时候,最渴望去的地方是四五十里外的舅舅家。

白客车沿河行驶在山路上,哼哼唧唧地爬过一座山岭,就会出现一处较为开阔的平地,有田,有河。此时,我就会十分想知道,河的那边,冬古公公那扇洞开的墓门是否合上?

好几年前,我路过此地时,大表哥告诉我,河那边的茅屋里,住着一个孤寡老人,叫冬古公公。他在茅屋旁边,自己建了一座墓。平时,他在茅棚里住,有时也会爬进墓里住。透过车窗,我依稀看见,那座墓墓门洞开,河边有一个蹒跚老汉,大概就是冬古公公了。

我觉得很神秘,一个孤寡老人,活着时自己给自己建墓,还时不时地进去住,这对一个小孩来说,是何等的不可思议?

白客车路过冬古公公的住地前,那座熟悉的墓覆盖着黄土,墓门仍然洞开,噢,冬古公公依然健在,我提起的心放下了。

年复一年,舅舅家我去了一趟又一趟,冬古公公的墓门顽固地洞开着。

有一次,大表哥来我家,我问起冬古公公。大表哥说,听他村里的人讲,不久前,冬古公公大病一场,以为自己不行了,就穿上寿衣,自己爬进了墓。躺了两天后,被人发现,喂了米汤,又活了回来。我想,冬古公公好耐活呀。

有一年正月,我去舅舅家拜年,没挤上客车,只好走路。到冬古公公的茅屋前时,已近午后,我双腿酸痛,又饥又乏。河里有几只野鸭在觅食,一尺多长的草鱼在碧青的河中游动,我朝河那边喊:"冬古公公,冬古公公。"茅屋里真的走出一个老汉来,手搭凉棚,朝我们这边瞭望。我十分兴奋地告诉同行的伙伴,那就是冬古公公,旁边就是他自己建的墓。

等到我念大学的第二年,大表哥写信告诉我,冬古公公洞开的墓门合上了。

大堂屋里的恐惧

大堂屋是村里位置最中央、最有年份的老屋,二进的结构,分前堂和后堂。青石门框,凿成的榫卯相合无间,青石门槛滑溜得能照见人影。夏日里,坐在青石门槛上捡石子,一时半刻,屁股就会被冰得麻木。

因为四面墙都没有窗,所以前后堂各有天井,为两厢的房间采光。

年年开春即来的雨燕,一群一群地,在天井里飞进飞出,拾草衔泥,在旧楼板和横梁的直角处筑巢做窝,叽叽喳喳,养儿育女。

大堂屋屋主是三兄弟,再加他们的老母亲。母亲住在后堂的左边,卧室和暖阁之间隔了一道进厨房的空道。从前堂到后堂,要穿过一个黑黑的楼梯间,楼梯下放了一具每年都要油漆一遍的棺木,那是兄弟三人为母亲准备的。小时候,对棺木既想看又怕看,经过时,总是心惊肉跳,要先猛吸一口气,狠狠憋着,一路小跑过楼梯间。有一次,我闭了眼睛跑,由于距离估计错误,结果被门槛绊倒,一跤摔掉了半颗门牙,好在大起来换了牙,说话就再不会漏风了。

老二先结的婚,用旧乡人的话说,是大麦未割割了小麦,那也是出于无奈,老大过了四十还介绍不成,老二的对象已经怀孕了。结婚那天,新娘子走到村口就停下了,按规矩等着娘舅背。不然,婚后两口子吵嘴,男的会说,是你自己走到我家来的,老婆会被呛得无话可回,娘家也会觉得丢面子。可新娘子大着肚子,怎么背?于是,一旁看热闹的起哄:"抱了走,抱了走。"娘舅也一把年纪了,想想也无他法,只好抱起新娘子,踉踉跄跄,好不容易抱进大门,累得满脸通红,上气不接下气,周围的人还一个劲地问感觉如何,娘舅实话实说:"这外孙也太急了,明知娘舅年纪大,还让我一抱俩。"

等到老三入赘邻村,老大还单着。有时提起这个话题,老大倒洒脱得很:"急什么?别人正在把我的儿子养大,到时候我就捡个现成的。"说来奇怪,过了一些时候,经人介绍,一个端庄且断文识字的娘子,带了一大一小两个儿子,真的来上门成亲了。

大堂屋里虽住着兄弟仨,可大堂屋实在太大,尚有好多空着的屋子,于是成了村里造屋人家的周转屋,张三造房张三住,李四造房李四住。记得我家造房子时,也住在大堂屋里。这样,村里的好多人和好多房子都与大堂屋拉上了关系,没有大堂屋,那些屋子怎么造呀?那些人怎么长大呀?

不知什么时候,大堂屋被推倒了,大概是因为和村里日益增多的新砌的屋子相比,它显得太老旧不堪。原来的屋基上建了新屋,有好几层。

没有了大堂屋,旧乡也就不成了旧乡。旧时在大堂屋的楼板上操练兵马,将楼板跑得"咚咚"直响的那些大老鼠,如今也不知奔向何处了。

大陇头

大陇头,在旧乡的尽头,离村子也就三四里路。可小时候,我却觉得十分遥远,不但遥远,还十分神秘和新鲜。我对大陇头十分向往,总希望自己快快长大,能够和大人们一样,理直气壮地进大陇头一探究竟。

听大人说,大陇头树木参天,遮天蔽日,藤蔓长得绕树盘石,不知名的花花草草满地都是。最让人害怕的是山魍,山魍无影无踪,来来去去都神不知鬼不觉,遇上山魍的人,会顿时懵懂无知,只会在山里打转,却认不得回家的路,实在转累了,只要一躺下,口鼻眼耳就会塞满泥土,无法呼吸,一命呜呼。还有九节狐狸,遇男变靓女,遇女变俊男,让那个人害相思病。得了此病,无药可医,人就日渐消瘦,郁郁而终。

大水季节,大陇头会漂出许许多多的粗木头,一截一截,让大人们追着跑。春末夏初,从大陇头出来的人,会满筐满篓背来草莓、刺莓、杨梅,红艳欲滴。到了秋天,从大陇头采出来的乌饭果和野猕猴桃,让孩子吃得舌尖发麻。

大陇头对孩子来说,就像百宝箱,里面应有尽有,可惜的是,大人们总不肯让孩子们进去。

阉　猪

旧乡的人家没有不养猪的,女人凑在一起,除了"讨伐"婆婆、埋怨老公,谈论最多的话题,大概也就是家里的那一头两头猪了,谁家的猪长得快,谁家的猪能长膘,谁家添的仔猪毛色有光,都可以滔滔不绝说上半天。

村里,猪栏随处可见,宽宽窄窄,高高低低,或茅草覆顶,或黑瓦一边披,搭在住屋一侧。白日里,大人出工,孩子上学,唯有猪叫声此起彼伏,相互应答。那时,一头猪出栏,值几十块钱,在普通人家算得上一大笔收入,多少需要办的事,都指望在一头猪身上。

走进旧乡的村口,先闻见的,必是猪栏散发出来的稻草混合着猪屎一起发酵后特有的气味。那时,我觉得,城里与乡间最大的区别,就是城里闻不见这样的气味。如今,为了保护环境,大大小小的村子不许散养猪,猪栏也都拆除了,使得我每进村子,几乎没有了熟悉感。

一般人家养的都是肉猪,仔猪须到养母猪的人家抓。养母猪的人家一般比较殷实,这是因为养母猪有风险——养母猪和养肉猪的时间和本钱投入一样,但一窝仔猪下地,说不准有几只,多则十几只,少则两三只,若下少了,就会亏本,唯家境殷实的人家才扛得住。

仔猪下地数十天,就得请阉猪师傅上门。别处的阉猪师傅都是男人,唯独我们村里的是女人,就是邻居张大妈。

张大妈人高马大,说起话来倒是斯斯文文。她的手艺不知是家传还是外学,反正我十分敬佩。

一到阉猪的日子,若恰好不上学,猪栏外一定围上一圈的孩子,你推我搡,闹个不停。围着围裙的张大妈坐在矮矮的木凳上,将围裙摊开在膝上,又在左边的地上摆半碗菜油,右边的地上摆一个小布包。她从布包里边掏出一把带钩的小刀,面带微笑地对一帮打打闹闹的孩子晃晃:

"再吵,再吵,一人一刀,都叫你们变成猪。"

于是,一个个立刻安静。

乱蹬乱叫的仔猪进了张大妈的怀里,被她三下两下一抚摸,就安静下来,瞪着一双好奇、迷茫又无辜的眯眯眼,朝着张大妈张望。

若是母的,张大妈就让它侧躺着,在后腿前侧一刀划开,仔猪顷刻间尖叫起来。张大妈的食指从创口伸进去,熟练地一掏一转,一朵红红的肉肉随指而出,钩刀再轻轻一划,肉肉落地,早已等在一边的鸡群随即一哄而上。张大妈从油碗里蘸点油,在仔猪的伤口上一涂,就算大功告成。被阉的仔猪从张大妈的怀里蹦出来,拼命地往猪栏里跑,大概生怕逃慢了,又要挨一刀。

若是公的,则脑袋朝下,一个倒悬,被夹在张大妈的两膝之间,独露出屁股来,嗷嗷乱叫。同样的钩刀在屁股尖划两划,只见两颗肉肉划出一道弧线,将落地未落地间,就不知进了哪只鸡的肚里。同样地,也是弄一点菜油在伤口上涂抹涂抹就完事。

事情办完,女主人会拎出早就准备好的十几二十个鸡蛋。两个女人好一阵推让,结果自然是恭敬不如从命,张大妈用围裙兜了鸡蛋,迈着那双半缠半放的解放脚,颠颠地回家了。

到了仔猪出栏的日子,养母猪的人家门口又会围上一群人,这回不是孩子,全是大人,都是来买仔猪的。仔猪围着大食盆抢食,旁边的人一边聊天一边紧盯着进食的仔猪,观察哪只抢食最猛。抢食猛,长得快。旧乡有规矩,只有等主人家撤了猪食盆,才能动手抓猪,因为卖仔猪论斤算价,主人家一定要等仔猪吃得饱饱方肯出栏,那时吃下的,不是猪食,而是呱呱响的钱呀。

剃　头

"老胡坏老胡坏，剃头像个马桶盖；老胡作老胡作，剃头像个马蜂窝；老胡懒老胡懒，剃头就会光头党；老胡臭老胡臭，剃个头来像扫帚。"还没上小学，我就会念这首不知道谁创作的顺口溜了，可见，在孩子堆里，老胡是如何不受待见。

老胡算是个手艺人，不是本村的，是移民来的外乡人，专门给人剃头。

隔一段时间，也许是一个半月，也许是两个月，也有时是三四个月，村口的路上会晃荡出一个瘦瘦的身影，手里提了个扁扁的木头箱子，那一定就是老胡，他来村里剃头了。老胡剃头从不守时，似乎全凭他的兴致，时不时地，就听见大人们唠叨，这个老胡，都快三个月了，也不知挺尸挺到哪里去了，大家都快做太平军了。太平军，旧乡人也叫"长毛"。那时，村里的大人小孩，个个头发盖耳，更显得瘦精精的。

老胡一来，就住上三五天，等一村人大大小小的全剃完头，他才离开。

我对老胡，又喜欢又害怕，喜欢的是不剃头的老胡，害怕的是剃头的老胡。老胡给孩子剃头，左手又尖又长的手指甲往脑袋上一扣,左拧右转,常常让人透不过气来,右手的剪子咔嚓咔嚓,常常连拽带拔,因为大人坐在一旁,痛得很还不敢作声。好不容易熬到完事,被顺手推开,连洗头的资格也没有。

不过,不剃头的时候,听老胡谈天,倒是好享受。老胡会"谈传(zhuàn)",就是讲历史故事。薛仁贵征东,姜太公拜相,孟姜女哭长城,宋江杀妻上梁山……我不知道老胡的肚子里装了多少稀奇古怪的故事,个个闻所未闻。

我读三年级的时候,不知为什么,老胡再也没有在村里出现。

老胡不来,可村里人的头还得剃,于是,生来喜欢赶新鲜的志明买了一套剃头工具,成了新的剃头师傅。

多才不压身

美国诗人惠特曼的诗歌《有一个孩子向前走去》中这样写道:"有一个孩子每天向前走去,/他看见做出的东西,他就变成那东西,/那东西就变成了他的一部分,在那一天,或者那一天的一部分,/或者几年,或者连绵很多年。"

确实如此,年少之时在旧乡的日子决定了我一生的走向,这些日子早已成为我生命中的一部分,离也离不开,脱也脱不掉,我走到哪里,它们跟到哪里。就拿旧乡的一些俗话来说,我小时候有意无意间听见,从此它们就留在脑海里,从不曾淡去,过后的许多日子里,竟成了我的人生格言。细想起来,也不奇怪,俗话之所以能够存于一代又一代旧乡人的口中,肯定是因为一次又一次地应验。农人教育孩子,说不出那些高雅、深刻的警句,大都以"俗话说"开头,于是,俗话成了我人生的第一个导师。而今,风风雨雨经过数十年,被人忽悠,或忽悠别人,听了许多许多莫测高深的话、装神弄鬼的话、冠冕堂皇的话、感天动地的话、歇斯底里的话,到头来才明白,实实在在的,还是旧乡的俗话。

就说手艺,旧乡流传着两句俗话。

一句是"一艺在身,天下莫争"。旧乡人的心中,有手艺者就是人上人，因为他有了立身之本，活命之诀。人活着不就为了一口气吗？气绝人亡，一切归无，手艺就是延气之法。有了此法，还去争什么天下？所以，一人有了手艺，就处处受人尊敬，让人师傅师傅地叫，相当受用。

另一句是"样样懂，没箍的桶"。此话劝人手艺不在于多，而在于精。家用的水桶、脚盆、粪桶，乃至于粪勺，都由一块一块的木板拼接而成，虽然木板与木板间有竹钉相衔接，可外边一定要加上一两道竹箍或铁箍，不然，一装水什么的，就散了。在从来心不大的旧乡人看来，手艺是用来养人的，而养人则一艺足够，何须多？

不过，话也不能说死，就有人手艺多不压身，麻子就是其中之一。

其实，麻子的脸上没有麻点，至于人们为何如此叫他，长大后我曾问过几个人，却没人能说出个所以然。有一年春节，我回老家，恰好嫂子让麻子作陪，我就问起此事。他呵呵笑着说："你问我，我问谁？名字又不是自己取的。"

细细一想，还真是这个道理。于是，就这样，别人"麻子麻子"地叫着，他也无所谓，"哎哎哎"地应着。

年少时，麻子可是我的偶像。

他个子小力气大。麻子体重不超过一百一，高不过一米六五，可一担两百斤的稻谷，在烂泥没过小腿肚的田里担上肩，拔腿就走。一路上，脚步如飞，猛然间，身子往上一耸，左肩换右肩，又是一路小跑，累了，再身子一耸，右肩换左肩，可以一路不歇地直奔到晒谷场。

力气大不算能,毕竟是父母给的,说起田里的活,他样样是一把好手。

江南水田主产稻谷,种稻谷最讲究的是三样:育种,做田,插秧。

稻谷育种需要浸、捂、翻几道工序,最难掌握的是温度变化,温度高了,谷芽会烧坏,温度低了,谷子发不出芽来。可这些对麻子来说,都不是事,据他说,他只要闻一闻谷种散发出来的气息,就知道是该加温还是该摊薄。

做田于麻子来说,像是艺术家上台表演,无论是犁田还是耙田,"嗨!嗨!"他催牛前行的嗓子,能惊得黑压压的乌鸦不敢落地觅食。我最喜欢看他耙田,只见他站在木耙上,一手抖动牵牛绳,一手挥舞着牛鞭,嘴里还唱着自编的歌,水声哗哗,污泥四溅。麻子做过的水田,泥平如镜,水光如天。

麻子插秧,与众不同。他两脚叉开,拿一把秧在手,弯腰低头,如鸡啄米,左右来回,即从左插往右,换行时,又从右插往左,抬头一望,横是横,竖是竖,如同拉过线一般。

若仅仅如此,麻子最多算得上农活上的一把好手,可他还会其他手艺。

旧乡人要造房子,最重要的是三样人——石匠,木匠,掺墙匠,而麻子一兼二,既是石匠,也会掺墙。

我年少时,旧乡的房子都是石基、泥墙、青瓦(还有盖茅草的)。农人起房子,不可能将墙基挖得太深,那样费工又费钱,因此,砌墙基就十分关键。如果处理不好,新房落成后,没过多少日子就会东墙裂缝西墙斜,那就麻烦大了。麻子会根据地形和地质,恰到好处地安排哪里砌大石,哪里填碎石,既省钱,又牢固,他经手的泥房,没有哪幢出过问题。

落墙基是技术活,在墙基之上掭墙更是技术活。

旧乡的泥房都是前后披水,所以,大门两边的墙都要掭出三角形的尖峰。对许多人来说,这样的活不要说干,就是让他在上面站一站,也会脸色发青,冷汗沁出。可麻子两手提夹板,上上下下,如履平地。

我上高中时,父亲决定造新房,请的就是麻子。因为父亲酒喝多了就骂人,借酒劲将平时所受的气一股脑儿发泄出来,结果得罪了一些人。于是,就有人暗中劝麻子,不要帮我家,麻子也是一笑了之。

前些日子,我回老家一趟,特地请麻子来喝杯酒。提起当年我对他的仰慕,一把年纪的他,眼睛闪亮了一下,又落寞黯淡下来。

他感慨,如今的农人不像农人,农村不像农村,世道变了。我有些不明白。他解释说,如今农人不种田,出外去打工,造房子不用泥墙,全砌砖,不盖瓦,而是浇水泥。

哦,麻子一身的手艺,没一样用得上了。

卖好奇

七月末八月初,正值三伏,地里玉米已经一人多高,长得正疯。穿梭在玉米地里除草,如同钻进了大蒸笼,宽阔的玉米叶刮过脸颊,稍不小心,就留下一道血痕。午后两三点钟的太阳正发黄,连衣服都晒得烫人,汗一出,脸上一阵一阵地发痛,那是咸咸的汗渗进了被玉米叶割破的伤口里。

我高中毕业,第一年当社员,跟着一帮大人出工下地。

好不容易听到队长喊了一声:"歇一歇。"一帮年轻人扔下锄头就跑,拣一个背阴的山脚坐下来,解开衣扣,扯着衣襟哗啦哗啦地扇风,大口大口地喘气,如同一条条热得不行的狗。

可六十多岁的老鳖不一样,他迈着正步,一件青蓝的衬衣,连风纪扣都扣上,最后一个慢条斯理地从玉米地里钻出来,一帮年轻人忙着喊:

"老鳖,过来,过来。"

究其原因,那是老鳖的肚子里不知有多少故事,饭后工余,总让人舍不得他。那时候,没有任何娱乐,广播里的几出戏翻来覆去地唱,连台词都背得滚瓜烂熟,一年里会有一两场电影,也和那几出戏差不多,电影放映前,一律会有新闻简报,不过也全是半年甚至一年前的事。听说过麻将、牌九,也买不到扑克牌,于是,老鳖肚子里的故事,成了一群荷尔蒙旺盛却无处发泄的年轻人的宝贝。

听母亲说,老鳖见过世面,从前在上海滩混过。我问老鳖从前在上海滩做什么,母亲摇摇头说:"鬼知道他做什么。"

于是,我们都觉得老鳖是个神秘的人。

老鳖不紧不慢过来,坐在我们早已让出的中间位置,拔出腰间的旱烟筒,从油渍渍的烟袋里捻出一团自己刨的烟丝,点上。

旁边一个人问,老鳖,听说你年轻的时候,在上海滩漂过,到底是干什么的?

从前,谁问起这个,老鳖总是一笑而过,今天却开口了:

"从前的铜板好赚呀。"

"赚什么铜板?"

老鳖说:"卖好奇。"

听老鳖说,他是被人骗到上海的,等他袋子里的钱花完了,骗他的人也不见了。偌大的上海滩,老鳖也没有什么手艺,既回不了家,又别无生计,连死的心都有。有一天,老鳖独自一人在黄浦江边闲逛,遇上一个手托鸟笼,也是闲溜达的人。那人见他无所事事,就闲聊起来。老鳖一五一十地将自己的遭遇诉说了一番,那人边听边点头,听完,笑笑,说:

"这么大的一个上海,还会少了你的那口饭?"

于是,附在他耳边,如此这般地说了一通。

老鳖略显疑惑:"这行吗?"

那人说，没去试，怎么就说不行？

老鳖也是被逼无奈，就依计而行。

老鳖去小铺子置办了一根扁担、一对木桶、两节麻绳、两块花布。回旅店，一桶装了粪水，一桶装了清水，桶口蒙上花布，就上街了。

一边走，一边吆喝：

"哎哎，让一让，让一让，三个铜板摸一摸了，两个铜板洗一洗了。"

说来奇怪，就有人要知道桶里装的到底是什么，就舍得花三个铜板摸一摸。一摸，一手的粪水，老鳖倒十分客气：

"没关系，没关系，两个铜板洗一洗了。"

虽然有了一种被骗的愤怒，可有言在先，除了无奈地苦笑，繁华的大街上，何处洗手？只好自认倒霉，再花两个铜板洗一洗。

于是，老鳖就这样，在热热闹闹的上海滩活了下来。

后来解放军进城了，不允许这样赚钱，老鳖就回了老家。

听了老鳖的故事，我才知道，世上还有这么一门手艺：卖好奇。

还没等我们好好地回过味来，队长又在那边喊："干活了，干活了。"

太阳依旧热辣辣的，似乎要将人烤成肉干。

唱道情

20世纪80年代，我窝在旧乡的小县城里，于一所非著名中学当孩子王，大名叫老师。除了上课、备课、改作业，生活索然无味。年轻时最大的优点就是不安分，出了校外，总跟一帮文学爱好者瞎混，天天幻想着写出爆炸性作品，一夜成名。搞文学的人都知道，除了文字功夫，题材的新、奇、怪，也很关键，能讲一个别人没讲过的故事，写出一个别人没写过的人物，说不定就被编辑看上了，剑走偏锋，也是绝招。可惜，我周围的人都平平常常，似乎就是一个一个没有个性、没有故事的符号，找不出可写的。

街上的一次偶遇，让我十分兴奋，大有成败在此一举的感觉——我遇见了瞎子道情叔。

我知道瞎子道情叔，是小时候听他唱道情。这时的道情叔似乎很有些落寞，一听我说从小喜欢他唱道情，他很高兴，仰着头，深凹下去的眼帘不停地翻动，似乎竭力想认出我是谁，其实他什么也看不见。

后来的日子里，我数次去了他在城墙边的家。那是一间数十平方米的公租房，听他讲自己的前半生。

道情叔的老家离城数十里，在一个除了山还是山的山坳里。

他一落地,眼睛就是瞎的,所以他不知道什么是光,什么是亮,什么是红,什么是蓝。可他有两样本领:一是耳朵灵,他凭叫声,能分清鹧鸪是去年的,还是前年的;凭走路的脚步声,就能喊出走路人的名字。二是记性好,过耳不忘,甭管是三年前还是五年前,谁在哪里跟谁说过什么话,他都记得一清二楚,所以,若发生争论,有人不承认自己曾说过什么,就有人说,那天瞎子也在场,我们去问问他。只要道情叔一断案,没有不服的。

道情叔从小让父母最操心的,是他以后靠什么生活。好在十来岁时,老家来了一个唱道情的,住在他家。道情师傅为村民唱了一晚的道情,第二天,十来岁的他竟然能几乎全本唱下来,还有模有样。道情师傅觉得这是老天爷恩赐给他的接班人,他父母也求之不得。于是,瞎子道情叔从此就牵了师傅的手,走百村,串千家,学唱道情了。

瞎子道情叔说,明里是唱道情,其实和要饭差不多,好心的管饭,还给两个钱;大多是只管饭,没钱给。

我问,那你师傅以前是干什么的?

他摇摇头,表示不知道,说,搭头搭尾跟了三年,一场病要了师傅的命,从此就独闯天下了。不过听师傅的片言只语,好像进过南京的总统府,上过中山陵。师傅还说过,在战场上,新兵怕大炮,老兵怕子弹,不怕炮弹嗖嗖飞,就怕子弹错错响——炮弹嗖嗖飞,打的是远方,子弹错错响,说不定就是被对方瞄上了,一不小心就没命。

我说,你师傅该不会是国民党军队里的大官吧?

他说,师傅活着时,不曾想问,师傅死了,想问也没地方了。

就这样,凭了唱道情的手艺,过了十来年。

后来,瞎子道情叔有了好光景,文化馆的人见他能说会唱,收他进了宣传队,月月有工资,吃起公家饭了。

瞎子道情叔说起这段历史,很是兴奋,他一兴奋,深凹的眼帘就不停地翻动。他说,那时说什么有人编,到哪里说有人带,吃哪里有人安排,睡哪里有人布置,我就尽心地把好人说好,把好事说清。

我第一次听瞎子道情叔说唱的,是《雷锋的故事》。

那时,瞎子道情叔可是十里八乡的红人,一帮人进村,红旗领路,哗哗哗地响。夜幕初下,汽灯亮起,道情叔在台上一坐,"嘭嘭"响的琴筒抱怀中,"恰恰"响的竹片握手上,俨然一副大官坐堂的感觉。以至于我常听旧乡的大人们羡慕他:一个瞎子,不用日晒雨淋,动动嘴巴,就吃了官饭,一句话,都是命。

说到眼前,道情叔就有些黯然。如今大家都去唱流行歌曲了,什么《二十年后再相会》《甜蜜蜜》,没有人听道情了。

一番交谈,我有些失望,瞎子道情叔的身上也没有什么新奇的故事,而且,他所怀念的东西,与我不在一个频道上。我隐隐有些后悔,若没有这次偶然的相遇,瞎子道情叔还是我年少时记忆里的道情叔,那个道情叔有些神秘。

篾匠老烂不姓烂

老烂是篾匠,自称手艺首屈一指,因为周边没一个人能编筐打席,独此一家,别无分店,自然第一。可他编的箩筐、扁篓、竹篮,用不上多少时间,就圆不圆,扁不扁,时常被人骂:

"老烂,老烂,你看看你看看,没用几天,都成什么样了?"

老烂脾气好,被骂了也不生气,笑呵呵地,就算过去了。

骂归骂,农人家里又缺不了筐呀箩的,旧的不能用了,还得喊老烂上门,该补的补,该修的修,实在不行,也只好编新的。日复一日,到了我能背着他编的扁篓上山割猪草,下田捡谷穗时,他已经六十出头,是个胡子拉碴的老头了,可手艺依旧。

老烂并不是他的官名(旧乡称一个人的正式名字叫官名),他不姓烂,而是姓徐。

叫他老烂,起因是他好赌。他的前半生与作家余华写的小说《活着》中的徐福贵(连姓都一样)惊人相似,原来也是当地的富家子弟,将祖父辈好不容易置下的一份家业,硬生生输得一干二净。听他自己讲,曾经有一回,在赌馆的赌桌上,七天七夜不起身,四周的赌客来了,走了,又来了,又走了,不知换了多少批,唯有他如石雕一般,一动不动。到了第七天,连站也站不起来,最后在家足足养了半个月,才会走路。

旧乡的人们把死赌滥赌,输赢都不肯离开赌桌的人叫"烂凳脚",意思是凳脚都坐烂了也不起身。他因赌而名,于是,人们就"老烂老烂"地叫他。

因为他做篾匠的手艺不好,旧乡人称之"烂手艺",所以,更坐实了叫他"老烂"确实不错。时间长了,以至于后来,好多人都不知道他的真名实姓。

有一年的下雪天,父亲见家里没几样像样的筐啊篓的,就让老烂上我家做活。老烂穿了个又大又长的灰布棉袄,提了个装工具的竹筐,踢踢踏踏地来了。

剖竹,削片,刨篾,因为天冷,老烂的鼻涕挂得老长,嘴里衔了一根纸烟,半截已经是湿漉漉的。我无所事事,站在一旁笑,他有所察觉,自然地横过袖子一擦,那截鼻涕就上了袖子。

我提起他从前赌博的事,他就给我介绍,如何推牌九,如何搓麻将,如何藏牌出老千,说得有滋有味,口水挂在嘴角也不知道。说着说着还感叹:从前这不好,那不好,可能让人赌博这一样,就是好。

我奇怪他为什么那么好赌,就问他,他很不屑,没有回答我。

要说老烂从前好赌也不对,其实他一直好赌,只是后来不能来钱。但即使不来钱,他也全神贯注地赌,甚至能达到物我两忘的境地。

有一年正月,老烂在人家家里打扑克。那时候时兴打"挣分"升级,就是四个人坐一桌,面对面的两人是队友,互相配合,从 2 打到 A 就算赢一局,然后重来。因为天冷,桌子底下放个火盆,架脚取暖。打到后半夜,众人都觉得有股臭味,好像皮肉烤焦了一般,忙问怎么回事。这一说不要紧,只听老烂"啊哟啊哟"一阵乱喊,蹦起来,独脚着地乱跳。原来他打牌太专心,脚伸进火盆里了,烫出几个大水泡还不自觉,等众人问怎么回事怎么回事,他才反应过来,痛得直叫娘。

铁匠父子

在我还没上小学的时候,村口时常会出现担着一副挑子的年轻人,后面跟着一个大人,嘴里含着一管旱烟筒,胸前别着牛皮围裙,那一定是铁匠父子。

那时候,如果家里需要添把刀呀,锄呀,乃至锅铲、火钳之类的,不是去城里买,而是等着走村的铁匠上门了,将家里早就收拢好的破铁烂铜和堆放在灶间的木炭搬来,让铁匠打成所需的东西。

有了活,铁匠父子就将家暂时安在牛棚隔壁一间隔三岔五堆放石灰、焦泥灰的旧屋里。屋里有他们前几年用废砖石搭成的炉子,铁砧台子还在,只需将挑子一头的风箱与炉子接好,放上铁砧,往炉子里添上刨花,倒进木炭,划根火柴点着,"呼呼呼"地风箱一拉,顿时,昏暗的旧屋亮了起来,陈年的积尘四处乱窜。

"嗒嗒叮,嗒嗒叮,嗒叮嗒叮嗒嗒叮",屋子里响起轻轻重重的锤声,大家先先后后都知道铁匠来了。

我上学迟,要在家带小我四岁的妹妹,八九岁了,还在教室外,带着四五岁的妹妹乱跑。大人上山下田干活,能玩得上的孩子已经关在教室,咿咿呀呀地读书,一天天,带了妹妹,都不知道去哪里玩。铁匠来了,最有趣,就蹲在旧屋的门口,看打铁。

老铁匠总是站在炉前,一手"呼呼"地拉风箱,一手捏着铁钳,翻动炉火里的铁块,等到炉火由红变蓝,就一手钳出铁块,放到铁砧上,一手停下风箱,拿起一旁的小锤。小铁匠见状,抢起大锤,就往红红的铁块上砸,一锤又一锤,父亲翻动铁块,儿子砸,等到铁块由红变灰,又重新回炉,"呼呼呼",风箱又响起来。

我很奇怪,干活的时候,有时是儿子一个人抢锤打,有时是父子俩大锤小锤轮番打,有时轻,有时重,有时慢,有时快,一天下来,父子俩几乎没说一句话,却配合得天衣无缝。日子久了,渐渐地,我也明白了其中的门道。

原来,父亲手中的小锤,既是辅助敲打,更是用来下指示的。

比如,铁块刚出炉时,父亲的小锤在铁砧上重重一敲,儿子就抢起大锤,使出最大的劲往铁块上砸,这时候,一人一锤,要将铁块中的杂质敲打出来,这样做出来的东西才不易生锈;一旦父亲的小锤在铁砧上"嗒嗒叮,嗒嗒叮"轻敲时,儿子的大锤就慢一些,轻一些。等父亲的小锤在铁砧上"嗒嗒"两下,儿子就歇下大锤,或去喝口水,或去用簸箕铲些木炭添进炉子,留父亲一人用小锤修整铁块的形状。

我最期待铁花四溅的情景。

见老铁匠将半熟的铁块伸进淬火水,再放进炉子里烧时,我知道,激动人心的时候就要到了。等铁块烧红,炉子里就"啪啪"作响,一等铁块钳出炉,锤声响起,四溅的铁花璀璨无比,照亮老铁匠铁锈色的脸和脸上一颗颗的汗珠;照亮整个屋子,可以看见屋顶下那张破蜘蛛网,甚至蜘蛛网上的蜘蛛,就连窝在屋檐下的麻雀也会被惊飞。有时候,铁花会飞溅到门口,让我急忙往门外躲。可打着赤膊,只在胸前围一条牛皮裙子的小铁匠一点也不害怕,仍旧专心致志,一锤一锤地砸,见我逃远了又回来,他会扭过头,一咧嘴,偷偷做个鬼脸,让我很惭愧。

我也喜欢闻淬火时散发出来的铁味。

一件两齿的锄头完工了,老铁匠会将锄头钳进水里,"嗞——"的一声长响,白雾腾起,空气中散发出一阵铁的味道,我称之为铁香。

再大一点,父亲赶我上小学了,用现在的话说,叫神兽归笼。从此,铁匠父子也再没有出现。旧乡的人们缺了刀、锄的,只好进城买。

不过,大人总是埋怨,买来的不禁用,还是铁匠父子的东西好。

棋　王

　　阿城的小说《棋王》,写了一个下棋高手王一生,他可以独自和数十人下盲棋,招招见血,杀得尸横遍野。看小说时,我就在可惜,我的邻居杜老二没机会遇上棋王,不然的话,也许会有一个棋王之王的出现,至少,在我眼里是这样。

　　杜老二没有读过书,生起气来,牙齿咬得咯咯作响。他母亲说,都是因为下棋所致,棋盘如同战场,下棋如同两军对垒,杀心太重,使得他脾气暴躁。他母亲曾让他不要下棋,可杜老二不听,痴棋一如既往,快四十岁了,仍然没有成家。

　　杜老二藏有一副象棋,棋子洁白如玉,文字漆黑如墨,从不轻易示人,据他说,那是象牙做的,值不少钱。

　　杜老二总是感叹,方圆百里没有对手,确实,我也从未见过有人来和他下棋。当时我人小,杜老二的棋艺究竟如何,我也没个数,反正我肯定下不过他,还有,我熟悉的人里边,也没见谁能下过他。他住大堂屋,房间在大门的左侧,平时暗黑如夜,唯有与之相同的东厢房,借着大天井斜透进来的光线,比较亮堂,所以,杜老二常常独自坐在东厢房里,自己跟自己下棋,透过窗棂的光线里,有无数的尘埃飞舞。

杜老二很自信,因没有人能下棋下得过他,所以他自诩是最聪明的人。我与他对弈,输了,他就拎拎我的耳朵,说:

"不是你棋艺不行,是你的脑子太笨。"

因此,弄得我一点兴致都没有了。

终于,经人撮合,杜老二有对象了。虽然女方是二婚,杜老二还是挺满意。于是,他母亲就让他将养了近一年的猪拉到城里卖了,准备结婚。

黄昏时分,杜老二黑着脸回了家,也不吃饭,倒头就睡,他母亲不知发生了什么事,问也问不出来,有些急,就让人通知他舅舅。

舅舅很有威望,三下两下,事情就搞明白了。

那天,杜老二卖完猪,袋子里鼓鼓地揣着几十块钱,走出食品公司的大门,往街上走,肚子饿了,想买点东西垫垫肚子。到了一个巷子口,见墙角有个黑黑的皮包,好像是谁掉在那儿的。杜老二刚想看个究竟,忽然闪出个年轻人来,一把拎起地上的包,夹在腋下,左右环视,示意杜老二跟他走。杜老二有些犹豫,那人推了他一把:"走走走,看看包里有什么?"

两人走到城墙边,见无人,那人拉开包,金闪闪的,竟然有两根项链、两个金元宝、一块手表。那人说:

"东西是你我同时看见的,自古以来,见者有份,我们二一添作五,一人一半。"

杜老二仔细看看,不说金元宝,那金项链和手表绝对是真的,不会看走眼。心想,也算是老天爷帮忙,知道我要成家,竟然

天上掉下这些宝贝。没等杜老二开口,那年轻人接着说:

"这东西你拿了也没用,不如这样,算两千块钱,我给你一千,东西归我。"

杜老二觉得,东西可能不止两千,不过自己拿了,也确实用不上,不如拿现金。管他值多少,自己能平白无故得一千块钱,也不错,就同意了。

年轻人说:"东西放在你这里,我回去拿钱,你等我。"

杜老二说:"好的,你快点。"

年轻人说:"我自行车就在前面,一下子就来。"

走了几步,年轻人又回转身来,说:"我去拿钱,你要是走了,我怎么办?"

杜老二一个劲地说:"不会的,不会的。"

那人说:"这样,我有把锁自行车的锁,锁上你的手拉车,你再押我点钱,我才放心。"

杜老二二话不说,将袋子里的几十块钱给了他,心想,只要东西在我手里,不怕。

年轻人锁了车,接了钱,还重新打开皮包看了看,又拉上拉链,将包放在手拉车上,顺手用杜老二的一件衣服盖上:"你等着,我马上回来。"

杜老二蹲在车前,等了半个时辰也没见人影,一个时辰了,人还没来,心里有些嘀咕,怎么回事?他起身掀开衣服,拎起包,马上知道出事了:包里空空的,包底下划了一道口子,东西不见了。

后来,拖了一些日子,杜老二的婚还是结了,只是没有原来想的那么热闹。

此后,杜老二再也没有进过城,也没有再下过棋,结婚的钱,就是那副象牙象棋换的。

瓦匠梦

读高中时，父母好不容易选定了村口的一个山坳，起了新房。说是新房，其实至多算半新半旧，老房子里的一切，除了泥墙不好搬动，柱子、横梁、桁条、板壁、屋顶上的瓦，能用上的都用上了。听母亲说，之所以要选在这个离村子有一段路的地方，就因为一件事：父亲一喝酒就喝醉，一醉就将平时憋在肚子里的一些不平指名道姓地说出来，一说出来就得罪人，一得罪人，本来不好过的日子就更难了。

山坳像一个敞口的簸箕，三面环山，山上除了高高低低的松、杉，就是杂乱的灌木丛，檵、黄精、金刚、乌饭，应有尽有。单门独户的屋后，除了菜园，还有一片稀稀落落的油茶林，林子间常常可见散落着的星星点点的野兔粪，时不时会有斑鸠、鹧鸪、尾羽斑斓的山鸡在散步，觅食。

山坳离村子有一段路，沿山环走，过一座桥，穿一片田野，上一节短短的岭，就到村中央了。吃过晚饭，十分无聊，家里是待不住的，就去村里玩。农人做活辛苦，大多早早地歇下了，到了晚上九十点，村里已经万籁俱寂。月初或月底时，天上没有月亮，回家的路上，真真切切伸手不见五指，走路不是低头——即使弯腰也看不见什么——而是仰面向天,凭着天穹下依稀的山脊,判断自己脚下的所在。这样走夜路,我从未滚下过稻田,或跌落山沟,只是四周寂静得让自己心跳加快,身上会起鸡皮疙瘩。我常常会不高不低哼起《红灯记》《沙家浜》,或者《智取威虎山》里的唱段,一来给自己壮胆,二来也给别的夜行人信号,不至于互相吓着。对面若有人来,也会假咳三两声示意。

虽说单门独户,白日里倒不寂寞,屋前不远处的山坳口,盖了一个两边披水的草棚,四面透风,一年四季,一日不缺地,四五个村里的瓦匠忙着做砖做瓦。催牛的吆喝声,啪啪的甩泥声,嗒嗒嗒的刮泥声,断断续续的言谈声,也添了许多热闹。

瓦棚是我周末或假期回来时最好的去处,钻进瓦棚,看四五个人忙着团泥、割泥,听他们议论村子里东家长西家短,又神秘又吸引人。我曾幻想:高中毕业回村,如果能跟了他们,学上做砖做瓦的手艺,该多好。

那时,乡下人不喜欢机械生产、轮窑烧出来的红砖,说是不耐风雨,用不上几年,而喜欢老祖宗传下来的,手工制作的青砖、青瓦,似乎这才是真货。

烧制青砖、青瓦的泥来自已经种了数十年的水田。先将田里的水放干,晒上十天半个月,再掀掉表层的肥泥,露出所需的青灰色的泥土。这层泥没有植物的根须,也没有砂石。将它们一担担挖出,挑至踩泥场地上,堆成堆。看需要和上一些水,脱了鞋,牵一头牛,在泥堆里来回打转。这一步称为"和泥",如同擀面。若青灰泥太腻,就加上一些黄泥。父亲不在家的时候,禁不住我死皮赖脸地坚持,他们会让我踩上一把。跟在牛后,赤脚踩在细滑如面的砖瓦泥里,不像是劳动,更像是在游戏。

泥踩好了,或做砖,或做瓦,不过,两者不一样。

做砖,须将砖泥切成一块块,搬到砖台前,狠狠地摔在地上,堆成一堆,用脚踩实。砖台上,铺一层细沙,叠起三四个长方形的木制砖模,用一把钢丝绑成的弓切开堆在地上的砖泥,再双手捧起砖泥,高举过头顶,狠狠地摔进砖模,然后用钢丝弓上下一拉,切去多余的部分。再将叠在一起的砖模切开,把成形的砖泥推出模子,砖坯就完成了。最后在露天下排成一排排,任太阳晒干,等待进窑。

做瓦则要将瓦泥在瓦台前切成一堵墙一样,瓦台可以旋转,上面的瓦模子是上小下大的木桶状(但没有桶底,还留了开口),四片瓦合成大小。桶上嵌有四条隔条,这是四片瓦的分界线。做瓦时,先用钢丝弓从泥墙上拉出薄薄一块泥来,十分有技巧地用双手捧起,贴在瓦桶上,再用木片沾水,随瓦桶旋转,上下来回地刮。这套工序完成后,就将桶模子一起拎至早已平整好的空地上,将模子打开,收拢,取出,一个个空桶般的瓦坯立在地上,等干了,按折痕掰开,收齐,就可以进窑了。

做砖,要力气大,我试过,力气不够,砖泥总是砸不到模子底,只能学做瓦。不过看看容易,做起来就不是那回事。最难的是将切好的泥片捧起贴在瓦桶上,那些泥片总是没等我捧起,或捧到半途就断了,即使顺利捧起来贴上了,也是皱巴巴的,不成样子。

师傅站在一旁,嘴里叼着旱烟筒,笑:

"算了,算了,你不是干这个活的料,还是去把书读好,做个城里人,省得吃这个苦。"

砖瓦窑是专门的叠窑师傅叠成的,选在沿路靠山处,用砖一层层叠成拱形。砖瓦坯进了窑,将窑门封上,留一个方形的添柴口,就可点火了。

据说,从前窑点火有很多仪式,要杀鸡,点香,念点窑词,祭拜土地公公,求保佑一窑的砖瓦天青一色。可到我知道的时候,"破四旧""立四新",什么土地公公土地奶奶的,早就不讲究这一套迷信了。

窑一开烧,便要三天三夜不离人,堆在窑边一垛一垛的毛柴,日见减少。到了关键时刻,最讲究的是火候,大师傅总在添柴口观看窑中火色。一旦觉得火候到了,就将添柴口封上。再讲究的是窑顶泼水量,水量和窑中的火色相关,掌握不好,出窑的砖瓦会半红半青,这样就没人要了。大师傅最怕的是,按正常的量泼好水,半夜却来了一场不大不小的雨。

出窑的那天,远远近近来拉砖瓦的人,推独轮车的,拉手拉车的,三三两两地等在窑口,看砖瓦的成色,一见出窑的砖瓦天青一色,就对师傅的手艺赞不绝口,也为自己的运气暗暗欣喜。

我特别想当上大师傅,于是总喜欢缠着让人教我如何看火候,如何决定泼水的量,可师傅总是那副笑眯眯的样子,实在不耐烦了,就说:

"等你拜我做师傅,我收你为徒的那一天,再来告诉你。"

于是,我巴望着,一年能当一天来过。

可我最终还是没有当上砖瓦师傅,转过年,周边的人终究熬不住诱惑,用上了轮窑烧出的又结实又便宜的红砖红瓦,手工的青砖青瓦不吃香,没人来买,砖窑只好熄火了。

五都来的木匠

当母亲彻底明白父亲拼死拼活也要造新瓦房的决心时,也就放弃了那些无谓的争吵与反对,开始为造新房做一些必需的准备,比如母亲不再把鸡蛋兜在围裙里,去代销店换盐换酱油,而是积攒起来,裹在布兜里,等母鸡恹恹地趴窝不生蛋,就让它孵小鸡;甚至年前准备扯几丈布,给我和哥哥妹妹几个做做客衣的计划也取消了。母亲见我们兄妹几个一脸颓丧,就安慰说,一年不穿新衣,就能住新房,还不好吗? 其实,她不懂我们的想法,若又能穿新衣,又能住新房,不是更好吗?

大人从来不屑于与孩子争辩,孩子自古也拗不过大人,大人依然按照自己的计划行事,因为这个世间都是大人说了算,从不顾及孩子的心思。过了年,母亲出面与邻居商量好,搬到他空着的房子里,借住一段时间。于是,乒乒乓乓,就将原来的旧房子拆了,转眼间,一栋好好的旧房子,成了几堆黄泥、几堆残瓦、几堆旧木料。一群大大小小的鸡鸭散落其间,来回觅食。

一切还算顺利,只是没想到,原来说好的木匠不来了。这还了得,父亲连夜上门,低声下气地求了好些时辰,木匠也不松口。父亲不明白其中的缘由,还是好心的邻居悄悄地告诉他,说是生怕我们家到时候付不了工钱。这可把父亲气得不行，直接回头去了木匠家，大庭广众之下，狠狠地把木匠骂了一通，说他狗眼看人低，说是死了朱屠夫，我们也不会吃带毛猪。看热闹的人，说木匠不是的有，说父亲不是的也有。

父亲没想到，木匠还是有些能耐的，一气之下，与周围十里八乡熟悉的同行一联络，搞得父亲求谁谁都不来，理由杂七杂八，结果九九归一，就是来不了。父亲黑了脸，急得团团转，不知如何是好。还是母亲见出了其中的缘由，托人带信给五十里外的舅舅，让他帮着找找看。

所以，我家造房子所请的木匠来自五十里外，一个叫五都的地方。旧乡地方小，自古依山势水流，就分成三十六都，木匠家在五都。

木匠有三个，一个师傅，两个徒弟。

说是师傅，其实年纪也就二十出头，肩扛一丈多长的红木尺，上挂一把锯子，其他都由跟在身后的徒弟挑着。两个徒弟更是瘦精精，小猴似的，让人生疑——能否抡得起斧头，拉得动大锯？母亲一见，心里凉了半截，私下里就嘀咕，责怪舅舅找的是哪门子师傅，说不定是个"三脚猫"（旧乡人对不精通手艺者的称呼）。

可父亲的态度与母亲截然不同，好像是经历了千难万险，终于见到了久别重逢的至亲，欢天喜地，喜笑颜开。其实，这完全可以理解，前一刻被人冷眼相看，遭遇屈辱，后一刻得人出手相助，实现梦想，其中的酸甜苦辣，非亲历者不能明白。

不过，最意外的是我与木匠师傅相处甚欢。我的一个初中同学没考上高中,就拜了师傅,干起了木匠,一年不到,竟然骑上自行车了。虽说是二手的,可也是鸟枪换炮,令人刮目相看,所以,虽然我不敢明确表白,怕父亲知道一口否定,可我心里早已盘算好,高中一毕业就找师傅学做木工,也过上骑自行车的生活。恰逢佳时,家里来了木匠师傅,我就想着联络联络,为将来的前程垫好底子。说来奇怪,师傅对我也是一见如故,十分合得来。

周末回家,见现存的锯、刨、凿,样样俱全,就要学做东西。木匠师傅让我做个小凳子,我也就干上了。凳子结构简单,就一块板加上四条腿,难处在于四条腿要均衡地撇开,如果撇得不均衡,凳子就放不稳。没想到,我一出手,就得到了师傅的赞许。师傅将我做的小方凳左翻右转,看了数遍,一个劲地夸,说有天赋有天赋,这让我很开心。

于是,晚上我一定要和他们挤在一起睡,睡觉没有床,楼板上铺一层稻草,再铺上席子,就是床了。更开心的是,师傅竟然会讲我从未听过的故事,旧乡人叫"谈传"。

谈的第一个"传"就是《梁山伯与祝英台》。

什么"草桥相会""同窗三年",什么"十八相送""楼台泪别",什么"马文才逼婚""梁祝魂化双蝶"。一个女子,女扮男装,外出求学,与一个书生朝夕相处,同床共眠三年,男方浑然不知,女方却暗生爱意,一个诚心诚意将对方当兄弟,一个情意切切把对方当夫婿。三年学成,挥泪作别,一段"十八相送",木匠师傅竟然唱了起来:

三载同窗情如海，山伯难舍祝英台，相依相伴送下山，又向钱塘道上来。

祝：书房门前一枝梅，树上鸟儿对打对，喜鹊满树喳喳叫，向你梁兄报喜来！

梁：弟兄二人出门来，门前喜鹊成双对，从来喜鹊报喜讯，恭喜贤弟一路平安把家归！

祝：青青荷叶清水塘，鸳鸯成对又成双，梁兄啊，英台若是女红妆，梁兄你愿不愿配鸳鸯？

梁：配鸳鸯，配鸳鸯，可惜你英台不是女红妆！

祝：眼前还有一口井，不知道井水有多深？你看这井底两个影，一男一女笑盈盈！

梁：愚兄明明是男子汉，你为何将我比女人！离了井又一堂，前面到了观音堂！

祝：观音大士媒来做啊！我与你梁兄来拜堂。

梁：贤弟越说越荒唐，两个男子怎拜堂？

祝：十八相送到长亭，你我鸿雁作两分，问梁兄你家中可有妻房配？

梁：你早知愚兄未婚配，今日相问为何来？

祝：要是你梁兄亲未定，小弟替你来做大媒！

梁：贤弟替我来做媒，但未知千金是哪一位？

祝：就是我家小九妹，未知你梁兄可喜爱？

梁：九妹与你可相像？

祝：她品貌就像我英台！

梁：如此多谢贤弟来玉成。

祝：梁兄你花轿早来抬。

听故事的我，真替呆如鹅的梁山伯着急，祝英台的话一句句都明白如镜，可就他一个人听得云里雾中。最后有情人难成眷属，让我感喟不已。

故事说完，早已过子时，隐隐地，似乎有公鸡打鸣。

此后的日子里，木匠师傅连讲了《薛仁贵征东》《薛仁贵征西》《卖油郎独占花魁》《杜十娘怒沉百宝箱》。师傅讲的故事里，除了薛仁贵，似乎没有一个男人有出息，而女人个个令人羡慕。我好生奇怪，木匠师傅的这些故事从哪里来的。师傅告诉我，他家藏了一箱子书，故事就是这些书上看来的。他还说，若有机会上他家，一定借给我看。于是，我恨不得一天就是一个月，过了年，春节里就能上舅舅家拜年，上舅舅家要经过木匠的家，就可以去木匠师傅家，就可以看见那一箱子神奇的书。

木匠师傅故事说得好，可他干活却比不过他"谈传"，新屋上梁的那天，竟然出了一个大差错。

旧乡的风俗：新屋上梁，可是个大喜之日，意味着新屋将大功告成，亲戚朋友都要来祝贺，村子里能帮上忙的都要来帮忙。所上的中梁，需按师傅提供的尺寸，数人当日上山，将早就看中的那棵树砍下山，抬了来，当场刮净，扎上红绸，在一片鞭炮响声中装上。梁装好，木匠师傅站在房顶上，讲一番彩话，什么"两柱擎天上栋梁，鲁班仙师到高堂"，什么"德高望重扶梁上，世代儿孙纳吉祥"。可我家上梁时,鞭炮轰响,中梁被冉冉吊起,众人却傻了眼:短了一截。原来师傅将尺寸弄错了。

这一下,谁也不知道该怎么办。众人议论纷纷,责怪木匠师傅"嘴上无毛,做事不牢",似乎也印证了母亲的担忧。我在一旁,也真替满脸羞愧的木匠师傅着急:怎么会出这样的事呢?短了另换一根不就行了吗?何必如此大惊小怪?

换一根是自然的,也只能如此,不然,新屋如何结顶完工?不过,等到酒席摆好,准备上桌,人们要木匠师傅坐上桌时,才发现,师徒三人不见了,东找西找也不见踪影,有人提醒:看看师傅的工具还在不在?一找,一堆锯、刨、斧子都不见了。众人明白:木匠师徒趁人们忙碌,悄悄地走了。

对此结果,最感悲催的是我,这意味着,来年春节拜年,我已经没有了去木匠师傅家的机会,更别提看那一箱子渴望已久的书了。

姚爷总是咳咳咳

我的印象中,邻居姚爷一年四季都生活在连续不断的咳嗽里。

他总是坐在自己那低矮阴暗的土坯房里,靠着有些发潮的旧板壁,间隔两三分钟,就爆发出一阵似乎要了命的咳嗽,咳咳咳咳,咳咳……咳咳咳咳,然后吐出一口浓浓的痰来,为接下来的咳做准备。或者坐在门前,大热天也穿着厚厚的衣服,干瘪得只剩下一层皮的脸上颧骨凸出,就像生了一个肿瘤。他从来没有也不能下地干活挣工分,就靠母女俩干活度日。偏偏脾气大得很,隔三岔五就和妻子争吵干仗。有一次,我见他手里拿了一把菜刀,气势汹汹地从屋里冲出来,他妻子急忙顺手拔了一根旱杆叉,远远地跟他对峙着,嘴里不停地骂。

不过,姚爷对邻居不这样,总是很温和。记得一个初冬的午后,我不知因为什么,哭得自己都觉得累了,便站在门前看公鸡打架。姚爷大概从自留地里回来,肩上扛了一把两齿锄,走近来,给了我一个软软的野果。我剥开吃,酸酸的,甜甜的,囊里有许多黑黑的籽。长大了,我才知道,那是野生的猕猴桃。

据别人讲,他从前是唱戏的,还是个不错的角儿。我们那地方从前流行一种地方戏，叫"三角戏"。唱的无非是《陈世美弃妻问斩》《王三姐寒窑哭夫》，曲子简单，根据所唱内容的喜怒哀乐变化，乐器也简单，胡琴、锣鼓、滴答板。解放后，戏班子被解散了，他们各自回了老家，该种田的种田，该撑船的撑船，姚爷就土改在村里。

他从未想过，自己丢了十几二十来年的手艺，还会有一天用得上。

那时各地盛行组织队伍整本整本地唱样板戏，就连经常有人外出讨饭的邻村十里铺，也有了一帮人唱睦剧的《红灯记》，还到各处演出。生产队里的一些年轻人就琢磨着排练《沙家浜》，阿庆嫂、郭建光、胡司令、刁德一、刁小三、沙奶奶，各个角儿都已分配，还挺齐全。要学着唱京剧，乐器布景没有人会，也操办不起。不知谁出的主意，就请姚爷来，教三角戏的唱腔，叮喱叮喱叮叮喱，叮喱叮喱叮叮喱，把仓库清空当排演场，杂七杂八的东西腾出去，一时小山村的夜里热闹非凡。

热闹归热闹，却没有我们这群小鬼的份儿，我们只能趴在仓库的木窗前，目不转睛地看他们打打唱唱。姚爷自然成了重要人物，黑乎乎的茶缸时时有人将水添满，随身不离的火熜也有人照顾添炭。

有一天，我们一群人见仓库的门没锁，就闯了进去，见楼梯底下放风扇（一种农具）的地方堆了一地的木刀木枪，还刷了油漆，一个箩筐里还有一堆帽子皮带。于是大家一阵抢，个个"武装"起来。

接下来，自然分成两队，一方解放军，一方蒋匪帮，解放军有皮带捆在腰间，蒋匪帮就没了。我人小，个子也矮，只好当了个蒋匪帮的喽啰。一阵"缴枪不杀"地乱喊后，双方就干了起来，没想到我们一方里有个平时最调皮不怕痛的，抢着木头长枪杀得解放军一方人仰马翻，个个趴在地上不敢动。忽然，解放军一方的一个大孩子爬起来，高喊："不行不行，解放军怎么能被蒋匪帮打败呢？"于是，就让那孩子换了帽子，当了解放军。自然，接下来我们这群蒋匪帮被打得落花流水，屁滚尿流。

闹了一阵，那个平时最调皮不怕痛的自然赢得了大家的尊敬，他自己也得意扬扬，腰里插着两把木壳枪，手上还端了一把长枪。没过几分钟，我们就觉得不对了，清点了一下，光他一个人，就弄坏了两把木壳枪、一把长枪，还把一根皮带的扣子弄断了。他也从不可一世之中回过神来，耷拉着头不声响了。大家不知道这个事怎么收拾，谁也不敢作声，看看门外没人，就一个个溜回了家。

我们都在等待大事情发生，也许又将免不了父亲的一顿暴打，可奇怪，一连几天，什么事也没有发生。

终于戏要上演了，队里从外村借来了一盏汽灯，这灯点的是煤油，点上之前要打气，有个特殊的灯罩，火焰喷到灯罩上，灯罩会发出越来越亮的光，我们都觉得很新奇。晒场上搭了台子，汽灯挂在台中央的顶上，将台子照得雪亮。平日里熟悉不过的一些大人，一个个打扮起来，又说又唱。我很想把解放军当解放军，把国民党当国民党，但一想起他们平日里的模样，就觉得很好笑。我不喜欢他们又说又唱，只盼望胡司令结婚的场面快快到来，因为我喜欢刁小三摇头晃脑说："司令结婚，请来皇军，叫我站岗，倒了大霉了。"而且他不用普通话说，而是用方言，一说出口，总让底下哄堂大笑。我还喜欢胡司令脱了军装，穿着地主老财的马褂，一副又幸福又傻乎乎的样子出场。

戏终于演完了，催孩子穿鞋的，互相招呼相伴回家的，搬凳子背椅子的，吵吵闹闹的人们挤成一团。人们点起松明或者麦秆扎成的火把，照着路散去。月夜里，弯弯曲曲的山路上，游动着一条火的队伍，明明灭灭，多少年里，这个场景总是出现在我的梦中，让我无法忘怀。

一个早上，我忽然听见姚爷家里传出伤心的哭声，他妻子焦急地喊：你等等，你等等，我已经托人上街买猪肉了，你不是说想吃猪肉吗？他的大女儿和女婿也匆匆忙忙赶回来了，家里哭成一团。

三天后出殡，送葬的队伍渐渐远去，矮小的土坯房里，再也听不见熟悉的咳嗽声。我想起了外婆，外婆也是这样，一去不再回来。心里空空，我有生以来，第二次感知了死亡。

姓孙的兄弟俩

村西口的一个山坡上，一群人忙着搋泥墙起房子。老孙一家子终于拗不过村里干部三番五次地上门做工作，结束了二十年单家独户的"单干"日子，从深山老林里搬出来，挺不情愿地进集体，靠挣工分过日子了。生产队里为他一家起了三间泥房，只是屋顶不像我们的屋子用瓦片，而是盖了厚厚的一层茅草，没有铺楼板，站在堂前，扬起头，可以看见，一丝丝的阳光像一根根金线，闪烁在半空中，十分神奇。

老孙一家五口，老大夫妻和一对儿女，还有个一直打光棍的弟弟，和哥哥一起过日子。

大伙儿把孙家哥哥叫老孙头。老孙头身子骨结实，皮肤黝黑，一担谷子两百多斤，他可以左右换着肩，三五里路一口气挑进晒场。他干起活来寡言寡语，笑起来总是捂着嘴不出声。

生产队里出工，除了农忙几天，大多是磨洋工，能偷点闲就偷点闲，所以男的不论大小，个个都抽烟，因为抽烟是最佳的偷懒方式，可以光明正大地歇下手中的活，慢腾腾地掏出烟杆烟袋来，把手伸进烟袋，仔仔细细地将烟丝搓成一个球，嵌进烟嘴，点上，再嘶嘶响地抽开来，一筒烟不过瘾再来一筒。即使队长看见，也不好说什么。可老孙头不抽烟，所以干活的时候，人家身上干干的，他早就半个背汗津津的了。别人问他为什么不抽烟，他总是笑笑说，家里有一个抽的，够了，指的是他弟弟。

老孙头虽然干活力大肯做，可有一点与众不同，无论下田上山，他总穿得整整齐齐，即使三伏天割稻插秧，穿件衬衣，也将脖子下的扣子一个不剩地紧紧扣上。

老孙头的妻子脑子不灵清，数数数不上十，更不会缝衣补裤，家里所有事都是老孙头管。有人不免好奇，问他究竟如何讨得这个老婆的，他憋了半天，说了实话。原来老孙头（那时候应该叫小孙头）上门看人家的那天，现在的老婆还是个十七岁的黄花闺女，坐在堂前房门边，手里捏了个绣花匾，从头至尾没说一句话。他见人长得有模有样，又斯文，十分满意，没过几天就催着媒人下了聘金，娶回来才知道被骗了。

旁人不知是取笑还是安慰地对他说：老孙头，老婆就是个床头活，还不是照样给你生了一儿一女。老孙头不知怎么回答。

老孙头的弟弟，人们叫他"瘌痢痞"，其实他头上的头发比他哥哥还浓还密。他和他哥哥一比，简直不像同一对父母生的。自从进了生产队，他没有好好出过一天工，不是头痛脑热，就是腰酸背痒。他皮肤白白的，手指细长，整天惦记的只有一件事：上哪儿弄一盅酒喝。只要有酒下肚，他就会打开话匣子，上自盘古开天，下自阎王老子，谁也没有他知道得多。他做事总让别人意想不到，大年初一，他背了锄头，一大早把队长家的门擂得咚咚响，要队长派活，弄得队长哭笑不得。他振振有词：不是说我懒吗？我要出工，你又不派工。于是，他就心安理得地"罢工"一年。

有一次，人们不晓得是取笑他，还是真的好心劝他：好去成个家，等老了，有个依靠。他一翻白眼，回了一句：你以为你有了老婆儿女，你老了就有依靠了？出来看(kāng)。众人讨了个没趣，从此再也没有人说起这个事。

事后，我母亲对此评论甚高：

"别看懒骨头一个，这句话倒是说到骨髓里去了。看看这个世道，养儿女越多，自己越作孽。你看谁谁谁，儿子女儿一大帮，到头来哪个管？死在茅棚里三天了，都闻见臭才知道。"

母亲扭过头来瞥我们兄妹几个一眼，又补一句：

"你们也一样，靠山山要倒，靠水水要干，到头来靠不了你们，还是靠自己。"

我很不服气，心里嘀咕：你们说的是"瘌瘌痞"的事，怎么怪到我们头上来了？

那天"瘌瘌痞"又喝酒了，路上碰见我，摸着我的头说："又长高了，又长高了，过几天好让你爸给你说老婆了。"我有些厌烦，没理他，一弯腰跑了。

他别的不行，喝酒可谓一绝。我上四年级的时候，由于低年级的孩子多了起来，就分成两拨，高年级的搬到大会堂前厅左侧上课，右侧是代销店。村里家家的油盐酱醋酒都上这里买。

有一回，他来代销店，站在柜台前，开口要了三两酒，还要了一个三分钱的雪花饼。代销店出售的酒是散装酒，看店的用竹提子伸进一个大酒瓮,轻轻提出三两酒来,倒在一个瓷碗里,端到他面前。他对着碗仔仔细细看了半天,大概在估摸碗里的酒是否足量,然后深深地吸一口气,端起碗来,一口闷进,碗里少了一半。他用手蒙住嘴巴,半天不呼吸,等实在憋不住了,才徐徐吞下,再长长地呼出一口气,那个舒服劲,赛过活神仙。

尽管如此,老孙头从来没有说过弟弟一句重话。

人人都说老孙家有一对好兄弟。

荒山野地里的幼儿园

说起来不怕见笑,一直到了稀里糊涂混进大学,听城里的同学说起小时候的一些事,我才知道,在这个世界上,读小学之前,还有一种学校,叫幼儿园。

据说,城里的孩子,自四岁起,就要被关进幼儿园,将双手背后,端端正正坐在小凳子上,听老师安排,一会儿这样,一会儿那样,于是他们知道一些我们村子里孩子闻所未闻的人和事。一关就是四年,到了上小学的年龄,才算毕业。

每当听同学津津有味地谈起自己幼儿园的乐事,我总是不屑一顾,那算哪门子的乐事?无非是跟了老师唱歌、跳舞、上台表演,无非是学着说大人该说的话,做大人允许做的事,就像我们从小就学会的跳格子游戏,整日里玩这个,有啥意思?而我们曾经的"幼儿园",才是真正地全是乐事。

许多年以后,我的家也安在城里,儿子出生,自然进了幼儿园。大概是读中班的一天,儿子回家来,异常兴奋,磕磕巴巴地告诉我,老师带他们去春游了。我问他,春游时看见了什么,他说,河边有好多好多的草,好多好多的水。我问还有什么,他急急地说,水里还有……还有……,还有了半天,说不出东西来,只好向我描述:有尾巴,钻来钻去。我猜是鱼,他急忙摇头,我猜是虾,他更着急地晃着手说不是不是。好不容易才说出一句:"就是,就是,就是青蛙的儿子。"我一脸苦笑,六七岁的孩子,连个蝌蚪也叫不出,还来个青蛙的儿子。我在他这个年龄,蝌蚪、青蛙、水蛭、田螺,哪个不认识?

如此算起来,我读的"幼儿园",是村子上的那片荒山野地,没边没沿。

村子里只有一所小学,从未听说过什么幼儿园,于是,上小学前,我们就在荒山野地里尽情地跑、跳、哭、闹。

城里幼儿园的孩子听老师安排,村子里的孩子听自己安排。

我们的幼儿园不分班,大的小的混一起,可孩子群里总是这样,大孩子嫌弃小孩子,称之为"跟屁虫",小孩子总苦苦追着大孩子,可怜巴巴地"哥哥""姐姐"地叫。我们大一些的经常会用招甩了他们,最好用的是捉迷藏。

理所当然,最大的当"警察"。一声令下,一群孩子分散开来,或钻进草堆,或藏身门后,"警察"不停地喊:"藏好没有?藏好没有?"自然没有人吭声。

其实,大一些的孩子根本没有躲起来,站在"警察"身旁,见小一些的孩子一个个藏好,就互相一使眼色,悄无声息地一溜烟跑远了。

甩了小的,大的就更自由了。

记忆中,我们最经常也是最喜欢玩的游戏是"做家家"。

"做家家"就是男孩女孩各自找对象,算是"夫妻",若多出了一个两个男孩或女孩,自然就只能当人家的"孩子"。

春天,野地里长得最旺盛的是一丛一丛的野葱,它们叶子顾长,根茎嫩白,平日里是餐桌上的家常菜,此时也是"家"里的美味。两块石头间搭一片破瓦当灶台,拔来的野葱扭碎堆在上面,算是在炒菜,再去山边摘几张箬叶当碗,箬叶上撮几撮细泥当饭,折了细树枝当筷子,一家家坐在"灶台"前"吃饭",嘴里"嘶啦嘶啦"地,"吃"得不亦乐乎,满地闻响。

孩子群里,最吃香的是姣姣。她家境好,父亲是木匠,穿得总比其他孩子整齐,长得粉嘟嘟的,男孩子总是争着与她扮"夫妻"。我小两岁,从来就没有资格轮上,于是,我就使了心眼,不与其他男孩争,乐得上姣姣家里当"儿子"。

姣姣从小就有大人的模样,很会哄孩子。她总要让我假装故意怄气,不吃饭,于是,姣姣就会掏出口袋里的手帕,铺在大腿上,让我头枕上,她拍着我的背,哄"孩子"入睡。我自觉这样子最好,省力,不用劳动,我"睡觉"的时候,她的"男人"还在东奔西跑,给"家里""挣钱"呢。

后来,我外出读书,姣姣嫁到了邻村。再后来,我在城里成家,却听说姣姣因为心脏的毛病,年纪轻轻就去世了,那时,大概也就三十多岁吧,一声叹息。

因为没有城里一样的幼儿园,任着大大小小的孩子奔来跑去,出意外自然难免。时常会见着拿白布带吊了胳膊的,踮着脚尖一瘸一瘸的孩子,这还算是小事。大人们最怕的是水,小时候,听父母挂在嘴边说得最多的一句话,就是"不要到井边去!

不要上水塘边玩!"可水却是孩子的最爱,哪里忍得住?

听我母亲讲,我的一个从未谋面的哥哥就是落水而没的。印象深刻的,是一个薄暮黄昏,突然间整个村子骚动起来,大人们慌乱地四处奔跑,原来邻居家的一个女孩不见了。直到夜色朦胧,人们点起了火把,四处寻找、呼喊,忽然听说,找到了,找到了,快快将水牛赶来。人们牵了水牛,一路飞跑到村口的鱼塘边,急急地将女孩横卧在水牛背上,让水牛一颠一颠地跑,说是颠出肚子里的水就好了。可惜水牛最终没有将女孩颠回到世上来。我眼见女孩的母亲哭天抢地,父亲目瞪口呆,很是悲伤。刚刚下午,在对面的采石场里,我们玩"做家家",她还是我们"家"的"闺女"呢。

尽管如此,我们的幼儿园,仍然是我们的幼儿园。春天来了,紫云英一片一片,如锦如缎,满地的荠菜、水芹,满山的竹笋、嫩蕨;夏天到了,成片的野草莓、树莓,水里有泥鳅、桃花鳜,泥缝中能抓蟋蟀;秋天里,满山乌饭果、野柿子,山麂、花狸跳跃;长长的冬天,好玩之物唯有屋檐下的冰凌,仅剩的几种鸟,是竹林里的长尾鸟、枫树巅的乌鸦和栗树林中的鹧鸪。

虚岁八岁那年,平日里一起打闹的同龄者,个个听从父母的嘱咐,背起了书包,离我而去,上学了,我却没有与之同行。细细瘦瘦的老师,当年似乎还是单身,下半张脸被密密麻麻的胡子根染成青灰色。接近傍晚时分,老师来到我家,问起我读书的事。母亲说,明年吧,明年让他上学,今年不行,他还要带妹妹。那年,我妹妹四岁。

　　为此,父亲与母亲狠狠地吵了一架。父亲责怪母亲,这会耽误我的前程。母亲反驳说,迟一年早一年,有什么关系?又不是种庄稼,误了一季就是误了一年。迟一年上学,还害怕往后学不会种庄稼?那时节,农家子弟,特别是像我这样最底层的农家子弟,长大了除了干农活,其他的,连想都不敢去想。家里的事从来都是母亲说了算,所以,无论父亲如何反对,也改变不了母亲的决定。

　　不过,父亲虽然替我说话,为我的前程着想,可我还是为母亲的安排窃喜,十分支持母亲预设方案。平日里,我们一帮孩子若犯了事,大人总是恶狠狠地说:"等到穿上牛鼻子,有你们的好日子。"如今,人们总将孩子回学校上学称为"神兽归笼",那时,村子里的大人将上了学的孩子比成穿了鼻子的牛。所以,孩子从小就不喜欢上学。更何况,学校那个姓詹的男老师,有一根出了名的教鞭,教室里的孩子,几乎都吃过他的苦头,背后里说起来,个个咬牙切齿。记得不知哪个孩子,曾经在大会堂的白灰墙上,画了一个大大的人头,半张脸涂成青灰色,还打了一个大大的叉,大人不知情,孩子们都知道画的就是詹老师,大概是那个孩子以此倾泻自己内心的悲愤。所以,能不上学,我是求之不得。

　　那时的我,实在天真得异想天开,自以为逃过了该上学的日子,从此就与学校无缘了,整日里斯混得小狗一般地开心。但是一年很快就过了,等到第二年开学,天一亮,父亲就催我去学校报名,我苦着脸嘟囔:"我不读书,我要放牛。"

　　话音未落,父亲转身抄起门后的扁担,呼的一声,扫在我的屁股上,顿觉一阵热痛:"不读书,去讨饭,我不要你放牛。"

　　接下来的情景,似乎被村里人嘲笑了半辈子:我哭哭啼啼地在前面走,父亲提了扁担跟在后面。父子俩穿过整个村子,凡所见之人一概嘻嘻哈哈,甚至还有人幸灾乐祸:

　　"怎么哭哭啼啼的?"

　　"这头牛终于穿上牛鼻子了。"

　　我只能恶狠狠地瞪几眼嘲笑者,却敢怒不敢言,因为身后还跟着一个比我还恶狠狠的父亲。

　　无拘无束,满地里奔跑的"幼儿园"的日子,硬生生地被父亲结束了。所幸之事,就是我比村子里的孩子多读了一年。

一井清泉养活了众生

小时候,母亲干活累了,总是感叹:"这个家,一个个的,千手不动,就连吃点水,也是我自己挑。"此时,哥哥若在家,就会放下手中的一切,拿起靠在门后专门挑水的扁担——这扁担的两头,各有一节用棕绳系牢的硬木钩——钩上水桶,去井上挑水。农家的一天,用水量大,做饭、喂猪、洗洗刷刷,断了水可不行。

水挑回来,哗哗地倒进灶间旁的水缸里,水缸大,两挑水才倒得满。

在我的印象里,更多的时候是母亲挑水。农家的水桶大,满满一担水差不多有上百斤,我直到高中毕业,也担不了满满的一担,母亲更不用说,总是半担半担地挑,若没有替手,一天里,井上来,井上去,要七八回。

村里的井在村后的山边,井的四周铺了几块青石板,靠山的一边,也立了几块石板,用来挡雨天山上流下的泥水。井旁立着两棵断头柏树,谁也说不准有多少年了。听老人说,柏树断头是落地雷劈的。树虽被雷劈过,可仍然活着,一年四季,青枝满树。其中一棵的顶上还搭了一个喜鹊窝,细细密密的枯枝丫围成圈,端坐在树顶上,若能捅下来,是一捆上好的柴,所以,年轻人总想去捅,可村里年纪大的人不允许,说是会坏了风水。这么一说,谁也不敢去触犯众怒了。眼见那喜鹊窝里,一年年地,飞出一窝一窝的新喜鹊,小喜鹊一离窝就不见回来,大概早就在哪里搭好自己的新家了,所以,整年里,最多见的,还是那一对老喜鹊飞来飞去。

井不深,取水时,蹲下身子,直接将水桶入井,即可提起满满的一桶水。夏秋干旱的日子里,水面下降,就将扁担钩了水桶入井,左右一晃,即可提上水来。

这口井有两怪:一是水清,无论梅雨季节里,雨下得如何大,村外的沟渠田野里,黄黄白白一片汪洋,可井水最多满到离井口两三寸的地方,清清冽冽,照得出天、树、人。二是水甜,甜得润心润肺。夏日里,我们进山砍柴,无论多远,多口渴,都要担了一担柴,紧赶慢赶,赶到井边,来一通咕咚咕咚的牛饮,顿时,神清气朗,一身的劳累一扫而光,满满的幸福感荡漾在每一个人的脸上。

细细地看,井底总生长着几丛水草,水面上也总少不了树上落下的针叶,几尾野鱼游弋其间,甚至浮上水面,嘬一口针叶,再一摆尾,潜入井底,难觅踪影。

不过,我刚上初中的那年,天旱得奇怪,一连数十日没下一星雨,白天里,空气都似乎可以点着。到了傍晚,小孩子趁暑气渐消,满地里追着跑,大人们却总是心事重重,望着西天的一片片火烧云,连连哀叹:明天又是大晴天。沟沟渠渠早早都断了流,水井也终于敌不过一村子人和牲口的吃喝,水桶入井,咚咚咚地一阵空响,提不出一碗水来。听大人们在商量,怎么办?第二天,分头去大大小小的山坳找水,中午,听说找着了,两三里外的山涧下,掘了一个浅浅的小潭,供一村人家紧巴巴地用。

在老人的记忆里,从来没见过水井会断水,于是那年他们整日里嘀嘀咕咕,说是天象异常,世间肯定有大事发生。有一阵子,听说邻省的山上出了大蛇,是个药农发现的。药农采药,翻山越岭的,累了,找了一段倒地的枯树,坐在上面抽烟,半途将旱烟筒往枯树上磕,没想到枯树竟然扭动起来,药农吓得魂飞魄散,一口气跑回家,半天说不出话。传的人绘声绘色,似乎亲眼所见,弄得父母一再叮嘱,要我们少往山里跑。

一年一度中秋前夕,村里就要派人淘井。淘井的日子,对孩子们来说,好像是节日,其实心里惦记的,是井里的那几尾鱼。水桶在井里进进出出,哗哗的井水倒得满地都是,四周围了一圈的孩子,眼巴巴地望着,待到淘出鱼来,淘井人就将鱼放进一个脸盆里,准看不准动,因为等淘完井,还得将鱼放回去。年年淘井,年年淘出鱼来,奇怪的是,好些年了,那几尾鱼都不见长大。

鱼淘上来,水也见底了,就有人下井淘出一些泥石来,里面常夹杂着铁箍、篾箍,那是谁家的水桶上掉下去的;还有发夹、纽扣,人们会研究一番,这个发夹见谁谁谁老婆戴过,一定是她的,这个纽扣谁谁谁的衣服上见过,应该是他的。一个村子的人,天天照面,从来没有秘密。有一回,淘井竟然淘出一个亮闪闪的圈圈来,一研究,发现是金戒指!这可了不得,谁会把金戒指掉在井里?消息传出,众人都争着看,可奇怪的是没有人来认领。当然,最麻烦的还是怎么处理,归谁也不行,归集体也没用处,最后,大家一致同意,将金戒指重新放回井里,听老人说,金器可以解毒。从此,淘井成了村里的一件大事,缘由之一就是要看看那枚金戒指还在不在。

过了好些年,我才知道,与这口井有关的,还有一件事,只是众人都不愿提起。那年闹了大饥荒,家家能吃的东西都吃了,最后有人听说观音土可吃,都去挖观音土。那东西,细绵绵,有些腥味,吃了肚子胀胀,拉不出屎来。村里最苦的人是瞎子妈妈。瞎子妈妈不瞎,瞎的是她的儿子,最先开始吃观音土的,也是她家。没两天,瞎子妈妈的瞎子儿子就拍着硬硬的肚子,哭爹喊娘。瞎子妈妈急得团团转,想不出办法,眼睁睁地见儿子喊声由大到小,最后没了声息。葬了她儿子的第二天,一大早有人上井挑水,见井里栽了个人,拉起来一看,是瞎子妈妈。谁也不知道她是有意还是无意,反正世上再也没有瞎子妈妈了,村里只好把井淘了一遍。从此,淘井就成了每年必办的一件事。

瞎子妈妈与母亲很处得来,我是从母亲那里知道这事的,母亲一提起她,总是叹着气,说瞎子妈妈没过过一天好日子,也可惜她没有熬过那些日子。我问母亲,为什么小时候从没有听人说起?母亲说,那样的苦日子,那样的苦命人,谁愿意去多想呢?细细一琢磨,说的也是。

前些日子,我回了一趟老家,村里早已物是人非,只有那些山,那些田,还有那片天,似乎还是原来的样子。我忽然想起那口井,说要去看看,家里人一脸的诧异:哪里还有井?早填了,现在都用自来水了,谁还会去挑水?我问那两棵柏树,也说早砍了。这么说来,树上的喜鹊窝也不可能在了,更别提那对喜鹊的子子孙孙,早不知道飞往哪里去了。

九节狐狸

据说，九节狐狸不止一次地在我们村子里出现。

传说中，九节狐狸毛色通红，奔跑起来，就像一支带着红红火焰的箭，或像一颗稍纵即逝的流星。九节狐狸其实就是经千年修炼而成仙的狐狸，称其九节，是因为它长长的尾巴，蓬蓬松松，红中带白，分为九节。

修炼的狐狸一般都在百年的老柏树或苍松下筑洞穴，靠迷惑帅男靓女，吸收其精气来修炼。正在修炼的狐狸一旦看上某个帅男靓女，就不会放过，会夜夜幻化成帅气的男子或美丽的女子，与看上的人幽会。被看上的帅男靓女在外人看来，也不会出现什么异样，只是日日无精打采，惶惶惑惑，少了许多平日里的话语，人虽然没病没灾，却会一日瘦过一日，精神一天差过一天，直至命赴黄泉。而修炼的狐狸，十年便要吸净一人的精气，满了百年，尾巴才长出红白相间的一节，所以，长成了九节狐狸，那就是上千年修炼成仙了。

听讲的人说，从前，村子里有一户人家，家财万贯，可惜膝下无子。穷人家羡慕他家的富有，他们夫妻却羡慕穷人家儿女多。双双过了五十，不期然竟生下一个女儿来。夫妻俩视如珍宝。

小姑娘长到二八，如花似玉，前来说媒的人几乎踏破了门槛。夫妻两有言在先，必须入赘。没想到，女婿尚未招到，女儿却日渐消瘦，到处求医问病，也说不出个所以然来，不出一年，如花似玉的女儿便悄然离世，留一对老夫妻黯然神伤，日日以泪洗面。后来人们猜测，一定是九节狐狸招了她去。

说起这些，就会有人指着村外河边的一处断垣残壁说，那就是当年老财主家。

接着，也会有人感叹：人生就是如此，哪有事事如意？人活一世，万难齐全。

正因如此，我们村里的孩子，父母给取的都是些贱名，大多数人名字里都有一个"狗"字，"正月狗""一月狗""二月狗"，一直到"十二月狗"，按月排不下了，就按季节、按节气，比如"春狗""冬狗""小满狗""清明狗"，说是名字难听，九节狐狸往往不在意，看不上，孩子容易养大。上学了，老师觉得"狗狗"的，不太像话，往往将"狗"改成"苟"，听起来一样，看起来就不一样了。大人都说老师有学问。

据大人说，一般人遇不上九节狐狸，遇见的人，是被九节狐狸看上了。旧乡的孩子，整日里，不是在地里，就是在山上，我也如此。记得上山打猪草、砍柴时，见了年数长的老松、苍柏，总是战战兢兢，很想就近找找是否有狐狸洞，又生怕找见了，遇上九节狐狸，在劫难逃，找与不找，总是自己与自己为难。

夜色下，星光里，听九节狐狸故事的孩子，会不知不觉地往大人身边凑，也会有人问：究竟谁遇上过九节狐狸？说起来，不是好些年以前的，就是邻近村子里的，好在其中没有我们认识的人。

当然，也有胆大，不怕事的。我家邻居，与我同龄的邱小苟便是其中一个。

邱小苟大脑袋，细眼睛，宽屁股，小短腿。据他自己讲，九节狐狸就是看上了村子里的其他所有人，也不会看上他，所以，上山的时候，见了老树下有洞穴，他就要抱上茅草、松枝，点火来熏，希望能熏出九节狐狸。

熏洞时，别的孩子虽说心里害怕，不过也压不住好奇心，总想看出个究竟，于是，站得远远的，嘴上说是帮着邱小苟看住洞穴里的东西。

不过，这样的壮举都以失望而告终，一阵烟火过后，除了几处草丛间冒出几缕浓烟，其他什么也没有。也有一两次，听见洞穴里窸窸窣窣，然后跑出东西来，结果是驼背的穿山甲、贼眉鼠眼的黄鼠狼之类的，众人又高兴又失望，高兴的是终于没有遇上九节狐狸，失望的也是没有遇上九节狐狸。

十二岁那年暑假，我们一帮小屁孩腰间绑了柴刀，肩上扛了柴椿，上南山砍柴，恰好发现，山岗上常常遮阴歇气的那棵老松下，岩石间竟然有一个深深的洞穴。邱小苟挺来劲，往洞里塞了好些干草干柴，点着了。这洞与旁的不一样，柴草噼噼啪啪间，只听得风呼呼地响，烟火直往里吸，站得远远的我们几个，觉得有些异样，也有些心悸。待了一会儿，远远的山那边竟然冒出烟来，不知道是我们这边通过去的，还是另外的。一阵风过，断下一截树枝,差一点把邱小苟砸个正着,吓得他脸色白白的。

听邱小苟母亲事后说,回家的当天晚上,邱小苟就说自己的脖子很痛,家里人也没有当回事,心想睡一觉就好了,小孩子一天到晚爬高卧低,这痛那痛都是平常事。半夜里,邱小苟有些发烧,身上烫烫的,喝了好些水。第二天近午,他的屋子里突然传出他娘的哭喊,声嘶力竭,众人一惊,邱小苟竟然没了。

一帮小屁孩戚戚然,平日里,大家常常将邱小苟当猴子耍,邱小苟不当一回事,也没人当一回事,有他不多,没他不少。如今不再有他了,说不出什么,却觉得似乎缺了许多。

过后有大人问起,那天在山上发生了什么,我们也不敢隐瞒,你一句,我一言,一五一十地,将那天老松下烧洞穴的事抖搂得干干净净。有人猜测,会不会烧到九节狐狸的洞穴了?话一出,我们几个毛骨悚然,似乎脖子也有些隐隐作痛,脸上火辣辣的。一个个没精打采,默默地回家了。

还好,第二天上山砍柴,除了邱小苟,没缺谁。可从此,见了老树下的洞穴,我们总远远避开,更不用说火攻烟熏了。

长大了,关于九节狐狸的恐惧也自然地消失了,不过,我似乎明白了两件事:众人总喜欢将一个妖艳的女子称为"狐狸精",大概其出处就在九节狐狸上;而当年大人们总喜欢谈九节狐狸的故事,大概其心理与我们小屁孩也没有两样,既害怕被九节狐狸瞄上,又渴望与九节狐狸见识见识。

黄连秀才

黄连不是药名，是地名。此地出了个名人，大家都叫他黄连秀才。

从前，母亲总在我偷懒或者不听话的时候提起黄连秀才：

"我看你就是个黄连秀才，富贵的命，乞丐的骨头。"

在我们那里，不知道是什么道理，命总是争不过骨头，似乎一个人有什么样的骨头，就决定了将来会活出什么样的日子，而命在骨头面前只能俯首称臣，服从骨头的安排。

黄连秀才，应该说，是我们村子里的大人们，平日里谈论最多，既羡慕又鄙夷的一个人。在他的身上，似乎既寄托了祖祖辈辈村里人的莫大愿望，又凝结了祖祖辈辈村里人生活的辛苦，他们渴望着改变，却又被莫名的命运挤压在生活的最底层，悲喜苦甜，幻想与现实纠缠，明知没有可能，却又不肯放弃幻想，于是，任何时候，黄连秀才都是最好的谈资。不过，这些都是今日我的理解与诠释，至于为什么黄连秀才的故事流传至今，也许仅仅是人们饭后茶余的消遣。

黄连秀才生于黄连村，真正的官名似乎谁也没有提起过，人们总是"黄连秀才、黄连秀才"地叫，直至今天，我也没有弄明白他到底叫什么。至于那村子取名黄连，也因为众人的日子过得苦，像黄连。小时候，就听人说，咸不过盐，苦不过黄连。

　　秀才的祖上似乎没有识字的，所以没有家谱，以番薯、玉米（当地叫岸稿，大概指适宜种于山间，耐旱）为主食。秀才母亲怀上秀才那年，山里发大水，轰轰如雷一般的水流直泻而下。据年纪最大的人说，只听过上辈子的人说过，唯有山中的大龙翻身，才会有这样的洪水，几辈子的人都没见过。村子里的人也觉得奇怪，纷纷立于岸边看大水，忽听见有人失声呼喊：快看快看，有大蛇，有大蛇。有经验的便急忙捂了叫喊人的嘴：别叫、别叫，那是山龙。脚步快的人早已搬出烛台、香纸，点燃祭拜。

　　据说，金銮殿里观天象的大官早已发现西南方向天象异常，光亮整夜不灭，猜测天下要变。皇帝得知后，派出亲信，顺着诡异的光亮传来的方向，暗地里四处巡查。到了我们的小县城，听说了前不久黄连村发大水，见龙出山的事，便急急回京报告。

　　皇帝害怕龙椅坐不稳，连夜召集众臣商量对策。兵部尚书提议，发兵进剿，灭了黄连村。礼部尚书将脑袋摇得像货郎手中的拨浪鼓：不妥不妥，师出必须有名，名不正则言不顺，言不顺则事不成。不过让他出主意，他也没个声息。还是丞相沉吟了一番，想出一个点子：让三清殿的大法师出马，开坛作法，将黄连村那个要出生的孩子脱胎换骨，将其骨头换成讨饭的。众臣一听，齐赞：好主意，好主意。

　　秀才出世的前一天晚上，秀才母亲做了一个奇怪的梦：天将亮未亮，远近朦胧之际，屋外忽然风声大作，暴雨倾盆，一群天兵天将将屋子团团围住,有人高喊,要她把皇帝命的儿子交出来,将其带回天庭。秀才母亲知道情况不妙,悄悄从厨房后门溜出,往竹林里去。尽管小心翼翼,仍然被发现了。追兵紧随,呼声震天,忽然听见一个孩子说话:妈妈,我护着你,不要怕,我会以竹竿为弓,以竹叶为箭,杀他们个人仰马翻。话音未落,只听得竹林里"嗖嗖"响动,竹叶纷纷落下,如箭一般密集地射往身后,追兵的喊声也随之渐行渐远。秀才母亲不敢停下脚步,仍然一个劲地往前飞奔,不想一脚踩空,坠入深渊,正恐惧万分,要喊救命,忽然醒了过来,大汗淋漓,方知原是一梦。

秀才母亲暗忖:看来即将出世的孩子非同小可。

第二天,黄昏时分,狂风大作,沙石横飞,秀才母亲的肚子痛了起来,知道儿子要出世了,便要丈夫去找接生婆。没想到不仅自己疼痛难熬,肚子里的孩子也一个劲地哭喊:妈妈,身子骨好痛!妈妈,身子骨好痛!秀才母亲一刻也不停地告诉孩子:咬紧牙关,不要松口!咬紧牙关,不要松口!

好不容易,孩子落草,母子平安。可秀才的父母怎么也没有想到,原来生产时的异象是因为金銮殿里的法师作法,在换孩子的骨头,只因为孩子牙关咬得紧,一口牙齿换不了。

于是,黄连秀才落得了"皇帝的金口,讨饭的命"。

秀才刚会走路,父母便双双弃世,所以,他从小吃百家饭长大。

秀才长大后,那个小小的村子根本容不下秀才的心思,于是,秀才顶了个斗笠,肩了根打狗棍,独自出村,再不曾回去。

秀才天资聪明颖慧,走村串乡,讨饭为生。路过学校的门口,听见先生上课,学生吟诵,便站在窗下静静地听,一回,十回,百回,门里的孩子没学到多少,门外的乞丐倒得了满肚子的学问。

一个乞丐,没念过书,却知天知地,方圆百里的人都好生奇怪,于是便"秀才秀才"地叫。这称呼,半是惊奇,半是揶揄,叫着叫着,也就叫开了。

秀才一身的乞丐骨头不碍事,无非吃了东家吃西家,有的吃,饱一天,没的吃,饿一夜。可他那张"皇帝的嘴",却惹出许多麻烦来。

听大人说,坑口那地方,山明水秀。有一年,到了年关,黄连秀才进村,恰好村口人家在炒米花,准备做冻米糖,见秀才上门,便随手舀了大半海碗米花,添了糖水,给秀才吃。半碗米花哪里填得饱肚子?秀才以为这家人小气,便半是玩笑半是不满地来了一句:

"看来,你们这地方,水都从沙地下走。"

刹那间,坑口那条清水常年的山溪便断流干涸,死鱼堆满溪滩。这可不得了,坑口的人家怎么活?村里人得知是秀才惹的祸,一路紧追,秀才见此,逃得屁股冒烟。实在跑不动了,他对紧追不舍的人说:

"不要赶,不要赶,各人田头挖个塘。"

从此,坑口这地方,无论天有多旱,虽说溪里断流,可无论从哪里挖下去,都能见水。田里种稻,越旱长势越好,坑口的人们反而念了黄连秀才几辈子的好。

据说，黄连秀才也来过我们村，住在离村百多米外的破庙里。一日午后，路过的村里人见秀才在庙前的田埂上解决内急，便开玩笑地说：

"秀才，你的粪臭，熏了菩萨，晚上刮风下雨，庙墙一塌，就把你埋了。"

秀才随口来了四句打油诗：

"农家哪有嫌粪臭？菩萨也是好心肠。待到秋来凉风过，此田稻米格外香。"

从此，庙前的稻田，年年稻花飞扬，稻穗低垂，稻米还特别香。每年收割季，庙前田收得的稻谷总是另外存放，村里的家家户户都能分上几斗。到了年关，各家的亲戚好友都会来，讨几把庙前米回去做年夜饭。有时候，人们炫耀某种东西好吃，也会说：香得庙前米一般。

不过，我们出世时，庙前的稻谷似乎与其他地方的没什么两样了。村里的老人说，都是因为将庙拆了，菩萨没了家，田里的稻米也不香了。听到此话，孩子们都会把嘴一撇：反动反动，封建封建，落后落后。

过了几年（过了多少年，大人们总是说不明白），老皇帝死了，太子做了新皇帝。新皇帝不像老皇帝心肠软，让秀才换了骨头就罢手，他担心有朝一日秀才真成了气候，会危及朝廷万万年，便派了手下，四处寻找秀才，要将其捉拿归案，解回京都。

从此，黄连秀才就没了踪影。

山　魔

旧乡的夜才是真正的夜。没有月亮的日子里,总是黑得伸手不见五指,行路者会故意咳两声,提醒同向或反向的同行者,不至于互相被对方吓倒。有月亮时,依稀朦胧的山也会显得比白天的高,比白天的远。唯有每个月中的日子,圆月当顶,月色如霜,惯于夜行的人们才健步如飞。

夏天的晚上,乘凉的人们总是聚在一堆,除了谈鬼,还是谈鬼,鬼的故事似乎是旧乡夏夜唯一永恒的话题。

很多年后我都没有想明白,为什么旧乡的夏夜里,会有那么多关于鬼的故事?大概是因为日子只是一日一日地重复,熟悉的人,熟悉的事,如同一口深潭,少有涟漪,而鬼则是在另一个世界,它们有通道来到人间,可人间的人们却无法去它们的世界,于是自由想象的空间就大了,奇奇怪怪的人与事,有了鬼的参与或搅和,让生活终于有了一些不同。不过,这仅仅是我的猜测,也许原因不在这里。

夜间听大人说鬼,心里总是很矛盾,又害怕又很想听,最让人胆战心惊的,是听完鬼故事,各自摸黑回家的时刻。村里没有路灯,回家的路全凭自己平日里的感觉,往前走,一点动静心便怦怦地跳,特别是遇上一只猫或是一条狗,简直让人抓狂。一直要推开门,听见母亲那句:"回来了?"那颗怦怦乱跳的心才落进肚子里。

我从小就相信,旧乡的日子里,有一些东西是我看得见的,比如在一起玩的一帮小屁孩,田间劳作的男男女女,村口边不知谁家猪栏里跑出的,正在一个劲儿拱土的猪,半山腰开得很旺的杜鹃花,花瓣嚼在嘴里有酸酸甜甜的滋味。除此之外,有一些东西是我看不见的,可它们时时刻刻在我的四周,那就是鬼。我相信,鬼、畜、人,杂处在同一个天空下,同一个山旮旯里,不过地位不一样,鬼常常欺负人与畜,而人最多欺骗欺骗鬼,捉弄捉弄鬼,此外别无他法。

夜晚说鬼的多,白天也会有人说鬼,有关山魔的点点滴滴,我就是白天听隔壁邱家奶奶说的。

山魔,似乎是鬼里面人们最熟悉的。山魔住在山里,来无影,去无踪。它们不会轻易显出原形,而是幻化成许许多多人们熟悉的东西,或是一团飘来飘去的云雾,或是一棵苍老的树,或是一朵奇异的花,甚至一只从眼前飞奔而过的山狸,一道悬挂在岩壁上的瀑布,让人防不胜防。你永远不知道,何时何地会撞上山魔,也不知道山魔何时何地,因为什么,就让你吃尽苦头,甚至丢了性命。

听隔壁邱家奶奶说,山魔是冤魂所化。我的记忆里,邱家奶奶已经八十多了,常年坐在大门边,腰里扎了围裙,膝盖上卧着一片青色的瓦。那不是普通的瓦片,而是特制的,瓦背上刻着左右交叉的斜痕,用来搓布线。她将两根已经理得细细的麻丝搁在瓦片上,一手提了麻丝,一手将麻丝在瓦片上左右搓挪,又细又均匀的布线就慢慢地"生长"出来,然后落在脚旁的竹箩里,一圈一圈,堆成尖尖的堆。

她一边搓,一边讲:山魔的前身有男的,也有女的,不过,有一样是相同的,都因冤屈而死。有的上吊,有的跳水,有的吞金,还有的被官府冤杀。冤屈而死的灵魂很难再转世,所以,他们对人有怨恨,总在山里游荡,寻找仇人。若不幸遇上山魔,轻则受伤,重则丢命。

听隔壁邱家奶奶说,好些年前,三十里铺村的木匠就遇上过山魔。

木匠手艺好,名声大,方圆数十里没有不知道他的。三天两头出村做活,走夜路回家,实属平常之事。木匠胆子大,靠的就是肩上扛的红漆杆。所以,每回干完活,吃过东家的饭,走夜路,肩上总是扛了那杆红漆杆,杆上穿了一把锯子。那是木匠特制的尺子,上面长长短短地标了尺码,造房子、打家具不可缺。据说,木匠肩上的红漆杆,如同孙悟空的金箍棒,能打妖杀魔,无坚不摧,即使再恶的鬼神,见了红漆杆,也会畏惧三分。

那天夜里,东家房子上梁,亲朋好友都来帮忙,木匠是主角,酒席间也不免多喝几口。不过,木匠酒量好,多年来,也不曾听说他喝醉过。已近子夜时分,木匠回家,恰好那天是上弦月,月色虽不太分明,可走路倒不碍事。刚走到离村三五里的山路上,忽听见半山腰一阵咻溜溜的声响,好像往日里从山上放木头,只听扑通一声,一具黑漆漆的棺材横在半道上。

木匠知道,遇上山魔了。

他不急不忙,趁着酒气,继续上前,见棺材横着,挡了去路,便开口:

"哪里来的山魔?我跟你无冤无仇,为什么要挡了我的路?"

棺材纹丝不动。

木匠见此,就从红漆杆上取下锯子,说:

"你要不让路,那就别怪我不客气了。"

棺材仍然纹丝不动。

木匠将红漆杆往棺材的两头一量,取其中间,不管三七二十一,端了锯子,"霍霍霍"地锯了起来,三下两下,就将棺材锯成两截,推下山路。

第二天,人们经过此地,只见地面红殷殷的,似乎一地都是血,也不知发生了什么事。

后来,听木匠说起昨夜所遇,方才明白缘由。

好在木匠有红漆杆,有锯子,胆子又大,若一般人遇上山魔,大概就没有这样幸运了。

还是邱家奶奶说的,前些年,寺桥村的一个女人独自进山讨猪草,天黑了也不见回来。家里人急得跳脚,四处打听,有人说看见她的去向,全村的男人赶忙点起火把,一伙一伙地进山找人。一路上,大家都大声地喊着名字,山间有回响,此起彼伏。等到找到时,人已经奄奄一息。只见她躺在一个水潭边,七窍里都是泥土,扁篓滚在一边。人们知道,她是遇上了山魔,急急忙忙围上去,七手八脚地先将鼻孔里的泥土挖出,她才算捡回了一条命。事后,人们问起,她似乎也不怎么清楚,恍恍惚惚记得,背了一篓猪草要回家,奇怪的是,怎么也找不着回家的路,一个劲地在山里转圈,眼见山色昏暗下来,不知不觉地就睡着了。人们知道,要不是找到得及时,人就没了。

说完这些,邱家奶奶总是千叮咛万嘱咐:小孩子千万不要一个人进山。采杨梅,摘山楂,讨猪草,砍柴,要一帮一帮的,互相有个照应。山魔见人多,就不敢行事。

记得小时候要进山,孩子们总是一大帮的,无论路上、山上,都大声地说着话,时不时地喊一下各自的名字,如此这样,即使有山魔,它也没招了。

尘埃的卑微

尘埃是卑微的,不要说一阵风,就是一只小小的麻雀飞过,也会让细细的尘埃翻上不知多少个跟头。尘埃或者在广袤的空气中流浪,或者在万人践踏的道路上、在无人经过的荒野里驻足。一场暴雨,又会使之不知道随流远走何方,最后或者遗留在河边的艾草堆里,或者浮沉在汪洋大海之中。

尘埃的卑微,或许会让许多人觉得悲哀,可是,尘埃也许并不这样看,尘埃就是尘埃,尘埃也有自己的命。

在我很小的时候,白日的村子里总是静静的,阳光毫无遮挡地照着远山,照着田野,照着泥墙,照在人们搁在高高架子中央的酱缸上。偶尔有的声音,是一只花白的母鸡咕咕咕地唠叨,带了一群毛茸茸的小鸡,在路边的草丛中觅食;或者不知道谁家的半大猪崽子跑出栏,哼哼哼地依着泥墙边闲逛。

从山间跑出来的风,润润的,一经过村子,就带上牛栏、猪栏特有的气味,冲进鼻子,痒痒的。

坐在自己旧屋前的青石板上,凉丝丝的,我有时会想,青山底的那个女癫子,好久没带她的一双儿女来村子里了。

听大人说,女癫子的丈夫被车子撞死了。家里本来就穷,一下子没了男人，这女人只好带着一双儿女外出乞讨。她也走不远，就在附近的村子打转，所以我们能经常看见她。

每次女癫子带着一双儿女来，似乎都是村子里的一个节日，晒谷场上会热闹许多。女人们手里拿点吃的穿的，给了女癫子，然后站在一边，啧啧啧地，话语间，我觉得她们既有同情，又有一些幸福的感觉。毕竟她的生活太苦了，没人不心疼，自己与其两相比较，虽然也苦，终究不一样，于是，自然而然地，会觉察出细细的幸运来。女人们议论最多的，是女癫子那条胯下黑乎乎、硬邦邦的裤子：

"唉，自己那个来了，也不知道怎么收拾。可苦了这两个孩子，也不知道这两个儿女是怎么生出来，带大的。"

我不明白，儿女能否带大，与她身上穿的那条胯下黑乎乎、硬邦邦的裤子有何干系？

若是村西老孙头的光棍弟弟在场，人们就会撺掇一番，让他把癫女人收进屋里，"还白捡了一双儿女"。老孙头的光棍弟弟一下火起来："我家已经有了一个不灵清的，还要成双成对呀。"

于是，没有人敢作声了。

癫女人不知道是听不懂人们说的，还是因为听得多了，无所谓了，对人们的议论没有丝毫表示，眼睛总是不离两个孩子。那对孩子，男大，是哥哥，女小，属妹妹，两人喜滋滋地吃着村里人给的吃食，有时候还打打闹闹，你拍我一下，我还你一把。

癫女人和她的一双儿女，从来没有在村子里过过夜，也不知道他们每天是赶回家，还是在别的村里过夜。

　　时不时在村子里出现的乞丐，还有一个，男的，人们叫他"金卫"（是不是这两个字，我也没把握）。金卫三十岁不到，走在路上，或者坐在村头时，嘴里总是嘀嘀咕咕，一刻也不停，谁也不知道他在嘀咕什么。无论春夏秋冬，金卫的行头就是一件衬衫、一条裤子和一床被子，除了夏天，被子夹在腋下，其他日子，都披在肩上。

　　金卫的到来，人们并不感到新鲜，似乎已经把他当作自己村子里的人了，村东的老佛殿理所当然就是他的家。金卫没来的日子，人们就当作他外出打工，有时候时间长了，还会有人进破败的老佛殿看看，铺几捆干稻草，等着金卫回来。

　　自从癫女人出现，没过几天，金卫回来了，有人就跟他开玩笑："金卫，你怎么不早几天回来？老婆都给你找好了，等了好多天，不知你死活，她走了。"

　　金卫只会说："别开玩笑，别开玩笑。"

　　谁知道，一句玩笑，似乎成了真。

　　已经很长时间，既没有见到癫女人和她的一双儿女，人们也几乎忘记了金卫。终于，一个夏日的黄昏，火烧云烧得西边的天空亮了许多，西山坡上，红枫树顶的喜鹊窝也似乎在火堆里。田野里回来的人们正感叹，老天爷真的不管农人的死活，大坞头出来的唯一水源已经干了个底朝天，还不见有半点的雨意。

　　这时，人们发现，通往老佛殿的小路上，有大大小小的一帮人，眼尖的，认出是金卫和癫女人，以及她的一双儿女。

　　等他们一干人走近，有人惊呼："金卫，金卫，你真的成家了？"

金卫依然声音低低的："不要开玩笑，不要开玩笑。"

自然，没有人相信金卫的话：

"还不好意思，你一定把癫女人睡了。"

众人一阵开心的大笑，刚刚的愁眉苦脸，早被金卫他们的到来冲刷得烟消云散，整个晒谷场上又是节日一般的热闹。迟一点得到消息的，也纷纷奔出家门，亲眼见证这个天大的新闻。

癫女人似乎听不懂人们在说什么，坐在一堆稻草上，解开随身的一个旧包裹，好像要找什么。她的儿子凑近她，嘀嘀咕咕了几句，于是癫女人找出一条破裤子，还有针线，开始专心致志地缝裤子。

人们很惊讶：癫女人竟然会缝裤子？

一会儿，她要儿子脱下那条已经分不出颜色的脏裤子，将缝好的换上，儿子乖乖地依了。

"金卫，你老婆不癫，还会缝裤子。"

金卫脸涨得通红："不是老婆，不是老婆，就是搭个帮，一起活个命。"

"你们别这样说，人家也不容易，还不是命不好，才过这样的日子。"一个年岁大的女人开口数落那些不懂事的年轻人。

那一次，似乎是癫女人和她的儿女第一次在村里过夜，也好像是仅有的一次，睡的自然是老佛殿。

到了旧年的年底，金卫依然披了那床被子进村了，只是不见了癫女人和她的两个孩子。人们很奇怪，自然穷追不舍，一定要问出个究竟来，听金卫说，因为男孩子上学了，一家人出不来了。

人们又纳闷：你为什么还在外面混？金卫嘟哝道："我一人吃饱，全家不饿，不出来，上哪里？"

有人说："你该不是被癫女人赶出来的吧？"

金卫不作声，究竟是被说中了，还是如金卫说的，他们本不是一家人，谁也没有闹明白。

小时候，村子里有癫女人和金卫的日子，自然热闹了许多，可没有他们的日子，也似乎不觉得缺什么，以至于时间一长，人们再也不提他们的话题了。

只是在我们一帮孩子打打闹闹，惹得大人们不耐烦的时候，会听见大人们说，人的喉咙真是无底洞呀，这帮孩子不知要喂多少粮食才能长大，还是做个金卫好。我听了不明白，要是金卫好，他来了，干吗要取笑他呢？有时候，我们嫌家里的菜没有油水，愁眉苦脸的，父母又会说，一副金卫的骨头，却没有金卫的命。我更不明白，难道金卫的命算是好命吗？

大人说话就这样，没个定数，想怎么说就怎么说，做孩子好难呀。只盼着自己快快长大，长成大人了，也能想怎么说，就怎么说了。

后来，我真的长大了，还外出读了书，回来，在县城的一个中学里教书。学校里经常有些小工修修补补的。一天，我见人"小癫子小癫子"地叫一个五大三粗的小伙子，觉得很奇怪，就悄悄地问叫的人：

"你怎么叫他小癫子？"

他告诉我，大家都这么叫，他也这么叫，大概是因为他母亲。

我问他是哪个村子的,他告诉我的,和我小时候听说的,是同一个地方。

我想,也许他就是我小时候见到的那个癫女人的儿子,现在与我一样,长大成人了。我很想知道,他母亲现在怎么样了,可终于没有问出口。

一个人,就是一粒世间的尘埃,随风而行。可尘埃也会有光,亮亮地,甚至会炫目,不是吗? 一个癫女人,竟然带大了一双儿女,我觉得,也许,这就是尘埃的奇迹。

行走在月光里追电影

上高中之前，我以为，电影，天经地义是在夜晚的露天下放的，上了高中，我才知道，电影也可以白天在屋子里放，那屋子叫电影院。

不出村子看电影，从来就是一件很奢侈的事。一大早，大队的民兵连长就从大会堂里背出那几根长长的杉木杆子，摆放在晒场边，然后拽来铁钎挖洞。路过的人会问：

"晚上又有电影看了？"

"你说呢？"不知什么原因，连长从来不正面回答，究竟是因为问话的人不该直接说出答案，还是想留一点悬念，只有他自己知道。

不到中午，两竖一横用来挂银幕的木架子便耀武扬威地立在那儿了。

中午放学冲出学校的孩子一见，便高声欢呼，那一天，下午的课显得那么长，长得似乎天都暗不下来。好不容易等到老师一声"放学"，嘈杂喧哗的教室便冷冷清清，唯有几只麻雀站在破窗户的格子档上，不明所以地东张西望。

回到家，第一件事便是搬凳子，去晒场抢位子。大人总是虎

着脸,呵斥:

"慌什么? 慌什么? 凳子搬了,站在桌子前吃饭? 那么大的晒场,还没有你看电影的地方?"

大人就是如此不讲道理。

几年前,我曾写过一首打油诗,叫《生产队旧事四:放电影》:

鸡飞狗跳赛过节,县上电影又进村。

日头未挂西山岗,学堂稚儿急碎心。

不等饭熟菜上桌,拖椅扛凳喊出门。

最是村中俏姑娘,梳辫换衣雪花膏,倩影未见香袭人。

唯有家中主妇忙,喂猪涮锅数鸡鸭,儿催三遍始解裙。

晒谷场上人声沸,或站或坐或寻人。

场头两杆高高竖,中间银幕白莹莹。

队上干部先讲话,革命生产公私明。

新闻简报亮银幕,过后红色娘子军。

吱吱呀呀唱个够,又蹦又跳斗恶人。

稚童最喜恶霸出,腆肚晃脑学恶声。

怀春年少心二意,频频眼瞟意中人。

枪声一片胜利时,电影散场未三更。

呼伴唤儿回家去,一路篝火点点明。

晒谷场上声已歇,只剩孤月悬天心。

也许因为村子小，也许因为村子太偏，总归一年中来村里放电影的日子少之又少，于是，吃罢晚饭，赶往别村——要走几里或十几里地——看电影，便成了一件常事。

去远村看电影，总要选月圆之夜，不然，摸黑回家，可不是一件容易的事。那时，手电筒是一个稀罕的东西，即使有手电筒的人家，也不一定买得起电池。

同一部电影，会看数遍，因为不看电影，如何度夜？人们总是在头一天看电影时，就打听好明日去哪个村放映，只要能借着月色看清路，几乎场场不落下。

于是，故事总是这样，开头十分相似，结尾出乎意料。

一开始出发，奔着电影场地而去，生怕误了时辰，紧赶慢赶。等看完电影，走在月色里，大家的心思就会特别活跃，想整点什么乐子。

如果知道路过的不远处，有一片瓜地，就必定要实施"偷袭"。记得有一夜，几个人摸进瓜地，月色如银，刚要动手，忽然瓜棚里传来轻轻的两声咳嗽，对我们来说，简直晴天霹雳，跃起来就跑。我跑到地沿，断了路，往下一看，三四米高，眼睛一闭，飞跃而下。夏日里，穿的是短裤，只觉得两腿间一阵发热。身子落地，一个打滚，落荒而逃。待到慢下脚步，往大腿上一摸，黏糊糊的，全是血，方明白，刚才的那一热，是锋利的茅叶切进皮肉，见血了。

再没有其他，也得摸进别人家的菜地，摘几把辣椒、茄子，选墙角、猪栏边有鸡窝的，掏个鸡蛋，跑回来一顿忙碌，吃得汗渍渍的,方肯回家睡觉。

最可恶的,是县林场几个看果园的,我们几个刚爬上树,他们竟然放出几条很凶的狗来。恶犬冲着果林狂吠,害得我们伏在树上,一动也不敢动。好不容易叫声停歇,却见几条狗站在唯一的进出口,似乎候着我们。没办法,只好爬了半夜的山,转了几个弯,才脱离险境。

不过,这些插曲,怎么也比不上电影给大家带来的快乐,特别是外国电影。

那时,国产的电影,除了几部台词都能背得滚瓜烂熟的戏,就没其他的了。可几部外国电影,却让我们追了一遍又一遍。

人们曾经很精到地概括了外国电影的特点:"朝鲜影片哭哭笑笑,越南影片飞机大炮,阿尔巴尼亚影片莫名其妙,罗马尼亚影片搂搂抱抱。"这个总结里最遗憾的,是没有南斯拉夫。

《瓦尔特保卫萨拉热窝》是我看到的第一部外国电影,简直让人疯狂。电影中,我最崇拜的不是瓦尔特,而是钟表匠。

第一个场景是:由于抵抗纳粹的地下组织出现了叛徒,混进了盖世太保的间谍,一帮青年的秘密行动落入纳粹的圈套,几十人惨死街头。第二天,德国军官企图借死者亲人收尸,再枪杀人。一面是几十名青年横尸街头,一面是萨拉热窝的民众静静站立着。钟表匠面对惨死街头的女儿,默默地流下眼泪。纳粹最后一次通知人们认领死者,众人也都知道迈出一步就将被杀,钟表匠却一脸无惧,迈步向前。随着影片主题曲的音乐响起,他身后跟上了一个又一个的人。每到此时,我都会觉得浑身发抖。

第二个场景是：当钟表匠得知，要瓦尔特去钟楼下，与一个联络员接头，获取"劳菲儿计划"情报是盖世太保的一个圈套时，他很冷静又很坚定地掏出藏在挂钟后的手枪，揣进兜里，见徒弟有些疑惑，便淡淡地说：

"我要走了，肯姆。"

"你要去哪儿？"

"去找我的归宿。"

临走还忘不了嘱咐徒弟："你好好地干吧，要好好地学手艺，一辈子都用得着啊，不要虚度自己的一生。"

他穿过匠人街，很自然地与每一个遇见的熟人打着招呼，这时，伴着他视死如归的步伐，熟悉的电影主题曲又一次响起。终于，他抢在瓦尔特出现之前，击毙了假联络员，自己也倒在血泊里。

钟表匠那冷峻的目光，坚毅的脸庞，刀削一般的前额，永远整齐端庄的衣着，临危不惧的神情，让我朦朦胧胧地明白：这就是男人。

除此之外，那精彩的接头暗语，一度成了我们平时见面不可或缺的招呼："空气在燃烧，仿佛天空在颤抖。""是呀，暴风雨就要来了。"

不过，电影中的另一个场景，让我惭愧了许久。瓦尔特搞清楚了叛徒是谁，并与吉斯来到她家里，揭穿了她的身份，女人被吉斯抽了几个巴掌，跪在地上，一脸无助地哭诉自己面对纳粹的折磨,如何无法忍受时,我心里总是不由自主地会涌起一股同情感。当我单独与一个要好的朋友说起这个,没想到,他也说有同样的感受。我问:"我们怎么会同情叛徒呢?"

他也说不出个所以然,于是,这成了我们许多年的秘密。

另一部给我印象颇深的电影,是罗马尼亚的《多瑙河之波》。

一条船,一条河,船长和新婚妻子,一个船工,运送一船德国人的武器。虽然故事乏味得令人昏昏欲睡,但仍有精彩之处:船长和刚刚办完婚礼的妻子爬上一栋被战火破坏的旅馆,在暗淡的灯光下,长时间地接吻。我第一次看见男人与女人的接吻,目瞪口呆,喘不过气来。这也是我第一次发现,整个晒场上,鸦雀无声。等镜头切换,才听见周围的人也与我同样,深深地吐出一口气。

同时,船长妻子安娜的一袭飘逸的连衣裙,让我发现了平时从未见到的,女性的另一种美。那种美,如此活泼,如此富有青春气息,与平日里的生活如此格格不入,让人过目不忘,似乎是一次刻骨铭心的青春启蒙。

于是,劳累之余,我们中总会有人莫名其妙地来一句:

"安娜是个好姑娘,你好好照顾她。"

那是船长临终前对假扮船工的游击队员托马说的一句话,也是一个嘱托。

我们都知道学说这句话的人的想法,谁不想当托马呢?

行走在月色里,追着神往的电影,似乎一个昨日的梦。

辑二／ 悠悠我心

飞翔在天空中的父亲和泅游在溪流里的母亲

一

我的父亲与母亲都是真正的文盲,一字不识,连自己的名字也不会写,遇上一定要签名的时候,他们只能用私章代替,当然,私章上的名字是父亲的。在我们那里,女人是不能替家里做主的,一家之主只认男人。还好他们整天囿于村子里干农活,也遇不上多少签字的机遇,于是,私章被丢在那张破桌子的木抽屉里,孤独地与布头、针线和一些无足轻重的杂物混在一起。不知何年何月,忽然想起要用,一定是翻来覆去地找,甚至要将抽屉端到门外,把里面的东西一股脑倒在地上,才能找着。他们对于这个世界仅有的一点认识,所得不多的道理,来自两个途径:一是上辈人的教导,邻里人的讲述;二是由自己的经历得出的经验,不过与其说是经验,其实大多是教训。

小时候,遇上父亲或母亲心情好,会给我们讲讲他们眼中的世界,记忆里,他们的世界,人与鬼、神、佛互相来往,生活在一起,而人往往很卑微,总是被鬼、神、佛欺负或捉弄。现在想起来,父母亲所认识的世界,也许就是他们自己生活的无意识的映照。在我看来,他们似乎没有过过几天舒心的日子,一天天地,总是被怎样活下去,或能不能活得稍微好一些所纠缠,而纠缠他们的,就是鬼、神、佛。

搜索尽我所有年少时的印象,无论是上高中前所住的,据说是花五十块钱买来的老房子,还是上高中后所起的新泥瓦房,家里的气氛总是郁郁寡欢,生气不足,沉默有余,虽然极少听见唉声叹气,可也难得听见笑声,更别说爽朗的笑声了。年少的自己,不懂得生活的艰辛,更哪里知道父母亲的心事?

就拿一件事来说吧,过年是农家一年中最大的事,过完年,就得走亲戚,见别人家初一初二就老老少少地外出了,我们兄妹几个也盼望着父母开口,让我们出门走亲戚,可父母总是不开口。年年都是等着几拨亲戚来过了,才让我们出门。懂事后我才明白,走亲戚要拎果子包,准备像鸡蛋糕、芙蓉糕、兰花根之类的点心,让别人家先来,自然是带了果子包的,这样,就积下了走亲戚的本,省了钱。

正月过完了,也许会剩下一两包果子,我们总想,再不用走亲戚了,果子包可以打开吃了,可转眼间,果子包就无影无踪。趁着父母亲不在家,我曾经翻箱倒柜,甚至见到老鼠洞都想扒开看看,但始终没找到母亲将果子包藏在何处。思来想去,只剩装稻谷的木桶没翻过,该不会在那里吧?抱着试试看的心情,我伸手一层层扒开稻谷,真的在!心想:果子包是用草纸包的,撕个小口,少挖点吃吃,不会被发现。没想到,吃了一口,我就老惦记着,一有空就去挖点吃吃。等到果子包瘪了一大半,也就无所谓了,没几天,就把它消灭得一干二净。

接下来的日子十分难挨,我一天天地等待着案发。终于有一天,母亲将我们兄妹三人叫到一起,指着眼前的一堆破草纸,责问是谁吃的。三个人都摇头。母亲火眼金睛,精准断案:"老大本分,不贪嘴,妹妹人小,连木桶都爬不上,不是老二你还有谁?"接下来可想而知,我挨了一顿揍,才算将"案子"了结。

在这样的日子里,最经常碰上的就是父母亲无休止的争吵。我不明白,两人究竟为了什么,如此地过不去? 这种时候,我只能像一只无辜的猫,躲在一边,无奈地等待着这一切的结束,除了等待,做儿女的,又有何招?

今天,我仔细地回忆和思考他俩之间争吵的这一切,终于得出一个结论:父亲是一个飞翔在天空的人,母亲则是一个泅游在溪流里的人,怎么能够说到一起去,而不争吵呢?

二

父亲去世好多年后,我细细地拾掇父亲留在我记忆里的点点滴滴,然后在时间的河流中慢慢地洗涤,才渐渐明白其中的细纹脉络:父亲虽然一字不识,可他却是一个仰望天空,渴望翱翔的人,哪怕认命自己已经不能翱翔于天空,可仍然没有放弃,只不过将这样的渴望,转移到了我们兄妹身上。一旦弄清楚这些,父亲那些原本让我百思不得其解的行为背后的动机也就显而易见了。

母亲则不同,她是一天天泅游于溪流中的人,一刻也不停地关注着水流前行的风险，因为她知道，稍不小心，一个小浪就可以让自己，以及这个家遭到灭顶之灾。

在我来到这个世界之前，母亲毁掉了父亲第一个飞起来的契机，让父亲脱下了军服，解下腰间的皮带和木壳枪，离开了生活的高地、权力的中心，去一个偏僻的山村当农民。因为在母亲看来，有了自己的山、田和地，那才脚踏实地，活得稳实。可她无法预料到，没有几年，田地又从自己的手中滑落，而自己以及全家都被紧紧地锁在贫瘠的土地上，为了一口饱饭而挣扎。

我来到这个世界之后，父亲似乎有了第二个飞起来的机会（当然与我的出生无关），为村子里的事四处奔波时，又是母亲跳出来坚决反对。

在外人看来，男人自然是家庭的台柱子、当家人，可我家里，暗地里却是母亲在当家。吃什么不吃什么，要添什么不添什么，都是母亲说了算。一年又一年，一家人总是踉踉跄跄在挨冻和挨饿的边缘，稍有算计失误，就会坠入深渊，就像一叶扁舟，颠簸于河流之中，母亲则是这一叶扁舟的掌舵人。她仔细分析水情变化、暗礁分布、漩涡所在，拼尽全力，以求避开，让扁舟不至于倾覆。她绞尽脑汁为的都是解决燃眉之急，因此无法仰望天空，她知道，天空中不会出现奇迹来解救这个家。她像一个技术高超的裁缝，手中仅有一点点布，却要裁出可以让全家人蔽身遮体又不失尊严的衣服。

到了我上高中时，为了要不要起新房，父亲母亲之间爆发了一场猛烈的争吵，差点到了动刀动锄的地步。我们兄妹三人吓得跪在地上，一个劲儿地哭，哭，哭。好在邻居出面，一场风波才就此止息。

父亲一心一意要起新房，大有"不起房，毋宁死"的意思；而母亲则哭哭啼啼，诉说着家里的困难：生产队里还欠着债，儿女还在读书，家里哪来的钱？见说不动父亲，母亲就起身，叫来了舅舅，劝父亲。一番话下来，没想到，舅舅倒回头劝说起母亲来，说是房子迟早要起，既然父亲决心这么大，亲戚朋友能帮的帮一下，顶一顶，事情就成了。这样，母亲也无话可说，算是同意了。

那时候造房子，面上似乎也用不了几个钱，可是，木匠、泥工上门做事，都是在东家吃饭的，每天变了花样，要做出一桌子荤素菜肴，就不是一件容易的事。而这些，父亲从不过问，都是母亲想着法子，也不知道从哪里弄了来。三间泥瓦房竖起来，母亲似乎已经精疲力尽。

上梁的那天，下起了毛毛雨。亲戚朋友，村子里帮忙的，一大堆人你来我往，忽然人们互相询问，说是我母亲不见了。我正与一帮孩子玩得高兴，听说此事，一下子蒙了。大人们四处寻找，也不见踪影。

过了不到两个时辰，母亲回来了，全身透湿，几缕头发沾在额上、脸上，眼睛红红的，明显大哭了一场。人们纷纷问，怎么了怎么了？母亲摇摇头，说没事没事。大家见人没事，也就不多问，忙起自己手头的事情来。我也不明白，新房上梁，这不是一件大喜事吗？为什么母亲却要找一个没人的地方，大哭一场呢？我想不通，可也不敢问。

　　父亲去世几年后，一个冬日的午后，我和母亲坐在阳台上聊天，说起以前的一些人和事。母亲告诉我，当年父亲主张一定要造那三间泥瓦房，导致一家人如何艰辛地度日。她说："每天站在灶台前，都不知道到哪里去找东西，只好东家借几个鸡蛋，西家赊几斤肉，烧给上门帮工的人吃，而你的父亲则不管这些，那样的日子，自己都不知道怎么过下来的。"

　　我问："父亲为什么一定要造房子？旧房子不是还可住人吗？"

　　母亲说："别人都说你父亲没本事，其实他心气很高，大概觉得自己一生都没有干成什么事，最后只有造个房子，也算是办成了一件大事。"

　　我想也许是的。虽然母亲与父亲争吵了大半辈子，到头来，真正能够看清父亲的，仍然是我的母亲。

茇茇草一般地活下去

一

因为读了一些书，有机会让我走出了母亲生活的那个世界，也因此染上了一些书中弥漫出来的伤感，如瘾君子一般，时不时会发作，侵袭自己本来就不坚强的心，惹出许多不应有的烦恼来。

伤感侵袭来时，最好能坐在深秋的白桦林中，听风自由地在林间来来去去，稀薄的阳光抚摸着尖尖的树顶，白白的，有些瘢痕的树身，以及白桦树生长的土地。土地里生发出腐叶烂草的气息，在这样的空气中，会有斑鸠、长尾鸟的叫声，随自由飘落的白桦树叶，时时颤动。不远处的小溪流水潺潺，似乎呼应着坐在林中的伤感者。

其实，这都是我的幻想，大概都是喜爱俄罗斯文学留下的后遗症。我的故乡是江南的一个默默无闻的山村，一代又一代，生生世世的人们，别说没见过白桦林，就连白桦树的名字也没有听过。有的，都是一些不入文人之眼的野草、野树，有些草和树，连我也叫不出名来，老乡会根据草和树的形状，或者叶片的滋味，随便起一个名字,这样的名字,即使翻遍所有的书,也找不见。

可有一种草,叫芨芨草,书里这样叫,我们村里的人也这样叫。不知是偶然,还是别的原因。

书上说,芨芨草主要生长于内蒙古、青藏高原,耐旱,耐寒,耐碱,不挑选环境(其实何来挑选机会?),滩涂、旱地、丘陵、河边,都有芨芨草的踪影。我的出生地虽然是江南小村,也随处可见芨芨草。

春天来了,上年枯败的叶茎下,早已枯黄了一冬的根丛依稀见青,发出嫩黄嫩黄的芽来。随着天气一天天变热,芨芨草也不分白天与夜晚地生长,夏天一到,抽出细粒的花穗,像花,又像果。其实,果子要到秋天才结出来,也是一穗一穗、细粒细粒的。等到霜降,青青的、细长的叶子渐渐变黄、变灰,夜里一阵风,清晨起来,见叶已偃卧在地,只剩下直直立着的茎秆,还不屈地在寒风中抖瑟。若冬雪来得早,一压,连茎秆也折损,不见了。一个冬天,不见了芨芨草,也不觉得少了什么,好像这个世界从来就没有芨芨草这回事。不过,等到来年,人们依旧忙于自己的从来忙不完的事情时,芨芨草又偷偷地、寂寞地从泥地下钻出来,唤回人们早就淡忘了的记忆。

芨芨草的茎、叶虽细细的,一眼看去,似乎柔弱不堪,其实坚硬得很,一不小心,就会将你裸露的手臂、腿,划出一道道血印。一丛一丛地,在风中窸窸窣窣。别看芨芨草不起眼,若想将它拔起可不容易,细细的毛絮状的根须紧紧地抓住地面,即使是青壮小伙子,也不敢小觑它。

在我的所见里,除了供牛、羊食用,芨芨草没有多少用处。

可不知为什么,时常地,我想起母亲,就会想起故乡的芨芨草,见到芨芨草,就会想起我的母亲。

二

十五年前的冬天,临近冬至,特别的冷,母亲去世了。

那天夜里,三点来钟,床头的手机响了,我心一沉。那些天,我最不希望的就是半夜里手机响,因为母亲病重,经大家一再劝说,好不容易同意住进了医院,而我依旧在百里之外的他乡谋生。不出所料,电话里,妻子只是简短的一句话:

"你马上回来。"

一路夜奔,等我赶到医院,医生还在抢救,母亲静静地躺在病床上,双眼紧闭,身上盖了熟悉的家里的棉被,消瘦的脸庞在苍白的灯光下更显得蜡黄。床边悬挂的点滴瓶也静静的,没有丝毫动静。我知道,医生的抢救只是给我一个安慰,让一个不得已在外谋生的儿子,不要在心中留下母亲去世时不在身边的永远的遗憾。

过了十几分钟,医生停了下来,拍拍我的肩,轻轻地对我说:

"我们尽力了。"

主治医生是我要好的朋友,我点点头。

我非常冷静地替母亲捋了捋有点儿散乱的花白头发,母亲一生节俭,却十分注重仪表,可如今,她只能由我来替她拾掇了。

从母亲去世到丧事办理完毕,我流了两次泪,一次独自一人无声哭泣,一次在众人面前号啕不已。

当天夜里,天还未亮,我们几个,妻子、嫂子、妹妹,无言地坐在病房里,静静地等待殡仪馆的灵车到来。

豁然想起,要给南京的大侄儿打个电话,通知他回来。

我走出病房,站在阳台上,外边依然是黑漆漆的夜色。电话通了,我没有吭声,不知道怎么开口,那边的侄儿"叔叔,叔叔,什么事"地问着。

好一会儿,我才开口:

"奶奶没了,再也没有奶奶了。"

话一出口,泪流满面。清楚地记得,说出这句话,我才真正地明白,母亲去世了,世上再也没有我的妈妈了。一阵钻心的刺痛电击般地通过全身,让人浑身战栗,我站在阳台上好半天,没有出声,任泪水一个劲儿地流,隆冬的夜风呼呼地刮,脸上有一种被撕开的感觉。

天亮了,一些得知消息的亲戚朋友陆陆续续前来吊唁,我依照人们的指点,有规有矩,将母亲的丧事一件一件地完成。母亲躺在水晶棺里,什么也不知道。

等到通往焚烧炉的大门打开的一瞬间,我的心猛地往下一坠,只觉有些眩晕,禁不住跪在地上,对母亲喊了一句:

"妈妈,病痛再也不能怎么样你了。"

说完,便席地而坐,野狼一般地号啕起来。

也许太突然,众人不知怎么回事,一拥而上,我扳住水晶棺的一角,没有内容地一阵号啕,众人劝也劝不住,他们不明白,一直好好的我,怎么突然间如此地声嘶力竭? 其实,细细想来,那场大哭,有两个原因,一个是我突然感觉到,母亲再也无须忍受那种无止境的病痛的折磨了,于她,何其不是一种解脱? 母亲的病痛,不仅于她,于家里人,于我,也都是挥之不去的病痛,我们想了许许多多的办法,也无能为力。二是几天来思来想去的一些事,本来无所谓的,挺平常的,比如有些周末,我因为贪玩,没有先回家打个招呼,就在外面与朋友聚会了,我怎么没想到,躺在床上的母亲一周未见儿子的心情? 比如那年搬家,母亲随我们搬到了新家,晚饭后,母亲要出去走走,我与一帮朋友喝酒聊天。晚上九点过后,母亲哭着被人送回家,原来她不知怎的迷路了,见此我只让妻子去安慰一番,自己却无动于衷。如此等等,现在突然都成了永远无法弥补的后悔与遗憾,那种永远的悔恨只有自己能够体味,也只有借号啕一番,似乎暂时能从重压之下,缓出一口气来。

我们村里流传着一句俗语:"不要死了爹娘,再讲孝顺的话。"而我,恰恰成了这样的人。

三

母亲留在我记忆里最初的印象,是汗渍渍的乳香。

记不得我几岁了,两岁? 三岁? 四岁? 反正是一个夏天,日近中天,村子里已经炊烟四起,可我家里还是冷冷清清。我坐在旧屋的门槛上,独自望着一长溜的篱笆,炎炎夏日的阳光将篱笆旁的芭蕉叶晒得卷了起来。进山去的母亲沿着篱笆走来,我也随之闻到一阵山苍子的香味。母亲离家前,告诉我她要去采山苍子,我闹着要同去,她就骗我说,给我找件衣服换一换。我等了半天也不见母亲出来,知道她一定是从后门走了。

母亲卸下装满山苍子的扁篓,拖过一把竹椅子坐下。我迫不及待地掀起母亲的前襟,熟悉的乳香,汗津津的热气,一起扑面而来。

母亲抚摸着我的头,轻轻地说:

"饿坏了吧?"

其实,一直以来,我对我出生前的母亲所知甚少。有一天,记不起是因为什么,母亲很伤心,默默地流泪。我见了,也不知怎么说才好,只能陪坐着。好半天了,母亲的情绪渐渐地平息下来,忽然对我说,要和我讲讲从前的一些事情。

母亲属兔,生于1927年。

我读现代史知道,史书中关于1927年提得最多的是:大江南北炮火连天,扛枪的队伍过来过去,闹得鸡飞狗跳,寝食难安。世事运转起来,不是百姓可以懂的,刚刚齐心打军阀,转眼间就是互殴,血染江河,横尸街衢,城头上挂起一排排的人头来。据各方自称,都是为了百姓,可平头黎民知道,跟自己有关的,只有纳粮供税,谁也少不了。

母亲的出生地,离县城还有数十里,一个难以想象的穷乡僻壤,一条弯弯曲曲的,只可推独轮车的山路,傍河越岭,通往陌生的外面。别说那个村子是何等偏僻,就说那个县城,都小得可怜,人们形容它:"城里一条街,三爿豆腐店。城中打屁股,城外听得见。"据母亲说，小时候，寒冬腊月，村里人凑在一块儿取暖闲聊时，也会异想天开，猜测京城里的皇帝过的是什么日子，想来日日绫罗绸缎，天天钵头炖鸡鸭，是必不可少的。其实，那时早已经是民国数十年了。

母亲十八岁那年，外公挑了一担木炭去城里卖，恰好碰上日本人的飞机扔炸弹，没见过世面的他，虽然两百斤木炭挑在肩上，一路换肩可以不停步，可也被吓破了胆，竟然寻不见回家的路，饿着肚子，城里城外转了好几天，幸亏遇上熟人，将其带回家，可怎么也缓不过劲来，最后疯了。

家里的顶梁柱倒了，日子更加难过。母亲在家是老大，下面还有两个弟弟。听母亲说，外婆本来脾气不好，此时更是变本加厉。有时候对母亲发起脾气来，棍棒交加。母亲无奈，为了活下去，逃出家门，进城给有钱人做用人。

过了几年，在城里当用人的母亲遇上了我父亲，那时，父亲全副武装，头戴大盖帽，腰间佩着手枪，在新衙门里吃官饭。

至于后来为什么我家却安在了农村，在我的《少年的天空》一书中有过叙述：

"母亲总是怀疑父亲一直恨他，她私下里告诉我们，当初父亲不愿意离开县大队，是母亲吵着闹着要参加土改，羡慕几丘田几片山，害得一家吃不上公家饭。其实我从未听过父亲说过此类的话。他也许更多的是觉得这全是命中注定，命该如此。看来母亲唠叨这些，也是有意无意吐露自己的某些愧疚和悔意。母亲有时会感叹：哪里会想到没过几年，田地又会收回去呢？"

四

听母亲絮絮叨叨地讲，我第一回知道，我曾有过一个从未谋面，也永远无法谋面的姐姐，和一个同样如此的哥哥。

二十世纪五十年代中期，那时的村子里也就八九户人家，各干各的。我家虽分到了九亩田，按说一家四口，种点吃的，果腹应该不在话下。可听母亲说，却是另一个样，统购统销，交了公粮、余粮，剩下的只是饥饿。

"土改时，只是分到了一些田地和山，没有分到房子，几年了，还是住在瞎子妈妈隔壁的草屋里。"

母亲提起那些往事，语气特别平静。

"白天，大人要下田里干活，就让你六岁的姐姐，在家带你四岁的哥哥。别看她才六岁，可是已像个大人，懂事得很。让她别去水边，她就不去水边；让她别玩火，她就不玩火。弟弟饿了，吵着要吃，姐姐急得没办法，就去水缸里舀一碗水给弟弟喝。我若晚一些回家来，他俩常常互相抱着，就睡在几捆稻草上，姐姐的手当弟弟的枕头，两个人的脸上小花猫似的，也不知道哭了几回。"

穷苦夫妻难挨日，少不了磕磕碰碰。

夏天里的一个黄昏，辛劳了一天的父亲从外面回家来，不知道因为什么事，大发脾气，与母亲吵了起来。姐姐站在一边，惊恐的眼光在两个人的身上来来回回。母亲一气之下，牵了姐姐的手，说：

"走,我们去瞎子妈妈家睡。"

在瞎子妈妈家喝了两碗稀饭,聊了一会儿天,姐姐小心地与母亲说,有些饿,母亲说,那我们去睡吧,睡着了,就不会饿了。

姐姐的头枕在母亲的手臂上,问母亲:

"妈妈,弟弟去外婆家,几时回来呀?"

"过两天,过两天。等天气凉下来,我带你去接弟弟。"

姐姐不知道,其实,弟弟不在了。前些天,母亲从外婆家回来,带了一包裹的玉米饼,姐弟俩欢天喜地,各自啃着香甜的玉米饼,屋里屋外,跑进跑出。跑了一会儿,弟弟一手捏了个饼,一手提了鞋,说要去洗脚。母亲说,等一下,让姐姐带你去。一袋烟的工夫,有人飞跑来,让母亲快走快走,嘴里不停地说出事了出事了。

"我怎么也想不明白,只是能没了脚背的水,怎么就能淹死人呢?"母亲和我说这个事的时候,一脸的沉思。大概数十年来,这个疑问在母亲的心里,已经问过一千次,一万次,仍然找不到答案。原来,没等姐姐回来,弟弟独自去洗脚了。

"嘴里还鼓着一团饼呀。"母亲依然是满眼的迷茫。

我问母亲,有哥哥的照片吗? 母亲似乎猛然惊醒过来,看看我:

"孩子,你傻不傻? 肚子都填不饱,还提什么照片?"

我觉得自己简直笨到头了。母亲继续讲姐姐的事:

"那天晚上,不知怎么了,好久也没睡着,月光很亮。迷迷糊糊之间,我的手臂好像被什么抓了一下,突然把我惊醒,你姐姐也浑身一抖,叫了一声'妈妈'。我起身,点亮油灯,四下里找了个遍,也没看见什么。"

第二天起来,母亲见姐姐还睡着,就托瞎子妈妈照看,自己下地去了。

午时,母亲回来,瞎子妈妈跟母亲说,孩子好像病了,身子软软的,还没有起床。

五

母亲走近床头,用手探探姐姐的额头,很烫,就急急忙忙唤醒她。

姐姐说:"妈妈,我头痛。"

母亲去隔壁家借了一个鸡蛋,用开水冲了蛋花,端给姐姐喝,姐姐说不饿。母亲劝她:"你病了,不吃点东西,怎么会好起来?"

姐姐勉强地喝了两口,摇摇头,说喝不下。母亲只好将蛋花暖在灶头,说等一会儿想喝了再喝。

姐姐见母亲要出门,忽然对母亲恳求地说:"妈妈,不要离开我,我害怕。"

这时候,母亲想起昨晚的事,心想大概是被什么惊吓了。于是,就偷偷地剪了姐姐的衣角和自己的衣角,放在碗里烧成灰,好不容易让姐姐服下,母亲的心也安了许多。

到了晚上,姐姐的烧还是不退,父亲决定,第二天一早,就进城里叫医生来看。

五更时,父亲就开门出发了。

等到天蒙蒙亮,母亲见姐姐脸颊通红,额头上的虚汗都黏手,唤了几声,也不见回应,就慌了。急忙将姐姐用绑带绑在背上,顾不上喝口水,拔腿上路,进城。半路上,母亲忽然觉得背脊上一阵热,用手一摸,湿漉漉的,急忙停下脚步,在路边解下背脊上的姐姐,可怎么唤,也唤不醒了。

"咳——"

母亲说到这里,长长地叹了一口气:

"那天,我怎么会去瞎子妈妈家呢?"

我知道,母亲有些没道理地责备自己,就安慰母亲:也许是姐姐的命不好,没有福气陪你。说不定,她在那边,还是个美美的花仙子呢。

"你也信命?"母亲有些诧异。

平日里,与母亲聊天,她常常感叹自己的命不好,我就会说,那是你没读过书,我们读过书的人,是不信命的。可此时,我想也没想,很自然地用"命"来宽慰母亲,难怪母亲听了有些诧异。

非常奇怪,当母亲向我讲述未曾谋面也永远不可能谋面的姐姐哥哥时,虽然母亲平静地讲着,但我越听越压抑,甚至有些透不过气来。当我想起用"命"来解释这些时,不仅仅是安慰母亲,自己也觉得,好像从深深的淤泥中扒出了一个小孔,让自己能够呼吸,心里也随之轻松了许多。于是,我似乎有些明白,不要轻视一个相信命运的人,相信命运的人,都是从绝望中走过来的,没有经历过那种黑暗无底的绝望之境,谁会去相信命运呢?

　　想起以前，我听见母亲数落命不好时，总是觉得那是一种没有知识的愚昧，何曾知道，到头来，原来还是自己的肤浅，对人生的无知。

　　"我也是想，你姐姐太懂事，太聪明，大概这个世间容不下的。可能是哪位仙子，早早地召去她那儿，让她享福去了。那天晚上，就是通知我。"

　　我的故乡，流传着许许多多关于狐狸仙子的传说，据说，狐狸仙子专门找聪慧美丽的女子做伴，让她过上好日子。只不过她找着伴了，可不知伤透了多少母亲的心。

　　我难以想象，三十岁不到的母亲，曾经在短短的时间里接连失去一双儿女，那种痛苦难道是人可以忍受的？虽然母亲说，要告诉我这些我不曾知道的事，也细细地道来，但我知道，母亲还是省略了其中的许多许多。比如，她没有告诉我，发生了这些事，她是如何熬过那些日日夜夜的？她又在多少次梦里梦见过自己曾有的，活蹦乱跳的一双儿女？面对这一切，那颗心痛得如何不能止息？难道轻飘飘的一句都是命不好，就可以让一个连续失去儿女的母亲心归于静吗？那都是经历了无数的风风雨雨，回望过去，得出的一种无奈的解释。当然，我不想问，不愿问，也不会问。

　　我的母亲不识字，不知道世界上许许多多的人，不懂得世界上许许多多的事，可她像一丛野地里不起眼的芨芨草，凭着自己的能力和智慧，不怨天，不怨地，日复一日，努力地将根须扎进泥地的深处，让自己顽强地活下去。

六

母亲似乎是父亲的坚定的反对者。

在我的印象里,私底下,母亲总数落父亲这也不是,那也不是,照母亲自己的话形容:身上没一片好肉。

有一年,天下乱纷纷,大队里的书记、大队长都下台挨批斗了,不知碰上什么狗屎运,父亲成了村里的首领。刚上小学的我,嘴上不说,心里也着实添了许多兴奋,一副出人头地的感觉。一天到晚,只听见父亲的脚步声"啪嗒啪嗒"地响个不停。那一阵,父亲似乎把整个世界都扛在自己的肩上,忙碌得头上冒火,脚下生风。可母亲就不乐意了,不仅不乐意,还一个劲儿地撇嘴,叨叨咕咕地在父亲背后说些丧气话:

"自己家还是个倒挂户,如今还想为几百户人家做主,我看做不上多少时辰,大家都得成倒挂户。"

那时,父亲哪里听得进母亲的反对?新官上任,火烧得轰轰响,不是这里开会,就是那里开会,回村后,又三天两头召集社员开大会。母亲又牢骚满腹,说了:

"庄稼不是种在会场里的,是种在田地里的。如今不是让大家到田头地角挣工分,而是天天在会场上挣工分,我看那工分顶个屁用。"

不出几个月,父亲也被人轰下了台,似乎有些萎靡不振。我们几个既担心又同情,在家里走动时都大气不敢出,可母亲不一样,似乎有些幸灾乐祸:

"这一跤摔得好,省得整天不说人话,不干人事。"

不过,看看父亲的身子骨,母亲还是痛下狠心,宰了那只快两岁的母鸡,炖了给父亲吃。父亲坐在堂前大口啃鸡肉,啃得一屋子喷香的鸡肉味,我们兄妹几个,只有不停咽口水的份儿。

父亲早年是个小混混,虽说穷得卵子挂叮当,可也爱打抱不平,因此与地方上有权有势的人家结了梁子,结果被人寻了个机会,被抓了壮丁,一路汽车、火车,送到南京浦口,让他背了一杆枪,腰上缠了一圈子弹带,伏在江边的工事里,和好多人一起死守长江。

父亲从没出过远门,见滚滚长江汹涌起伏,也不知道为什么还要人背枪来守。好在队伍里有几个识字的,知道一些天下大事。他们告诉父亲,长江那边和这边的区别,说让守长江就等于让大家送死,所以叫死守。父亲一听,这还得了,自己还没成亲,家里还有近六十岁的母亲,就这么死了是不甘心的。于是,还没等开战,父亲找了个空隙,与一个同乡一起逃回了老家。

村里自然不敢回去,二十来岁了,也没个赖以为生的手艺,恰好听说在城外十几里的地方有人组织人马,操刀练枪,父亲觉得自己扛枪舞棍倒是有两下子,于是就义无反顾地投奔过去。

在一个偏僻的小山村里操练了不到两个月,父亲听了不少前所未闻的话,才知道天下将大变,坐龙庭的也不是命定就一个姓,穷人也有拨云见日的一天。

讲这些的,是这个组织的头头。他有着高高的身板,一表人才。听他自己讲,他去过远在天边的美国,能说一口叽里咕噜的洋话，会把飞机开得像飞鸟一样，上下起舞。

一个与平常没有两样的黄昏，头头将手下人召集起来，讲了一通"养兵千日（其实不到六十天），用兵一时"的话，告诉大家，解放军已经到了离城不出百里的地方，城里平日耀武扬威的大小官员已经个个成了缩头乌龟，要趁此机会打进城去，迎接大军。于是，几十号人一路急行军，抢在解放军进城之前，赶走了城里那帮大小官员。双方在城西门干了一场，枪响得差不多塌了半边半天，死了几个人，硬是把城守住了。

过了一天一夜，解放军到了，父亲他们大开城门，迎接大军。就这样，父亲吃上了官饭，在县大队当差。戴着大盖帽，腰里扎起皮带，挂上一柄木壳枪，大摇大摆地往大街上一走，众人都不自觉地要让避，那一阵是父亲穷苦的一生中辉煌的巅峰。

母亲就是在这当口，看上了一字不识的父亲。

当年父亲在县大队当差，实行的是供给制，自己吃穿住不愁，每月还有六块钱津贴，可这样就苦了没有工作的母亲。

没多久，土改开始，那时的父亲忙着下乡剿匪，抓地方恶霸，忙得像母亲形容的，脚不点地。母亲听说参加土改能分得一片山、三十六顷田，就连夜马不停蹄地赶到父亲所在的乡下，哭天抢地地要父亲回来，脱了那身军装，回村土改，参与分田地。一个几代当佃户的人家，一夜之间可以有山有田，原来连做梦都不敢想的事，现在眼看要成真，能放过吗？

父亲出身农民家庭，却天性不喜欢也干不了农民，可最后还是拗不过母亲，脱了军装，回到农村当了农民。等他走了不久，就开始实行工资制,一些当年劝他别走的伙伴,从此与父亲生活在两个世界。

母亲一生中,似乎为唯一一次的反对父亲,隐隐约约有些后悔,可从来也没有说出来,大概她不情愿公开承认。因为她的这次反对,让父亲付出了无法估量的代价,也从根上改变了我们一家几代人的命运。

七

换个角度看,似乎母亲所做的,也都被父亲看不起。

父亲从来不管家里的日常油盐酱醋,人人必需的衣裤,换句话说,家里的经济大权由母亲掌控。可那是一个缺的就是钱的年代,与其说是掌控经济大权,不如说是日日都得为维持生计苦苦操劳。除了去生产队里挣工分外,母亲天天想的,都是如何让那方包钱的手帕里不至于分文不剩。

因为家里一直是倒挂户,挣的工分还抵不了从生产队里分回家的粮油,所以根本无望从生产队里分到现金,于是,母亲就偷偷地做些父亲不赞同的事。

夏日里,没过三更,母亲就起床了。忽明忽暗的油灯下,母亲整理着两个扁篓,里面是昨天从自留地里摘的辣椒、茄子、南瓜,有时也揣上积攒了好多天的鸡蛋。门外已经有几个同行的女人在轻声地问:"好了没?"

母亲和几个同村的女人一起,趁天色未明,偷偷进城,站在街头巷尾,将这些卖了,然后去布店里,给家里人扯几尺布回来。

等到薄暮时分，路上的行人稀少了，母亲才从山里挑着一担东西回来。那是挖了一整天的金刚刺的根，洗一洗，再劈成一片一片，晒在屋后，等晒干了，母亲就偷偷地担进城，卖给酒厂。那时代销店里卖的就是这种金刚刺酒，大概是一毛两分钱一斤。

更让父亲不屑一顾的是，母亲打回家的一篓猪草下面，经常会有半篓花草(学名叫紫云英)，那是生产队播种在水田里，等到开出满地的紫色花来时，翻耕了做肥料用的。也有时候是一捧带泥的萝卜。父亲见了，恨恨地唠叨，好像是说，终有一天会被人抓到，弄得挂牌游街才好。自然，父亲从来不肯咬一口，不过也没有反对我们吃。我们兄妹几个与父亲的看法刚好相反，盼望母亲回来，天天有这个。

不过，父亲的反对也有失误的时候。

有一年，一个来月都不见半点雨星，老柏树底的那口供全村人吃喝的水井也见了底，村里只好在唯一还有点水的山沟里打桩筑坝，把水留住，供村里的人、猪、牛吃喝。一天夜里，母亲和几个村里的女人嘀嘀咕咕，好像又要做什么神秘的事，我只听父亲十分恼火地说："就是不听，就是不听。"

第二天，村里传开来，说要批判母亲和几个女人搞迷信活动。原来那天夜里，她们几个去老佛殿拜佛求雨了。

可没等开会，天色突变，一时黑云密布，闪电雷声齐集，大雨倾盆。孩子们大呼小叫，都被大人一个个捂了嘴，拽进家里，不让出声，生怕一闹，雨就停了。

老天有眼，一场雨下来，再也没人提批判会的事了，不过也没见谁将功劳记在母亲她们几个人的身上。

现在我明白了，其实母亲并没有什么高见，头脑里也没有什么高深的理论，因为生活在社会的最底层，艰辛的日子迫使她不能也不可以失去常识。就像黄山悬崖绝壁上的黄山松，要活下去，即使在悬崖绝壁上，也要寻得一掬可怜的土，吸住石缝间难得的一线水。风吹雨打的日子里，只有将根须深深地伸进石缝之中，方能不至于倒下，除此之外，还能再要求什么呢？

八

我们村里的农人，见了蛇，且敬且畏，大人们敬多于畏，孩子们畏多于敬。想来其根源有二：一个是村里一代传一代，流传着许许多多关于蛇会成精的传说；一个是蛇有毒，被蛇咬了毒发而死的事，年年发生，无非不在本村里。

也许是蛇的形象不佳，没有几个人会喜欢，所以村民关于蛇成精的故事，并没有文人编的《白蛇传》那么美好。

我曾听过一个不知真假的故事。好多年以前，村里有户人家的儿子，不知怎的，能吃能睡，却日渐消瘦，父母问其原因，也不肯说，叫来医生，看看舌苔，摸摸脉，也说不出个名堂来。直到儿子卧床不起，奄奄一息之时，才断断续续将真相告知。原来，这家人的儿子夜夜将睡未睡时，会有一个漂亮姑娘出现，与其辗转缠绵，极尽人生之快乐。这家人的儿子沉湎于此，不能自拔，末了一命呜呼。最后，办完儿子的丧事，移箱拆床，方见床下盘了一条大花蛇，人们才明白，此蛇已经成精，夜夜幻化成女人，吸尽了这家儿子的精血。

听年长的说,蛇怕佛,一旦有人家里发现有蛇,就四处点起香来,烟雾缭绕,蛇闻见香的气息,误以为佛到,就会悄悄地溜走。人们在野外遇见蛇,大多也是避而走之。唯有年轻的,不太迷信的,遇见大蛇,会打了来,剥下蛇皮,趁蛇皮未干,背面涂上蛋清,绷在早就削好的六角形的竹筒上,制成一把声音清脆的胡琴。于是,在那些残冬寒夜,或者初春薄暮,就会听见吱吱呀呀的不成调子的琴声,满村子地乱跑。

我不知母亲哪里来的胆子,竟然做了一件于村民看来惊世骇俗的事:将蛇炖了吃。

那是一条四五斤重的蛇,本地俗名叫"菜籽花",剥了蛇皮,无须用刀,腹腔就自然裂开,内脏流了一地。母亲将其斩头去尾,洗净,切成寸段,装在一个黑不溜秋的汤瓶中。

然后,在我家当厨房的茅棚外的空地上,烧起一堆炭火,将汤瓶架在炭火上煨。母亲说,烧蛇该在天空底下,无遮无挡,就中不了毒,汤瓶不能加盖,待到蛇肉离骨,蛇骨根根立起,蛇毒便消散殆尽。

不知道母亲放了些什么调料,把那蛇煨得满村子香气盈鼻,引来一村的小孩围着看,又新奇又害怕,个个喉咙一紧一松,不停地咽口水。

那时节,无论大人小孩,肚子里都没有多少油水,哪里会想到,蛇肉烧出来会如此地香?我和一群孩子正期待蛇肉出瓶,望眼欲穿之时,母亲却说,小孩子吃不得蛇肉,吃了,会满身长皮癣,严重的,还会长出蛇鳞一般的皮斑来,瘙痒不止,抓一抓,鳞片似的皮屑掉满一地。

那情景,想起来,也着实害怕,若吃了,真的长出皮癣,瘙痒时一抓,蛇鳞般的皮纷纷扬扬,还不痛苦万分?

一群孩子明白吃不了蛇肉,只好轰然四散,包括我,去田沟里抓泥鳅了。

许多年过去了,母亲已经随我离开那个小山村,在一个小城里生活。一个黄昏,阳光照射在对面的白墙上,反射回来,将整个阳台照得明晃晃。母亲坐在阳台上,给我的一件内衣钉纽扣。我忽然想起小时候吃蛇的事情,问母亲,怎么会有那样的胆子,敢吃蛇?母亲平静地说:"哪里是什么胆子大?硬是馋虫造的孽,见到是肉就想吃。"

我问:"那怎么不让我们吃?"

她笑笑:"谁知道吃得吃不得?万一有毒呢?"

九

从县城回老家,也有十几里地,一到清明前后,母亲总是嘀嘀咕咕要回去,说是还有几分地的茶叶要采一采。我也总是十分不耐烦地说她:

"那能值几个钱呀?"

可母亲不听。等我下班回来,发现母亲还是走了。

几天后,街上遇见村里的人,和我说:"你母亲也真是,下大雨,还在山坡上采茶,浑身湿透了,说不定还弄出病来。"

我听了,火冒三丈赶回老家,将母亲好好地数落了一番。

等我说完了,母亲说:

"孩子,你不懂,你的钱是你的,茶叶卖了的钱是我的。再说,城里人都是只顾自己过日子,门对门好几年了,也不知叫什么名字。"

我突然有些羞愧。明白母亲要的,不仅仅是温饱,她还要证明自己是有用的人。她唯有回到老家,见到熟悉的山水,见到熟悉的邻里,聊一阵可有可无的话,问一些可问可不问的事,才能排遣那无尽的寂寞,找到真实的自己。

不知不觉地,母亲就老了,最明显的是到了清明时节,她不再提起回老家采茶叶的事了。不过,有时候,她会告诉我,村里的谁谁谁来家里,谈起谁谁谁不称粮食给他的母亲;谁谁谁的父亲年纪一把,还自己上山砍柴烧,儿子见了,也不帮一把。末了,母亲总感叹:

"哎,辛辛苦苦将儿女带大,何苦呢?"

年纪大了,就像个孩子似的,我知道,她旁敲侧击,是在提醒我。我安慰她:

"妈妈,你放心。我就是有一天落难,要讨饭过日子,也会把你带在身边的。"

这时候,母亲总会说:

"你看看,你看看,我就谈个平常天,倒好像怪你似的。"

一个午后,母亲睡了一会儿,起来,我见她花白的头发有些乱,就说:

"妈妈,我给你梳个头吧?"

母亲坐着,我站着。正梳着,母亲忽然对我说:

"孩子,妈妈老了,没用了。"

我听了,心里酸酸的,可嘴里却说:

"怎么会呢?天天我们出门上班,家里有你,不是让我们放心吗?"

母亲摇摇头:

"孩子,你不懂。我告诉你,有妈的孩子就是有了天,没了妈,那天就得自己顶了。"

其实,母亲说这话的时候,我根本没有听懂,心想,母亲说反了吧?儿子才是母亲的天呢。

直到母亲真的离开了,回到家里,空空的,一声妈妈不知道对谁叫的时候,才明白,有妈的孩子,妈妈为他顶着天,如今,没有妈妈了,头上的这片天,轮到自己来顶了。

十

在母亲的眼里,世界简单明了。

比如人的分类,按照身份分类,分成官和老百姓;按照地位分类,分成说话有用的和说话无用的,说话有用的活得滋润,说话无用的活得辛苦;按照财富分类,分成有钱的和没钱的,有的人钱来得正当,有的人钱来得作孽。分来分去,不管怎样,老百姓总是最差的那一份,历朝历代,莫不如此。

比如遇见的事,分好事和坏事,好事当然高兴,坏事既然没办法阻止它发生，也只能忍，忍一忍就过去了，那都是命。

比如世上纷纷扰扰，你方唱罢我登场，树茂猢狲多，树倒猢狲散，在母亲看来，都不是事，最重要的，一是让自己和家人活下去，二是别忘了交皇粮。

我听母亲说起这些，总不肯苟同，她就会说：

"别人读书明事理，我看你读书是越读越傻了。"

她似乎难理解，这些东西都是小葱拌豆腐，明摆着的，一清二白，有那么难懂吗？我只好笑笑。

不过，母亲虽一字不识，可还是教给了我许多人生哲理。

母亲虽然苦了大半生，却对钱有自己的看法，她对我说，人活世上，还不是就为了那几个铜板？可是，命里有来自然有，命里没有莫强求。不是自己挣来的钱，一分也不能要；不是自己修来的福，一天也不能享。要记得自己家里还有几亩田几亩地，不用劳心活不下去。

母亲见我一天到晚在外面混，我做的，她也不懂，可她告诉我，在外谋生，总少不了和各色各样的人打交道，要记住一条，宁可给聪明人背包袱，也不要给糊涂人当参谋。

有时候，遇上一些让我不开心的事，说起一些令我不痛快的人，母亲一句话就点明：老古话说的，山上有直树，世上无直人。不是别人的错，是你自己见识浅。要记得别人给过的一寸纱，不要去念叨曾经给过人家一尺布。经她一说，虽然还是有些不服，可想想也不错。

如今，如何教育子女，据说是父母最头痛的事。母亲告诉我,再苦再难,自己的儿女一定要自己带,即使要饭,也要将自己的儿女带在身边。儿女会长大,总会有出头的一天。

时近初秋,日头还是像夏天一样毒,不过,不同的是,日光没有照到的地方,就让人觉得凉意阵阵。旧乡的山脚地头,一丛一丛的芨芨草,不显山不露水地,已经过了花期,该是结出一穗一穗的草籽来了,即使割了一两茬的,也早已在风风雨雨中复发,生长得不见旧痕。一阵风来,窸窸窣窣,似乎在谈论一些我们所不知道的事。偶尔在稠密的叶、秆之间,会有野雀精致的草窝,圆而小,尽是银丝般的草茎缠绕编织而成,轻易不会让人发现。白天的草窝空空的,有麻点的蛋早已孵化成雀,随父母在野地里四处觅食,大概要到天黑,野雀才会回来,一家子暖暖地挤在一起,等待又一个明天。

远山里的鹧鸪叫个不停

一

人们常说：知子莫如父。

可我细细地回忆，我与父亲之间，实在找不出他知我之处的可能性：没有读过一天的书，大字不识一个，除了熟悉一些生活在周围的人，村上一起揾食的，临近村子里偶尔打过几次照面的，稀稀落落不多，有远远近近血缘关系的，除了熟悉屋后的山，山上高高低低、粗粗细细的松、杉、杂树、灌木丛，屋前的田，田里的稻、麦、油菜、紫云英，如此等等，所剩也就无几。生活天地之狭小，别说比不上井底的蛙，甚至还不如蚕茧里的蛹。世界于他最多的是陌生。

可是，与之相比，其实我更加不了解他，更多的日子里，似乎也从来没有想到过试图去了解他。在我心里，随着自己年龄的增加，这种不了解他的感觉，日胜一日。更惭愧的是，在我离开他，离开那个我每时每刻都想离开的村子，外出读书之前和之后的很长时间里，从心底里，为有这样一个父亲而觉得遗憾、压抑、痛苦和难为情。

虽然,父亲与我,在这个世界上,共同生活了二十五年,可留在我记忆里的,远远没有这么久,对父亲最早的记忆,依稀得从我九岁的那一天开始。

那天黄昏,太阳西落,村子里已经炊烟四起。虽然是大热天,可山里的水汽大,暑气也消散得快,刚刚还叶子打蔫的苞米,转眼间又生龙活虎。

远远地,我就听见熟悉的父亲的脚步声,不知怎的,父亲走起路来,特别地响,似乎是将那双沾满灰尘的解放鞋,一下一下狠狠地摔在地面上。我对那种声音非常熟悉,一听见,心里就不由自主地生出丝丝害怕。父亲的脾气很暴,动不动就会给我们兄妹一个耳光,多年后,我也没有弄明白,父亲的对错标准究竟是什么,大概唯一的标准就是他此刻的心情。挨打了,母亲总是默默地将哭哭啼啼的我们拉到一旁,往我们手里塞一把薯条,或者其他,安慰着:

"人穷心烦,你们以后听话点。"

但我挨了无数次打,也没有弄明白,怎样才算是听话?

二

父亲是一个让人看不起的农夫,又加上在别人眼中他是一个坏脾气的人,经常得罪人,这让我很压抑,也很难过。

说父亲做农活做不好,是一句大实话。最有力的证据是,多少年来,生产队里的男人中,唯一一个没有拿过十分工的,就是我父亲。

一来，父亲的身子骨弱，干不了力气活。经常地，一干重活，就要母亲从油碟里沾一点菜籽油，涂在他弓起的背脊上，再用一个边缘光滑一些的碗，连续不断地刮，刮，刮，一直到刮出两道红红的血痕来，如此这样，父亲皱紧的眉头才会有些许的舒展；或者太阳穴上贴几片切得薄薄的蒜片，一时半会后，父亲哼哼的声音会小一些。每年的清明节过后，母亲就会杀一只上年的母鸡，取斤把糯米拌上油、盐、酱油，塞进鸡肚里，放在锅里蒸，弄得一屋子喷香。趁我们兄妹几个不在，父亲会将这些吃得一干二净，以对付即将到来的，昏天黑地的农忙季节。

二来，父亲没有擅长的农活。在村里，有两种人，让人刮目相看：一是有力气的，两百斤的担子，腰一弓，一直，担着担子还能跑起来，别人不敢轻视；二是有手艺的，懂育种，会耙犁，能砌石，都属于有手艺的人，可父亲样样都不行，唯一干得让人称许的活，是站在水田里，将烂泥一锄一锄挖起来，筑田埂。父亲干活肯卖力气，不偷懒，所以能出活。如今，我偶尔回村里，人们一提起往事，说到我父亲，总是用很佩服的口吻说，我父亲当年筑田埂是一把好手，三个壮劳力也抵不上他一个。我知道，人们说的，一半是实情，一半是恭维。在村里人眼中，我在外面还算混得有头有脸，自然，提起我父亲，也往好里说了，其实，当年他们可不是这么看的，因为筑田埂不算什么手艺，肯下力气就行。

父亲生就一副直脾气，见了不顺眼的，就要开口，既不顾自己说话有多少分量，也不顾别人的颜面，经常弄得双方鼻子不是鼻子，眼不是眼，弄得家里人在别人面前，也觉得总是欠了不小的人情,用母亲的话形容:村子里除了猪呀牛的,全得罪完了。

父亲对两样东西最容不得,一是干活偷懒耍奸。那时候,生产队里干活,一年到头也没几个收成,加上年初评出的,每个人的工分,一年到头不会变,干多干少一个样,所以,十个有九个是能偷懒就偷懒,能耍奸则耍奸。可父亲就死心眼儿,自己不耍滑弄奸,也不允许他人这样,见了就要说,特别对一些年轻人,更是不留半分情面,使得我在同伴面前,也觉得很跌份。

有一次,不知因为什么事,大概是我父亲觉得一个女孩子干活没真正出力,磨洋工,便毫不留情地将其训得痛哭流涕。那时,我高中毕业,进生产队当社员不久,我虽然心不在此,总幻想着有朝一日能去远方,过另一种生活,可那是一种怎样的生活,自己也十分地茫然。更何况,也见不着有一丝的机会和可能,若离开生产队,根本就没有任何活路。于是,不认命也得认命。

平日里,我和一群年轻人打打闹闹,嘻嘻哈哈,关系很不错。尤其那个女孩,朦朦胧胧地,对她有一些好感,女孩子似乎也如此。因为父亲,让我一连好几天都不好意思上她家玩,平日里出工见了面,她也不给我好脸色看,尴尬了好一阵。

后来,她母亲碰见我,问我:

"怎么好多天没见你上我家来了?"

我支支吾吾,说不出个所以然。她母亲自然明白,感慨了一声:

"本来我见你挺能干,还打算和你家攀个亲,可你有那么一个父亲……"

话说了半截,停了。其实,她的意思我也明白。

父亲还有一样容不得的,是偷鸡摸狗。

记得父亲年纪大起来,队里就安排他看山,不让一些人偷集体的木头。一开始,母亲就和父亲说,让你看山就看山,见了有人偷木头,就站得远远地,多喊两声,是人都是要面子的,千万不要太顶真。可父亲仍然是父亲,终于有一次差点被人打了。那人担了一担柴火从父亲面前过,父亲凭经验,知道他的柴火里有粗木头,一定要他歇下来,将木头取出。那人不肯,争执起来。好在我哥从那里过,不知用了什么办法,平息了此事。过后,母亲还偷偷上门,给人家赔不是,不过,这事绝不能让父亲知道,不然的话,家里将烽火连天。

三

从小,我最担心的一件事,是父亲喝酒。

平时,父亲少言寡语,脸上也很少有笑意,家里的气氛总是不欢快,非但不欢快,还有些沉闷,甚至可以说是肃杀。一家人坐在桌前吃饭,只听得见咀嚼吞咽的声音,不允许讲话,我们一时高兴,兄妹之间要说点什么,父亲就会用筷子将饭碗敲得“当当”响,我们只好俯首低眉,恨不得一筷子将碗里的饭扒光。

一家五口,只有父亲算大半个劳力,又因为身体欠佳,时常缺工,一年下来,所赚的工分,抵不了从生产队里分来的粮油杂粮,所以年年背着“倒挂户”不好听的名声。这名声,似乎是父亲胸口上沉重的石头,让父亲没有一日顺心,更让父亲说不上话。

村子里最热闹的时候,是年底杀年猪,别人家杀了年猪,没过几天,门前,院子里,挂出一排排的腌猪肉,晒得空气里尽是肉香。我们家杀了年猪,一大半要卖了,因为年底从生产队里分不到钱,年前年后的一些开支,就靠这头年猪了。

现在想来,这些与父亲一喝酒就醉,一醉就让我们一家不堪很有关系。

父亲酒量不大,平时也少有喝酒的机会,可一旦有酒喝,逢喝必醉,一醉就骂,骂干部,骂平时看不起自己的邻居,母亲求爷爷告奶奶,千方百计想让父亲闭嘴,但也没用。常常,一有别人告诉我,你父亲又喝多了,我就觉得如同五雷轰顶,焦躁万分。

最让人难堪的,是父亲酒醉骂人,不是乱骂一通,而是句句落在一个"实"字上。其实他说的那些人和事,十有八九,别人也都知道,心里也明白,只是乡里乡亲,天天抬头不见低头见的,大家都给对方三分薄面,有些事不说出来,可父亲却借了酒劲,一五一十,小葱拌豆腐,说得清清楚楚,让人面子上怎么过得去?

自然,从道理上来说,父亲说的话没有错,平时,人们私底下也这么议论,可不同的是,父亲偏偏要大了嗓子,将桌子底下的话,放在桌子面上来说。

父亲躺在床上,指名道姓地,将村里人一件件丑事数落出来,哪管你皇亲国戚,哪管你刀枪剑戟。母亲也只能独自坐在房间里,暗暗垂泪。

于是,人们在父亲背后送他一个绰号:"傻子"。

父亲酒醉骂人的结束方式基本雷同,他会把希望寄托在儿女身上,大致意思是,你们个个看不起我没关系,我是一个没本领的人,可是,等我儿女长大了,会有出头见天日的一天,人人等着看好了。

等到父亲说这些,我们的心才会渐渐安下来,知道这场戏即将唱完。

我一直不明白,父亲为何总是选择这样的方式宣泄自己?从他数落的人和事来看,人醉心不醉,从他平时的少言寡语来看,他也不是不懂得人情世故,可只要一喝酒,必当如此。究竟是他的禀性使然,还是他的心中有一种坚定不移的信念,或是他有与别人不一样的人生经历?要不是母亲为人亲和,我估计我们家在村里早就难以立足了。

后来,当我读到塞万提斯的《堂吉诃德》一书,知道了骑士堂吉诃德的种种可笑言行,总是不由得想起自己的父亲来。

父亲似乎就是村子里的堂吉诃德。

四

至今,父亲的大半生,于我,都是空白。

父亲从来没有在我们做儿女的面前说起过自己的往事,最多,只能从他叱骂我们的话里,隐隐约约探知一点。比如,我们兄妹嘟嘟囔囔,嫌母亲炒的菜里少油,不好吃,父亲就会虎下脸来,说是有饭有菜还要怎样,还嫌七道八,当年自己小的时候,连盐都吃不上。比如,有时候,母亲要我们干点什么活,我们露出不耐烦的样子,父亲就会呵斥说:"怎么了?都几岁了?干点活就不愿意了?我九岁就给别人家放牛,自己赚饭吃了。"那时候听父亲如此一说，非但不觉得自己有多幸福，反而更看不起父亲，觉得父亲在说自己如何如何地没本事，若有本事，就不至于连盐都吃不上；若有本事，也不至于九岁就去放牛。

其他的，关于我出生前父亲的点点滴滴，都是偶然从别人的嘴里听来的。

有一回，大概我大学毕业，在县城中学教书的第二年，胡子拉碴，头发披耳，周末会议上，学校领导已经数次不点名地提示，一些年轻老师应该五讲四美，注意个人仪表。于是，我只好上街，去唯一的一家国营理发店理发。

理发师傅很健谈，问我哪里人，我说了，他又问我认识村里的谁谁谁吗，我很惊讶："他是我爸爸。"

我很奇怪，他怎么认识我父亲？他告诉我，他被国民党拉过壮丁，去南京浦口守过长江，就在那时认识了我父亲。他说，那时候稀里糊涂，根本不知道世道的变化，一天夜里，听一个老兵说，对岸的人马上要打过来，这长江根本守不住，好多军官都将自己的老婆孩子送走了，等到一开战，尸骨如山，当兵的只是炮灰。我父亲听了，一下子哭起来，说是家里还有老娘，等着自己回去给她养老送终，不能就这么不明不白地死了。理发师傅曾跟别人出过门，知道的比我父亲多，两人就商量如何逃回去。一天夜里，他俩爬上一辆火车，坐在煤堆里，饿了两天两夜才下了火车，再一路乞讨，回到了家。

理发师傅这一说，我不由得想起一件事。

我出生的村子，原来是个血吸虫病的重灾区，下田干活的人没有一个不得血吸虫病的，所以多少年来，体检当兵，从来没人合格。后来大搞消灭钉螺，才没了这个病，才有了当兵体检合格的事。头年当上兵的，说是去南京。南京远在千里之外，我们都无法想象那是一个怎样的地方，不料，父亲说了一句："南京那地方，我去过。"众人听了，都露出不信的神色，父亲补充道："长江边上，有个地方，叫浦口。"

父亲说这话时，我不在场，是后来听别人说的，其实我也不相信。

这么说来，父亲真的去过南京，可惜当的是国民党的兵。

我问理发师傅："这么说，你们根本就没打过仗？"

"还打仗？连扳机都不知道怎么扣。"理发师傅一脸的不屑。

许多年以后，父亲都去世几年了，我才从母亲的口里，知道父亲还当过共产党的兵。

那是一个初冬的午后，我和母亲坐在阳台上，母亲戴了老花眼镜，一边缝补衣裳，一边闲说家里的一些人、一些事。忽然母亲感慨地对我说：

"你父亲一生没有好好地享过福，却吃了不少的苦，都怪我眼光浅。"

我听了，有些惊讶，不知母亲的感慨从何而来。

原来，父亲还有过比当村里头头更神气的时候。在前文《芨芨草一般地活下去》中，我曾经记录过，父亲曾吃过一段时间的官饭，只是在母亲的哭天抢地之下，父亲最终脱下军装，回村当了农民。

听母亲这么一说,我记起家里曾经有几样东西,其实都与父亲的经历相关。

一床绿色的军用毛毯。那时家里买不起席子,就用那床军用毛毯当席子,虽然天气热时,睡在上面,皮肤痒痒的,很不舒服,可那床毯子还是陪我度过了初中。到上高中时,见实在没法补了,才买了席子。

一双棕黄色的皮靴。小时候,经常有挑了货郎担子的人进村来,担子一头是女人用的针头线脑,一头是孩子馋的麦芽糖、驱蛔虫的宝塔糖。一听见"嘭嘭嘭"的小鼓声,孩子们便翻箱倒柜,寻出一些破铜烂铁、鸡毛猪毛,我也不例外。有一次竟然让我翻出一双硬邦邦的无法穿的皮靴来,问货郎要不要。大概他看见鞋底有一枚枚的铜钉,就从铁盆里磕了两块一寸见方的麦芽糖换了去。

一帧泛黄的照片。家里曾经有一方小小的镜框,整日挂在旧屋堂前板壁上,里面有几张大大小小、有些变白发黄的照片,其中最大的一张,是三个人的合照,中间的人坐着,两边各站着一个人,军服,大盖帽,腰间扣着皮带,还别了木壳枪。原来其中的一个就是当年的父亲。

父亲前半生的人生拼图,于我来说,就是如此地残缺不全。

五

我至今也没有完全明白,一字不识的父亲,为什么一直死磕着,要儿女读书。

在我的印象中，父亲为了读书一事，曾打过哥哥两次。

一次是哥哥进城读高小的第二年，那时学校里已经一片混乱，无所谓上不上课，于是，懂事的哥哥提出，不上学了，回村里劳动，父亲不肯。

周末午后，母亲为哥哥准备好了去上学的所需物品，哥哥就是不动身，母亲好说歹说，哥哥也不为所动。父亲听说了，从田里赶回来，抄起门后的扁担，朝哥哥横扫过来，母亲哭喊道："你要把他打死呀？"

父亲说："不读书，还不如去死。"

我心惊胆战地站在一边，也跟着哭起来，不知如何是好。

好在母亲虽手忙脚乱，还是把父亲拦住了，父亲"呼呼"气得不行，水牛一般地，坐在门槛上喘气。母亲眼噙泪花，劝说哥哥："听话，要你读书是为你好，别人不读书，你就自己读。"

最终，哥哥拗不过父亲，背起母亲准备好的行李，一瘸一拐地走了。

高小毕业，公社里办起了初中，要继续上学，就得去公社办的中学，哥哥不愿意，趁父亲在数十里外的地方修水库，就一声不响地进生产队放牛了。

父亲在工地上听说此事，饭也顾不上吃，连夜往家赶，到家已经天亮了。

父亲问清缘由，又将哥哥一顿毒打，非逼着哥哥去上学，哥哥铁了心，怎么也说不通，父亲又将矛头转向母亲，对着母亲一通毒骂，母亲不说话。父亲想想没办法，就起身，赶到生产队长家里,将队长一通臭骂,责怪他为何要安排他的儿子去放牛,队长知道父亲的脾气,只是劝他消消气,消消气。

什么法子都用过了,也不起作用,我见父亲似乎很伤心。母亲专门烧了四个鸡蛋,父亲也只吃了两个,就出门回工地了,前脚跨出大门,父亲还是回头,对哥哥说了一句:

"不读书,我为何要将你养大呀?"

步着哥哥的后尘,我也是在父亲一次次的打骂中,上着学。清楚地记得,第一天走进泥墙瓦顶的教室,同学们都嘻嘻哈哈地笑话我,因为自从这个村子有学校以来,我是唯一一个被父亲押着来的。

我走在前面,哭哭啼啼,父亲手里捏着一根扁担,虎了脸,跟在后面。我们一路来到教室前,一等看见教室的门,我就停了哭。

老师倒是挺幽默的,见我一脸泪花,就笑着说:

"刚刚好,刚刚好,教室里的黑板已经花了,你就送桐油上门了。"

老师让我在一个靠门边的桌位上坐下,父亲如释重负,摇摇头离开。

这就是我正式上学的第一天。

我的性格没有哥哥那样倔,每一次反抗,想弃学,都以父亲镇压成功而告终。

读初中时,我实在厌倦了干腌菜就饭的日子,一想起干腌菜的味就要呕吐,于是赖在家不想去学校。母亲通情达理,觉得识了字,会记账,就行了,反正读多少书,也是一副农民的骨头。可父亲知道了,二话不说,走近我身边,狠狠地一个耳光,然后丢下一句话:"不读书,就去讨饭。"

我没有气魄与胆量选择当乞丐,摸摸火辣辣的脸,尽管有一千个不愿意,也只好去上学。

就这样,在父亲十分不讲道理,毫无商量余地的专制之下,好不容易,我才将高中读完。

其实,那时候,作为一个农民子弟,读书根本看不见有任何意义,最多读完高中,就此永远止步,等待着的,就是回生产队,当一个不需要书的农民,脸朝黄土背朝天。可父亲就是如此莫名其妙地要求读书,读书,我不明白,究竟是为了什么?一个不识字的农民,怎么也谈不上有任何的远见,那么,让他如此执着的,究竟是什么呢?

我有些后悔,没有在父亲活着的时候,问一问他。如今,这一切,永远成了一个谜,与父亲一起,埋在了九尺黄土之下。

六

唯一一次,我感受到父亲的父爱,是我的一次生病。

那年刚上高一,周末回家,第二天也不知什么原因,就上吐下泻,先是坐上马桶,就如同喷射一般,稀里哗啦,几个钟头后,似乎肚子里空空,什么也没有了,可坐在马桶上,就站不起来,一站起来就想坐下。整整折腾了一天一夜,人都快不行了,我只觉得天旋地转,身重如山,动弹不了。我母亲又是泡红糖水,又是煎苦茶,可我喝了就吐,身上火烧火燎。母亲想让我把手臂搁在床沿,我有气无力地告诉她,别动,那样会把床梃压断的。母亲一听,知道人都烧糊涂了,赶忙托人带信,将父亲从山地里叫回来,催着送我上县城人民医院。

父亲刚进门,母亲眼含泪花,焦急地催:"再不快点,这个儿子也要没了。"

父亲不善言辞,匆匆从生产队里借了手拉车,车上铺了一床被子,半垫半盖。上车前,我问母亲,路上要拉,怎么办?母亲找了父亲和哥哥的两条裤子塞在车上,嘱咐我,来不及或者不方便,就拉在身上,换了带回来洗。

父亲抱我上车,我只觉自己好像飘在云端。

迷迷糊糊间,觉得车子在石子路上走,车子每抖动一下,我就觉得要断气了,气如游丝般地叫父亲停一下。父亲停下脚步,放平车子,俯身问我:怎么了?

有生以来,我第一次如此近距离地看父亲:一张胡子拉碴的瘦脸,乱如茅草的头发,浑浊而粗重的呼吸,浓烈而熟悉的烟草味,眼光里的焦急和担心不言而喻。平日里,我们几个畏父如虎,记忆里父亲总是非打即骂,从来没有笑意。

我告诉父亲:气透不过来,好像要断气了。

父亲说,我把你的头、背垫高一些,就要到医院了,吃了药,打了针,就好。说着,托起我的后背,将母亲临时塞在车上的裤子垫在我的头颈下,然后问我,这样如何?我觉得略好一些。

医院离家有十五里路,我只觉父亲越走越快,最后几乎是在小跑,粗重的呼吸也越来越明显。怎么进的医院我也没有印象,等我知道时,头正枕在父亲的大腿上,是在医院的走廊里,略长的靠背椅上,父亲坐着,我躺着。

已近黄昏,夕阳的余晖透过玻璃窗,将天花板映得明晃晃,原来我在挂盐水。

父亲问我:好些没有?

我第一次听见父亲这样的口气,很陌生又很幸福。

几个小时过去,父亲半靠在椅子上,一手垫着我的头,一手耷拉在我的胸前,一动不动地坐着,直到挂完盐水。

父亲扶着我,让我躺上手拉车,出了医院,拉我回家。走到街上,街边的路灯已经亮了。父亲问我要吃点什么,我摇摇头。于是,他自己进了店里,不一会儿出来,鼓着腮帮子,手里还提了几个包子,原来父亲去买吃的了。

好奇怪,挂的似乎是灵丹妙药,回家的路上,人轻松了许多,躺在摇摇晃晃的手拉车上,就像小时候躺在暖融融的摇篮里。父亲走起路,向来脚步就响,啪嗒啪嗒,很有节奏。

不一会儿,天上的星星出来了,明明灭灭,路两旁高高的树梢在移动,听见父亲粗重的呼吸,我想:能生一场病,真好。

七

其实,我与父亲之间,一直相当有隔阂。

上大学之前,不用说,我们之间不曾有过一次好好交流,农家之人,整日里为了垫饱肚子而奔波劳作,哪里顾得上那些,除了操心吃饱穿暖,日夜所盼的,是快快长大成人,父母是如此想着,孩子们自己也这么盼着。父母望着孩子长大,是了却自己的担心,担心生活的重担压垮这个摇摇晃晃的家;孩子望着自己长大,是了却自己的害怕,害怕挨打被骂。父亲在我的眼里,总是敬畏有余,可亲不足,我从来不曾考虑过他的所思所想与所感,也从来不曾认为需要考虑。

大学毕业,到社会上混江湖,无论是现实的生活内容,还是所思所想的精神空间,两人已经是完全的两个世界,无意之间更加距离遥远。换句话来说,我已经远离了他的世界,我所关心的,他不懂,他所关心的,我也从来没有想过,也不曾想去了解。我总认为,他生活内容简单,所思所想也简单。

那时候觉得,只要家人好好地活着,没病没灾,就好了。

有一年夏天,宿舍前的紫藤架上已经绿荫匝地。我上完课回宿舍,忽然见父亲一个人,站在宿舍前的紫藤花架下等我。

家离城有十几里路,我问他,怎么来的,他说走路来的。然后就是沉默,两个人似乎也就没其他的话了。

吃饭间,父亲忽然问我:"你以后不会不管我吧?"

我丈二和尚摸不着头脑,问他,是什么意思?

他看看我,说:"就是这个意思。"

我带些怨气地对他说:"也不知道你是怎么想的,都想些莫名其妙的事。"

父亲见我这样说,脸上似乎有了笑意,可又似乎不是十分满足,所以那笑意有些尴尬。见我不多说了,他也就不再说什么。

吃完饭,我问他,这次来了,还有没有其他的事。他摇摇头,说,没有,就来看看。于是,我也就没有多想。

我以为父亲要住一夜。不想坐了一会儿,他站起来说要回去。我没留他,就说陪他到车站买票。他不肯,要走回去。

我知道,父亲是个说一不二的人,他说怎样就怎样,也就没有多话。

陪他走到校门口,他回过头来,似乎很有些不好意思地问了我一句:

"你有钱吗?给我几块。"

我一下子心揪了起来,恨不得自己刮自己几个巴掌。我一直没留意,父亲来,是想向我要几个钱,大概见我一直没领会,肯定是下了很大的决心才开口。

我掏尽了袋子里的十几块钱,统统给他,他一直不肯都要,说我在外,袋子里一点钱都没有,不行的。我又不耐烦起来,说:

"不要管我,你走吧,走吧。"

我第一次见父亲似乎有些无奈的样子,将钱塞进口袋,转身,沿着街边,走在树荫下。树上的知了"知了知了"地叫,叫得让人有些心烦,我见他有点蹒跚的背影,越走越远,拐过街角,不见了,才回过神来:原来父亲老了。

我很后悔,父亲对我的提问,我应该毫不迟疑,直截了当地回答他。

可惜,我没有下决心,追上父亲,好好地说清楚。也许,是因为,我的骨子里,有父亲太多的基因。那时总想,有什么可说,只要好好待他就行,如要说,随时随地有机会。自此以后,其实有许许多多的机会,跟父亲表白清楚,我会好好地养他,照顾他,不必担心这,担心那,可直到父亲去世,我也没有说出口。

今年的冬至,我回去扫墓,站在父亲的墓前,嫂子口中忽然蹦出一句:

"以前,村里人总说父亲傻,其实,他比谁都聪明。"

我一时反应不过来,嫂子怎么想起说这么一句话?

飞鸿雪泥欲记取

我总是不厌其烦，一回又一回，唠唠叨叨我卑微的父亲、我卑微的母亲，不禁让人疑问：为了什么？

他们很卑微，很平凡，一字不识，一辈子生活在社会的最底层，既没有丰功伟绩，也不曾有什么"花边"绯闻，混在芸芸众生之中，面目模糊不清，从来不会为人所注意。以至于我小的时候，见到别人的父母抬头挺胸，高谈阔论，受人尊敬，心里就会不由自主地生起一丝怨恨：为什么我的父母不能如此呢？

父亲去过最远的地方是南京，其实，也不算去过，只因被抓了壮丁，被押上一节闷罐子火车，咣当咣当，昏天黑地地过了几天，直接运至南京浦口，在长江边上挖了几天战壕。还没有等长江北边打过来，就趁月黑风高夜，扒火车跑回了老家。

母亲去过最远的地方是省城杭州，那是借我在杭州求学的光。哥哥写信来，告诉我，母亲与村里的邻居（她女儿也在杭州读书）一道，要来省城，看看世界。我去火车站接了她们，回学校招待所住下。一连几天，带她在西湖坐船，听讲三潭印月的故事，游曲院风荷，去花港观鱼，进灵隐寺拜佛。记得在灵隐寺待的时间最长，回来的公交车上，她悄悄告诉我：在大菩萨面前许了大愿。我问什么愿,她摇摇头:菩萨知道我知道,不能告诉你。直到母亲去世,我也不知道她许了什么愿。

除此之外,他俩就没有出过那个江南小县城,几乎一辈子都待在小县城下面的那个小山村。

记得苏轼曾写过一首大家都熟悉的诗:"人生到处知何似?应似飞鸿踏雪泥。泥上偶然留指爪,鸿飞那复计东西。"此诗不在"泥上留痕",而是"那复东西"。早于苏轼的陶渊明,也曾有挽词:"向来相送人,各自还其家。亲戚或余悲,他人亦已歌。死去何所道,托体同山阿。"这写的,就是社会底层的真相。

其实,在这个混账透顶又似乎值得一念的世间,绝大多数人,活着就活着,死去就死去,如同日落月升,云去风来。活着的时候,惦记他的,也就身边的几个人;死了了,记得他的,也还是身边的几个人。即使那些生前轰轰烈烈的人,身后又有几个人会将他们时时记起?更何况我卑微而平凡的父母?当我明白这一切,我就会时时地为我小时候的怨意感到羞愧不止。至今,若我不记得,或不去记得他们,那么,他们在这个世界上的最后一丝痕迹,就完完全全地被雨打风吹去了。

我的旧乡,有一习俗,长辈过世,年年的清明、冬至和大年三十这三个日子,小辈必要上坟。这一日,村口村尾,大道小路上,三三两两的人们,挎了篮子,互相招呼,都知道怎么回事。一碗饭,几个菜,烧纸,点香,祭拜,洒酒,一系列环节一样也不缺。若过了冥寿一百,子孙们就不用去了。这似乎在告诉人们,可以将他们忘记了,轻轻松松地去过自己的生活。

其实，我也知道，唠叨唠叨他们，也只是在做一件无奈又无聊的事，眼见他们渐行渐远，身影慢慢地模糊，那是无可挽回的，可是，却总想牵住他们的衣角，放慢远去的脚步，不肯松手。

父亲平日里话不多，有事没事，捏了他的水竹旱烟管，吧嗒吧嗒，抽个没完。烟叶是自己种的，自留地的角角落落，随意撒上烟籽，不用去照料，就会长出肥厚的烟叶来。烟叶老了，剥下来，晒干，一张一张叠好，堆在猪栏的架子上。猪栏里，蚊子多，据说烟叶驱蚊子。烟袋子瘪了，便从架子上抽出一叠，一张一张地抹上菜油，再叠起，用夹板夹住，立在两腿间，两手握住长长的烟刀的两头，一刀一刀地切，金黄色的烟丝卷起，散开，落在脚边。不一会儿，屋子里便满是浓浓的，有些刺鼻的烟味儿。

我不知道父亲会如何评价自己，大概他也从来没有想过这样的事。于我看来，两大骄傲，一大遗憾，几乎可以概括他的一生。

一大骄傲是，在那个不被村里人看好，换句话说，村里人根本不相信，连我母亲也坚决反对他盖房子的日子里，他却义无反顾地要盖房子，并真的盖成了。当三间青瓦泥墙屋立在村口，我不知道，胡子拉碴的父亲做何感想？也许他并没有多少可感叹的，成了也就成了。我只记得，一个雷雨交加的深夜，父亲急匆匆地披上蓑衣，推门而出。等他回来时，已浑身透湿，原来，白天捣好的泥墙上盖了稻草，他怕被风吹开，那样，捣好的泥墙就会塌。在雨中，他独自忙碌了一个多时辰。

另一大骄傲便是我凭读书离开了那个村子。其实他不明白，离开那个村子，日子并不一定就过好；可他知道，不离开那个村子，就难以过上好日子。不过，当我接到录取通知书，告诉他时，本以为他会高兴，可他只是坐在门前，"吧嗒吧嗒"地抽着旱烟，咕哝了一句："可惜你哥哥妹妹不听我的话。"

哥哥妹妹拼了命都不要读书，着实是最伤父亲的心，也是父亲的一大遗憾。哥哥读完高小，怎么也不肯上中学，父亲见劝说不行，差点打断了一条扁担，最后还是宣告失败。妹妹读完高一，辍了学，父亲让人写信给在外的我，要我劝一劝，我也是铩羽而归。春节回家，提起这些，父亲仍然耿耿于怀：老了，说话也没有谁会听了。

而母亲则信奉"虾有虾的路，鳖有鳖的招"，做什么都不强求。其实，母亲是一个很要强的女人，十六岁就独自一人离开家，去几十里外的县城里，给富人家帮佣。母亲始终没有搞清楚，那富人家当的是什么官，提起来只告诉我：威风得很，家门口有人站岗，后来我才知道，她帮佣的人家，主人是县里的议长。也许是生活难以想象的艰辛与困苦，让她有了一些认命，而这认命，也使她添了许多的现实感，不像父亲，总有很多的梦，折腾着他。

细数母亲一生中我所知道的点点滴滴，我觉得，母亲的内心也许比父亲更苦。我哥出生前，我的大哥淹水而去；我哥出生后不久，因病，我唯一的姐姐闭目在母亲的背上。这些，对一个母亲来说，是怎样的苦与痛？我猜想，也许是岁月的风风雨雨，冲淡了许多记忆，也许是母亲经历的许许多多事情，让她明白了其中的什么道理,也许如一首诗中所讲的,"心中垒满了石头",记得母亲与我说这些时,语气平稳,神色安然,似乎在说着与己无关、十分遥远的事情。其实,人世间,无论是高高在上者,还是匍匐在大地上的人,他们所经受的痛苦,在上帝面前,其价值是一样的,没有什么高低之分。卑微的只是世俗眼中的身份,而不是灵魂。也许正因如此,母亲对后来的我们兄妹仨总是一味地顺从,从小听她说得最多的一句话,就是:长大了,就好了;长大了,就好了。

我曾在《飞翔在天空中的父亲和泅游在溪流里的母亲》一文中说过:"父亲虽然一字不识,可他却是一个仰望天空,渴望翱翔的人,直到认命自己已经不能翱翔于天空,可仍然没有放弃,只不过将这样的渴望,转移到了我们兄妹身上。""母亲则不同,她是一天天泅游于溪流中的人,一刻也不停地关注着水流前行的风险,因为她知道,稍不小心,一个小浪就可以让自己,以及这个家遭到灭顶之灾。"

记着父母,如同大地仰望着天空。

来生依旧 与子同袍

一

村里，只要有一个老师，一个教室，便是一所小学。小学是初级小学，四个年级的学生坐成四排，门边的是一年级，靠窗的是四年级，中间是二、三年级。为了防止男同学上课讲话，做小动作，老师总安排男女同学间隔了坐。其实，这只是老师的一个心理安慰，要讲话，要做小动作，这点花招算什么？不过，老师总是老师，我们一直没有弄明白，为什么他背了同学在黑板上写写画画，不用回头，就能精准地叫出在底下做鬼脸，推女同学的人的名字，而且一叫一个准，这功夫了得。被叫到名字的同学自觉地站到教室后面，直至下课，这是规矩。

哥哥大我三岁，读完四年级，便算毕业了。同龄者大多去生产队里干活，要放牛的，去放牛，要学门手艺的，寻了师傅去学手艺。我哥嘟起嘴，也硬要去生产队干活，父亲死活不肯。母亲劝说哥哥："父亲的脾气你是知道的，他认定的事，就是阎王爷也没有法子。"

就这样，哥哥十分不情愿地与另外两个同学，去十五里外的县城里读高小。

其实，我哥上县城读书时，学校里已经不能正常上课，时断时续，三天打鱼两天晒网，大字报张贴得满大街都是，人们天天站在大街上看大字报。回到家，哥哥委婉地说起学校里的事，老师排了队，脖子上挂了个纸牌，去游街。回了学校上课，城里的同学满教室跑来跑去，老师也不吭声。哥哥说这些，是想让父亲同意不去上学，可父亲沉着脸，一声不吭。哥哥也只好自说自了，没有结果。

好不容易熬完两年上高小的日子，要上初中时，上面出了新规定，一个个公社办起了中学，要继续上学，不能在县城，只能在公社。这时，哥哥死活不同意再继续上学了，趁父亲出门在外修水库，自作主张，要生产队长安排活。队长有些担心，说是要托人带信，问一问我的父亲，我哥骗他说，已经和父亲商量过了，同意的。于是，生产队长就安排他放牛。

就这样，哥哥结束了他做学生的日子，十二岁开始，成为一个农民。

我上大二那年的暑假，回家帮着割稻子，趁坐在阴处休息时，我问起当年哥哥死活不去上学的原因，他告诉我，一来是因为在学校里实在学不了什么，纯粹是混日子，上课不像上课，老师没法像个老师；二来是家里日子过得太苦，年年都是"倒挂户"，又加上父亲的脾气差，总被人看不起，就想着能给家里添把力。

那一年，我斜挎书包，进了哥哥曾经读过书的教室，开始上学。

二

哥哥当农民时，放的牛一老一少，老的是母牛，还带了一头乳牛，可拿三分工分。那时，一个正劳力的最高工分为十分，年成好的，年底生产队分红在两角钱左右，也就是说，哥哥放牛一天，可得六七分钱。

虽然如此，我们坐在四面透风的教室里，仍然十分羡慕他们那帮放牛的。常常，会看见他们骑在牛背上，嘴里"驾驾"地喊得震天响，慢悠悠地从教室门前穿过，引得高、低年级的同学不由自主往门外瞅，互相做着鬼脸。这时，老师就会将教鞭在讲台上狠狠地一敲，"啪"的一声，吓得我们个个脸色如土。可牛背上的依旧激情荡漾，神仙般快活，摇摇摆摆地远去，留下一路的牛粪。

不过，哥哥放牛，带来的一个明显变化，就是我和妹妹可以经常吃到山里的果子。只要远远地，看到哥哥回家，手里托着笠帽，就知道有吃的了。笠帽本是用来挡雨遮太阳的，四周平伸开宽宽的帽檐，尖而突出的帽顶，倒过来，便是极好的盛具。笠帽戴久了，多少会沾上汗渍，哥哥总在帽子里垫上新鲜的南瓜叶、梧桐叶，或者芋艿叶、箬叶，再放入山果。春天里，是茶泡、映山红花瓣，夏天是树莓、草莓、杨梅、山楂，秋天多是猕猴桃、乌饭果、柿子，即使冬天，也不知道他会在哪里寻得葛根、牛腰果。至于桃、梨、西瓜、甜瓜之类的，就不敢光明正大地托在手上，会藏在篓呀筐呀里面，大人若知道，一定要追问来路，那就说不清了。

有一次，我们兄妹三个，躲在猪栏后面的矮墙下，狼吞虎咽着哥哥带回来的西瓜。吃完了，哥哥刨了个坑，将地上的瓜皮收拾得干干净净，全埋进坑里，还在填土上好好地踩了几脚，连我粘在衣角上的瓜子也细细地拂去，前前后后检查了一遍，方让走开。远处，一条黑狗，鬼鬼祟祟地，眼睛向我们瞟着，似乎懂得，也似乎还没弄懂怎么回事，哥哥一跺脚，"嘿"一声，黑狗悻悻地走开了。

每个周末，农家的孩子无非两件事，不是砍柴，就是割猪草，总是在山间、田地里混。割猪草，男男女女一大帮，旱地里，最多的是鸡毛刷，一长一大片，齐刷刷的，一掐一大把；花草田里，最多的是荠菜；水沟里是野芹、鱼腥草，山腰则是鸡血藤、野葛藤、野麻叶。割猪草，男孩子总赛不过女孩子，于是，我们会玩过家家，一个男孩配一个女孩，算是一家，然后将割的猪草放在一起，回家前再平分，每次都是男孩子占便宜，可女孩子从来不计较。

砍柴则全是男孩子一大帮，常常跟着放牛的走。我动作慢，别的孩子砍好两捆，咋咋呼呼地喊着要下山了，我还没凑足一捆。这时候，哥哥会赶到身边，让我站在一旁。只见他一手挥刀，一手揽柴，三下五除二，毛柴、粗棍子一片倒，一眨眼，马到功成。

冬日里，将砍好的柴一担担码好，靠在路边，再四处捡干柴，烧火堆。有人去不远处的土丘下，将早早埋在泥洞里的番薯掏出来，扔进烈焰腾腾的火堆里。等到火焰渐熄，银白的灰烬飞散在人人的发间和眉毛上,越来越浓的番薯香便四散开来。一群人一顿猛吃,嘴唇上留下一圈黑乎乎的印子。冬日白天短,此时已经暮色四合。山路上,除了冷飕飕的风,还走着一群不紧不慢的水牛,一群大大小小担着柴的孩子。

等我上初中时,哥哥不再放牛,而是扛着锄头,或担了箩筐,与生产队里的大人们一起出工了。到我初中毕业,哥哥已经是十分工的正劳力了。

三

母亲曾跟我说起过,哥哥的名字是一个过路的僧人取的。

哥哥刚满月那天,母亲抱了哥哥,坐在屋门前晒太阳。路人经过,总要逗逗,都说这孩子聪明,两颗眼珠子滴溜溜地转。忽然不知从哪里转出来一个僧人,一手提了一支竹竿,一手托了一口碗,衣装虽旧得发白,倒也干干净净。见了母亲怀里的哥哥,僧人竟然脸色有变,问:"这是你的孩子?"

母亲回答:"是的。"

僧人说:"让这孩子与我一起去寺庙里吧?你养不大。"

母亲觉得这僧人有些疯疯癫癫,说些胡话,便不乐意地说:"你肚子饿了,我给你装碗饭,你口渴了,我给你端碗茶水,可话不能乱说。"

僧人似乎没有吃饭喝茶的意思,只接着问:"这孩子该是刚刚满月吧?"

母亲点点头,心想他怎会知道。

"这孩子是天上七十二星宿中的一颗,聪慧伶俐,只可惜生未逢时,大灾将现,莫奈何,莫奈何。"

母亲心想,青天白日的,哪里来的灾?哪里来的难?不过见僧人越说越认真,倒有了一些心虚,问:"这可该怎么办?"

"最好让他随我走,我抱去寺庙里养,若你确实不肯,我就给他取个名字吧,避总比不避的好。"

母亲心想,僧人的话,不能全信,也不可不信。于是,母亲千恩万谢,将哥哥放进箩筐垫稻草做成的摇篮里,又是搬凳,又是倒茶。

临走时,僧人嘱咐母亲:"记住,孩子满周岁,你带他拜村西头的那棵大枫树为干爹,保他平安无事。"

僧人走后不多时,哥哥不知怎么,哭个不停,直哭得声嘶力竭。父亲回来,见此问怎么回事,母亲一五一十讲了僧人来的前前后后,父亲立马拔腿去追,转遍了周围的几个村子,见人便问是否见过一个僧人,都说没见过,只好罢了。回了家,哥哥却已不哭了,正呼呼大睡。

村西头的那棵大枫树,长在向阳的黄泥坡上,枝叶婆娑,呈大大的伞形,顶上结了一个乌黑的喜鹊窝。一年又一年,成群的喜鹊叽叽喳喳,总是在树的四周飞来飞去。

四

高中毕业后,我和哥哥在生产队当了两年农民,打草,插秧,种棉花,铲茶,收苞米,除了耕田、耙田这样的技术活,手头上的活干了个遍。

那时候，哥哥是生产队里的记工员，一个月一个本子，一个人一页，早工，晚工，白日里出的工，全部记得一清二楚，社员都很放心。每个月底，哥哥将统计好的工分报给队里的会计，从来没人有异议。

两年后的一天，传言说读大学要考试了，凭分数上学。一开始我不信，没当回事。没两天，广播里竟然说千真万确。于是，我便寻出几年前的课本，白天出工，晚上复习。我哥见此，在一家人吃晚饭的时候，开口说："考试是比赛，你还是不要下地了，专心复习。"父亲听我哥如此说，就附和："家里也不缺你那几分工分，多用点功夫，能多考几分就多考几分。"

没几天，原来的高中班主任也托人给我带口信，说学校里要开复习班，帮助往届的学生复习，要我赶快去。哥哥一听，催着我，让我当天下午就走。

报名的前一天，哥哥问我准备考什么，我说考中专，比考大学容易。他却摇摇头："要考就考大学，今年考不上，复习复习，明年可以再考。"有了这句话，我便决定报考大学。

接到录取通知书后，母亲有些发愁：在家无所谓，出门去，连件像样的衣服都没有。哥哥说，在家千日好，出门一时难，把我那件的确卡制服给他穿。哥哥的的确卡制服是家里最好的衣服，那是一身青灰色的中山装，配了黑色的纽扣。两年里，哥哥自己也没有穿过几回，用母亲的话，那叫"出客衣"，过年时去亲戚家拜年才穿的，平时总折叠得整整齐齐地压在木箱底。

去上学的那天,我穿上哥哥的中山装,手拎肩挑,去城里坐车。衣服有些长,不太合身,可那是我有生以来穿过的最好的衣服。一直到毕业,被分到一所中学教书,那件的确卡仍然是我最好的衣服。

读书的那几年,我时不时地写信给哥哥,要家里寄钱买这买那,从来是有求必应。哥哥的来信开头总是那几句话:"弟弟:你好。上封信说到要寄钱,已经寄出,不日即可收到。"我知道,村里每日有邮递员来送信,钱是通过邮局寄的,总比来信要迟几日。有一次,大概是大二的下学期,哥哥在来信里委婉地说:这次寄来的钱,是母亲卖了家里所有的鸡蛋凑齐的,你要省着用。我这才意识到家里的日子过得紧巴巴的,自此,我再也没有向家里要过钱。我知道,那时,家里已经给哥哥准备结婚事宜,嫂子是同村的。

五

我毕业后被分在县城的中学教书,那时,村里的田地早已分给各家各户,再也不见队长大着嗓门,喊"出工啰,出工啰"的情景,山野里做活的人也没有了从前的成群结队,嬉闹和喧哗声早已消散于远空中,三三两两的人影散落在空廓山野里,没有了往日的热闹,当然也没有了往日的磨洋工,人也自由,种什么与怎么种,全由自己说了算,家里的日子也过得殷实了许多。

周末只要我回家,哥哥就不下地,坐在父母辛苦造成的屋子前,陪我喝茶聊天,天南海北没个停。母亲见了,总对人说,这兄弟俩,一见面就说个不歇,也不知什么原因,前世欠下了那么多的话。我知道,母亲嘴里虽这么说,可心里是挺高兴的。

我们的谈话信马由缰,因为哥哥在看斯诺的《西行漫记》,我们就讨论各自喜欢的红军将领;说到今年的收成,我们会讨论分田到户的日子究竟能有多久;他给我讲村子里谁谁谁不养自己的父母,害得母亲喝农药;谁谁谁的儿子在城里混成了二流子,吃喝偷骗,让父母在村里人面前抬不起头。这一些,让我知道,其实,不管日子如何变化,总有那么一些人,还是活得很艰辛,很难堪。哥哥和一般的农民不一样,他关心自己及家人的衣食住行,也关心一些似乎与农民毫无关系的人和事,他不仅要活下去,要活得好,还要活明白。

家里一直是母亲当家,支出与收入也一直由母亲掌握,随着大侄儿、二侄儿接连呱呱落地,有人告诉哥哥,该和父母分开过了,这样,自己可以掌控经济权,无须事事由父母决定,可哥哥一直不置可否。只是眼前的一切,让他知道了:一心一意埋头在地头田间,日子活不出舒坦来。于是,他打算买一辆拖拉机,农忙种田,农闲跑运输。我开玩笑:这个好,我本来就是拖拉机手,到时候放暑假了,可以给你打工。没过多少日子,他来学校找我,原来哥哥已买回拖拉机,这次是来农机站培训,准备考驾照的。培训的这几天,哥哥住在我这里,这是我一生中唯一一次与哥哥单独相处——早上,我买好早餐,哥哥吃了就去农机站培训;傍晚,我买好晚饭,等哥哥回来一同吃。闲着没事时,我们就一起去看电影。

　　记得有一个晚上,哥哥说要去他曾经读过书的学校看看。那学校就在我所在的中学的斜对面,只隔了一条街。我陪他逡巡在不大的校园里,原来的教室还在,仍然是教室,哥哥走到教室门前,推推门,门上了锁,进不去。哥哥回过身,透过走廊里的窗子,想看看教室里的情况,可里面黑咕隆咚,也看不到什么。他提起印象很深的班主任郭老师。当年郭老师好多次喊哥哥到自己家吃饭,说他正是长身体的时候,光吃腌菜不行。怕去得多了哥哥不好意思,郭老师还会要他将班里同学的作业搬回家里,帮着改作业,这样就可以理所当然地留哥哥在家吃饭。可惜我不认识郭老师。哥哥还要找他当年所住的宿舍,找了一圈也没有找到,大概因为如今学校没有住宿生,老宿舍也就拆了。

　　一周后,哥哥考完回去了。从此,家里多了一个拖拉机手。

六

　　家里的日子渐渐地往好里走,可我自己,书读得越多,却似乎越迷茫。

　　最让我纠结的,是我所从事的职业。学校里、广播中、会堂上,虽然说的都是"全面发展",可骨子里进行的,完全是灌输式的"应试教育"。面对讲台下学子们的眼光,回想自己高考当年,不也是一心一意奔着能上一个好学校吗?哪里还有其他的想法?能不能上学,上什么学校,与一个人的命运休戚相关,用村里人的话来形容,穿皮鞋与穿草鞋,也不过就在那能上与不能上的分别上,能说"应试教育"有错吗?可是,自己总觉得教育不应该仅仅如此。终于,一个偶然的机会,我暂时离开了那所中学,去省城读书。

一天午后,我在阅览室看书,有同学来告诉我,校门口有人找我。我急匆匆去校门口,意外地,见哥哥和同村的三个同伴站在街边。都是从小一起混的,曾经一同上山打柴,一同下河摸鱼,一同去集体的地里偷瓜,一同被各自的父母揍得哇哇直叫,这一见面,自然少不了一阵打闹。打闹完了,忙让他们到我的宿舍里,坐下,问怎么回事。哥哥说他们三个刚刚去苏州玩了一趟,本来打算坐火车直接回去了,偶然知道可以中途改签,就商量着下车来看看我。其中一个笑着说,我们都没读过大学,想看看大学是怎么个样子。我笑着说,还有什么个样子,就是个学校嘛,教室,寝室,操场,老师,学生,上课,下课。

因为改签的是第二天晚上的车次,我安排他们在学校的招待所住下。第二天,还请了假,带他们游了西湖,去了灵隐寺。哥哥私底下跟我说,他们几个想吃西湖醋鱼,于是,我带他们去了楼外楼。

这期间,他们叽叽喳喳地和我说这次出来的遭遇。在苏州,遇见几个人,走近他们,很神秘地问要不要鞋子,说是从工厂里偷出来的,便宜得很。有人就提议看看。来到一个小弄堂,见那鞋子样式新,套上跺跺脚,也舒服,一问价,十八块钱一双,觉得捡了大便宜,个个掏钱。个子最矮的那位,穿上新鞋,索性将原来的旧鞋子扔垃圾箱了。没想到,还没有走回旅店,一个个觉得脚底下有些不对,抬起脚一看,鞋后帮都脱了,掰开一看,里面是马粪纸,大伙很是懊恼。个子矮的,只好回头,找见原来的垃圾箱,还好,扔了的旧鞋子还在。他们笑着说起这件事,主要是向我诉说心中的不平:因为我哥没买。我很奇怪,问我哥为什么没跟着一起买,他很平淡地说了一句:"便宜没好货,贪便宜没好结果,劝他们不听。"

临上车,我买了几样点心,让哥哥带上,给家里的母亲和侄儿。哥哥接过,似乎想说什么,终究还是没有吭声。我想,他大概是想嘱咐几句,一个人在外,要照顾好自己之类的,但又觉得男人与男人之间,说这样的话,总有些别扭,索性就不说了。

过了几天,接到哥哥的来信,信上说,村里的几个人,都说我待人好,和往日里一样,一定要他转告,说谢谢我。

七

日子过得很快,不出几年,两个侄儿都已经上学。

一天,哥嫂两人突然敲开我的家门。嫂子说,近来哥哥胃口不好,没有力气,想到医院检查一下。我见哥哥脸色蜡黄,二话不说,便找人安排检查。因为检查结果要第二天才出,他俩当天就回去了。

当医院里的人将体检报告给我时,我傻眼了:哥哥竟然病得如此严重。医生说,最好去大医院再复查一遍,更有把握一些。我便立即联系熟人,陪哥哥去省城复查。

一路上,我像往常一样,与哥哥谈论一些我们都感兴趣的话题,心里不免一遍又一遍地暗暗祈祷:但愿省城医院的结论能扭转乾坤。

可意外没有发生。

我将省城医院的诊断书塞进自己的衣袋,让医生另外写一份诊断书,医生问怎么写。我知道,哥哥是聪明人,虽然来的路上什么也没说,但他知道带他来省城医院检查,肯定问题不小。我就跟医生说:能否写得宽泛模糊一些?医生考虑了一下,就另写了一份。

我将另写的诊断书给哥哥,他细细地看了一遍,说:看来比我预想的要好一些。医生配了药,嘱咐我哥,回家后好好地休息休息,养一段时间,不要太着急。

回家后,我劝哥哥,是不是在医院住一段时间,有医生配合,更有效果。哥哥不愿意。只是病来如山倒,没多长时间,哥哥还是住进了医院。

我三天两头去他的病房,但我俩像约定好了似的,从来不谈他的病情。医生也告诉我,我哥品性好,很配合,说话细声细语,从来没有牢骚,总是尽量不麻烦别人,我们都会尽心尽力。有一天晚上,哥哥半倚在床头,我们说着闲话,他忽然感叹:"其实,人在世上,能干自己要干的事就行。干得成,干不成,是天意。生生死死也没什么大不了。大人物多如牛毛,最后还不是同一个归路?像我,一个小小的老百姓,又算个什么?"

我明白,虽然关于他的病情,我从未说过实话,可他心如明镜,既知道自己病情的严重程度,也知道我为什么不说真话。

等母亲回到村子里，邻居告诉我，我才知道，她竟然花了几天时间，徒步百里，爬了上万个台阶上山，去一座庙里，为哥哥求神拜佛，并许下一个重重的愿：若托菩萨的福，哥哥的病能好起来，就是拆房卖家，也要为菩萨好好地修缮庙宇。

可天不遂人愿，终究没有给母亲一个机会，去还这个重愿。

哥哥，来生依旧，与子同袍！

外甥生来可称王

山里的村子，似乎都一个样，或傍山而聚，或依水而居，总有一条或宽或窄的泥石路绕村而过。临近村子时，鸡鸭猪牛羊粪的气味便四散开来，夹杂着鸡鸣狗吠和孩子的哭闹，让城里人很不习惯，可在我看来，这就是人们口中的烟火气。

这便是我年少时所熟悉的山村。

其实，在这样的村子里生活过的人都知道，村子与村子总有许许多多的不同，就拿我家所在的村子与舅舅家所在的村子来说，我们的村子山不高，冷水田多，庄稼活大多在水田里，大半的时间花在插秧、耘田、割稻上。村子里水牛多，半大不小的孩子也大多从放牛开始自己的独立生涯。舅舅家的村子则山高，水田不多，整年里，大多的农活在山上，一把火之后，开山，种玉米，撒芝麻，再就是砍树，摘油茶籽，如此等等。

虽然我们的村里有水田，大人们常年将力气花在种田上，可夏收一过，一手拉车的谷子装进麻袋，运到粮站，在收粮员极不耐烦的眼神下，挑三拣四的啰里吧唆里，把麻袋扛进粮仓，交了公粮和余粮，生产队的仓库里总是所剩不多。收成好的年份，多剩几粒，收成坏的年份，少剩几颗，反正公粮和余粮的多少与年成无关。到了来年稻穗扬花的日子,称之青黄不接,总是家家愁眉苦脸,恨不得水田里的谷子一夜熟透。

舅舅家村子边也有粮站,奇怪的是,它不是收粮的,却是放粮的,听大人说,这叫救济粮。舅舅家年年能吃上国家的救济粮。

过年过节,亲戚之间总要走动,大舅二舅来我家,与父亲坐在堂前,各自手里握着一管竹烟杆,捻一撮烟丝往烟窝子里装,点燃,抽得吧嗒作响。他们谈论得最多的还是粮食,父亲劳心的是谷柜里剩的谷子还能吃到什么日子,会差多少天,两个舅舅劳心的是当年的救济粮会在什么日子发放,家里所剩能否接得上。父亲感叹,种谷子的没有谷子吃,不种谷子的倒有谷子发。想不通归想不通,世道还是这样运转。

所以,我很羡慕舅舅家所在的村子。

其实,我喜欢上舅舅家,远远不止这个原因。

舅舅家离我家有五十多里路,一般情况下,先走十五里路进城,去客车站买票,下午发车。于是,先上街逛逛,去饭店买一碗一毛钱的阳春面,吃了,再回车站等。客车出城,要过河,是一排船搭起的浮桥,汽车不紧不慢地开上桥,咣当咣当往前移,一咣当,一摇晃,这是我最享受的时刻。过桥后上路,速度渐渐地快起来,因为是泥石路,车屁股后总会卷起一股灰白的烟尘,若从远处望,似乎是烟尘追着车子在跑。其间车子要爬两座山岭,一座叫大头岭,一座叫冈棠岭。路绕着山蜿蜒而上,一边是山壁竖立,一边往下探,山脚下翻着水花的清河细成一线,总让我心惊肉跳。等车子过了岭背,顺坡而下,清河也渐渐宽阔起来,下到坡底,就能听见哗哗的水响。

一旦远远地望见那棵虬枝如伞的古樟树,我便知道,舅舅家到了。

有一年春节,我还没有上初中,要去舅舅家拜年,进了城却没有买到票,只好背了果子包步行,一起走的,还有村里的邻居。好不容易走了一半路,已经累得不行,脚板、大腿、小腿酸痛,肚子也饿了,好在沿路的清河里,总有许多意外,让人欣喜。一会儿,远远地游来一群野鸭,灰麻点的羽毛,与家养的似乎没有两样,只是个子小了许多,等一靠近,发现了人,便噼噼啪啪地扑腾起来,沿着水面低飞,远远地,又落回水中,无所事事地游荡着。比野鸭小许多的,往往一双一双结伴游在水面上的,是鸳鸯,时不时地没入水中,不见了身影。每当经过清澈见底的河段,水底下衔尾而行的鱼群总让我们惊呼不已。因为春节,打鱼的小船歇在岸边,冒出袅袅炊烟,不再忙着下钩、撒网。因了清河里的这些,行走的劳累减轻了许多。直到暮色四合,才望见那棵盼望许久的古樟。

大舅妈问我哪里吃的午饭,我说没吃,大舅妈心疼得不行,赶忙端菜盛饭,一边看我吃饭,一边掏出我背包里的果子包,不承想,那果子包因走、跑的抖动与磨蹭,包装纸早已松散开来,兰花根大半压得稀碎,不成样子。大舅妈笑得不行,说:"这哪里是兰花根?这是兰花粉,得用勺子吃。"见此我也尴尬得不行,忙低下头,一个劲地往嘴里扒饭。

　　大舅二舅家吃口多,我有两个表哥、五个表弟、两个表妹,凑在一起,沸反盈天。白天,去西北两条水流交汇的河滩上,挑拣石子,打水漂。那棵古樟就立在交汇处的河岸上,虬枝横斜,扑向水面。或者去公社的车算盘子的厂子里,从堆积如山的木屑中,翻检不合格的木珠子,然后用麻线串起来,如项链般地挂在脖子上。除此之外,便是在村里的房前屋后呼啸而来,呼啸而去。如今,怎么也想不明白,年少时,即使毫无意思的追逐与奔跑,为何都会有那么多的喜悦与快乐?

　　晚上,一堆人翻滚在床上,闹来跳去。有一次,正闹在兴头上,忽听"咣当"一声响,床板竟然被压塌了,我们一个个滚落床下,满身是灰。

　　大舅和二舅是众口皆碑的好兄弟,在人们记忆中,从不曾见他俩红过脸,大声说话的时候都很少,他俩总是细声慢言,和风细雨。大舅决断干脆一些,二舅则和顺不争,脾气特别好,不论遇到多大的事,都是笑意盈盈的。

　　春节假期不长,还没有闹过瘾,便要开学,也是舅妈催我回家。通往县城的客车每天只有一班,每次舅妈带着我站在路边等客车,我总希望车子已经坐得满满当当,根本无法上车了,这样,便可在舅舅家多玩一天。可如愿的日子不常有,总会有那么一个空隙,让我能挤上车。上车前,舅妈总是一遍一遍地摸着我的口袋,嘱咐:袋里的几角钱千万别丢了,那是买车票的。

　　暑假一到,去舅舅家的念头早已不知道生过多少遍。最开心的是可以整天在古樟下的河水里扑腾。表哥表弟总是拿我们村里没有大河说事,很不屑于我们大热天站在水井旁,用井水冲澡的情景,我则取笑他们将打水漂叫作"绞水漂",将萝卜叫作"菜头",将玉米叫作"岸稥",将"进城"叫作"出县"。

印象最深的,是离村不远处的榨油坊。一渠清水引到榨坊边,冲动高高的水轮,在水轮的带动下发出一片叽叽嘎嘎的声响。榨坊里正翻炒着油菜籽或剥了壳的油茶籽,四处散发着让人垂涎欲滴的油香。而几个榨油工却着实让我吓一跳,他们或光着膀子,或衣着褴褛,一概油污满脸。他们大口喝茶,大口抽烟,无所顾忌地谈笑。几分钟后,纷纷起身,有的站到炒锅旁,抄起大勺,将炒熟的热气腾腾的油料舀出来;有的将倒在事先铺好的草垫上的油料包起来,装进一个个铁环里;有的手里握着一柄悬挂着的大石锤,嘴里呼着听不懂的号子,将石锤高高扬起,又猛地砸向横插在油榨中间的楦子。随着楦子露出来的部分一寸一寸地缩短,油便从油榨的另一头汩汩流出。

自古外甥可称"王",所以,在舅舅家,我总是肆无忌惮。因为自己久在舅舅家,以至于村里人见了我,都"外甥,外甥"地叫,我似乎成了全村人的外甥。

有一年暑假,我十分不情愿地被母亲从舅舅家叫回来,无论上山砍柴,还是做其他,心里总是说不出地难过。中午,坐在门槛上,我不由自主地流泪。母亲一个劲儿地问:是不是身体不舒服?是不是什么东西丢了?是不是想吃什么?我一概摇头。问来问去,都问不出名堂,母亲忽然问道:是不是在舅舅家没有玩过瘾?正中下怀,我点点头。母亲哈哈大笑,弄得我一头雾水,这有什么好笑,本来就是这个原因嘛。

如今,大家都长大了,表哥表弟们也为了各自的营生,四处奔波,我也如此,不过,一年一度的春节里,我总是会去舅舅家拜年,没有别的,拎两瓶酒,给舅舅舅妈一个红纸包。舅舅舅妈总是推让着,不停地说"太多了太多了",我则就是一句话:"我就望着年年可以给你们包红纸包。"

日子一天天地过去,大舅妈走了,大舅舅走了,前些年,二舅舅也走了,红纸包的个数也越给越少,而今,我能给的红纸包,只剩下二舅妈了。

多么想时间能够倒转,我还能无忧无虑地在舅舅家称王称霸,可过去的,早已隐入时间的隧道,一去不复返了。

辑三／　习习谷风

鸟儿翩翩破旧梦

一

到了我年少时,旧乡似乎已经很少见到各色各样的鸟了。

最多的,是麻雀。

麻雀喜欢成群,烈日下的晒场上,摊满了刚从水田里收回来的谷子,成群的麻雀栖息在不远处的乌桕树上,叽叽喳喳地开偷袭晒场的军事会议,一等生产队的仓库保管员进库门,就一股脑儿地从乌桕树荫里飞出来,如电影里出现的成群敌机,直扑晒场,与农人抢夺粮食。等到仓库保管员发现,从门里赶出来,它们早呼啦啦地腾空而去,有时还绕场三圈,不慌不忙地重回乌桕树根据地。

听母亲说起,在我出生前,旧乡的人们曾经与麻雀有过一场决战。白天,人人手握长长的毛竹竿,立于村子的四处,山呼海喊,惊得与他们一样祖祖辈辈生活于旧乡的麻雀乱飞于空。麻雀飞向哪里,人群就涌向哪里,好多好多的麻雀最后力不能支,坠落在地。母亲说,麻雀太恋家,不肯飞往山上,其实,只要往山上一飞,人们也就拿它们没办法了。如此喊了半个月,旧乡的日子清静了许多，反倒弄得许多人好不习惯——听惯了屋檐下麻雀的叽叽喳喳，而今静静的，似乎心里空了不少。

来年与农人争抢粮食的麻雀确实少了许多，可田里的虫子也不知从哪里钻出来的，且一年多于一年，于是，人们又怀念起麻雀多多的日子来了。到了我年少时，麻雀又满村子地飞了。现在回想起来，我认识的第一种野鸟，肯定是麻雀。

那是贪吃又没有什么可吃的日子，我们常常议论吃麻雀，可大人们不肯。等到天冷下来，农闲了，村子里的男人都上远处修水库，剩下的女人"压"不住孩子，于是，半大的孩子就摩拳擦掌，蠢蠢欲动起来。趁夜色朦胧，搬来早就藏好的木梯，搭在屋檐下，掏起麻雀窝。晚上回窝的麻雀大概睡眼惺忪，没有白天的机灵劲儿，一抓一个准。褪了毛，掏尽内脏，油锅里一煎，满屋子都是馋人的香。不过，夜里掏麻雀窝，也会有惊险，有一次，竟然从屋檐下掏出一条长长的蛇，吓得梯下的孩子们魂飞魄散，梯上的掏窝者也摔下梯子，腿瘸了好多天，但谁也不敢说是从梯子上摔下来的。

二

常闻其声，难见其影的鸟，就是鹧鸪了。

鹧鸪，在我后来所读的书里，也常常遇见，最有名的，是宋人辛弃疾的"江晚正愁余，山深闻鹧鸪"。在唐代，文人似乎都对鹧鸪别有一番深情，李白有《越中览古》："宫女如花满春殿，只今惟有鹧鸪飞"；刘禹锡有《踏歌词》："春江月出大堤平，堤上女郎连袂行。唱尽新词欢不见，红霞映树鹧鸪鸣"；李益有《鹧鸪词》："湘江斑竹枝，锦翅鹧鸪飞。处处湘云合，郎从何处归？"又诸如温庭筠、李洵之《菩萨蛮》中，常见"双双金鹧鸪""双双飞鹧鸪"等，到了清人尤侗，还写出了"鹧鸪声里夕阳西，陌上征人首尽低"。

在古人心中，鹧鸪所寄托的不是寂寞难耐，离情别意，就是相思愁苦，萧索感慨。我觉得有许多难解，因为在我的年少之时，听见鹧鸪"咕咕，咕咕"的鸣叫，却是另一番的记忆，意味着漫长的田间劳作辛苦和饥饿的日子的到来。

旧乡的鹧鸪，总在清明前后，叫破那个微雨蒙蒙的凌晨。一夜的春末细雨，令农人焦灼不安，三更时分，深山里传来"咕咕，咕咕"的鹧鸪催醒的叫声，昏天黑地的农忙季节开始了。低头了好多天的麦子等着割，早早鼓了荚的油菜籽等着收，一个劲儿往上蹿的茶树嫩芽等着摘，开满紫云英的水田等着人们翻耕。那些劳累在田间地头的人群里，常常会爆出一句恨恨的话："该死的鹧鸪，你晚几天叫不行吗？"其实，这哪里关鹧鸪的事？

鹧鸪一叫，旧乡的孩子们也比平常老实了许多。那时节，家里的大人个个没有好脾气，似乎吃了炸药，一点就炸，即使犯的是小错，也说不定会被揍得鬼哭狼嚎——大人们累狠了，多半也不会让孩子们好过。

鹧鸪声声，不仅让人累，还让人烦。

烦的是，鹧鸪声告诉人们，一年一度的青黄不接又要来了。

吃口重的，其实已经米缸见底，吃口轻的，兴许还能挨上一

段日子。自留地里,辣椒、茄子还是秧苗,豇豆也刚刚上架,能吃的全没有长出来。常常会听见老人们愁眉苦脸地感慨:

"人这一生,全是让这张嘴害苦了呀!"

人们扒出去年冬天入窖的番薯,切成块,拌一些些玉米粒,家境好一些的,还能掺着白米,吃得旧乡的人们满地里听见屁响。

三

最不让旧乡的人们待见的鸟,是乌鸦。

旧乡里乌鸦最多的季节,一个是春末,一个是初冬。

春末的乌鸦总是高高低低地飞在泥浆翻滚的水田的上空,时不时发出"呱——呱——"的怪叫,十分不讨人喜欢。胆子大的,甚至站在辛苦地拖着犁耙在田里走的水牛的背上,尽管水牛后面的耕田者"嗨! 嗨!"地嚷着,鞭子啪啪地抽打在水牛屁股上,乌鸦照旧悠悠站着,一副不知人间辛苦的模样。

不知道什么原因,旧乡的人总是将一些不好的事情怪罪在乌鸦身上,一个人说了不让人喜欢的话,就会被骂"乌鸦嘴"。有一年,生产队里修水利工程,一群人开始放炮,炮响之后,一群人进了石场,正准备搬运,轰的一声巨响,乱石垮塌,压住了三四个人。事后谈起,我听见母亲说,那天真奇怪,后山上的乌鸦叫得一团糟,正在山上摘茶叶的女人个个心里慌慌的,不知要出什么事。

如此说来,乌鸦不就是人们说的"先知"吗? 怎么还不受人待见呢? 这大概和历史上,许多有预见性说实话的人却没有好下场,是一个理。人们宁可让灾难毫无预见地到来,随其沉浮,也不想听见对灾难的预见,似乎对灾难到来的恐慌胜过了灾难本身。

不过,我不喜欢乌鸦,倒是因为另一件事。

年少时的初冬像一个真正的初冬,早起时可以发现,水缸里结了一层薄薄的冰,轻轻一碰,碎裂的声音很迷人。路边的枯草上有星星点点的白霜。到了黄昏,村口山坡上,总少不了上演一场乌鸦与喜鹊的争巢大战。

村口的山坡上,长着孤零零的一棵古枫,村里人谁也说不清它长了多少年,树身粗得要三个孩子手拉手才能抱得过来。随着时间流转,巴掌样的枫叶由绿变黄,由黄变红,初冬时落得干干净净,只剩下粗粗细细的枝丫,横七竖八地戳向空中。不过,最引人注目的,是树顶上那个巨大的干树枝搭成的喜鹊巢。有一年,我哥哥爬上树,捅下喜鹊巢,收起的干树枝整整能抵一担柴。

旧乡的人们认为,乌鸦就是个懒汉,自己不搭窝,一到冬天,就抢喜鹊的窝过冬。乌鸦抢巢的那几天甚是热闹,村子的上空尽是喜鹊与乌鸦的叫声,它们奋飞,俯冲,互啄,撕咬,一个逃跑,一个围攻,古枫下能捡得许多飘落的羽毛。村里大大小小都为喜鹊鸣不平,可也只能鸣鸣,帮不上忙。

到了下雪的日子,年年仍然见得三三两两的喜鹊在片片雪花里飞进飞出,似乎乌鸦从来没有赢过。

那么,乌鸦究竟是在哪里过冬的呢?至今我还没有弄明白。

四

鲁迅的《从百草园到三味书屋》一文中,有这样一段细致的描写:"不必说碧绿的菜畦,光滑的石井栏,高大的皂荚树,紫红的桑葚;也不必说鸣蝉在树叶里长吟,肥胖的黄蜂伏在菜花上,轻捷的叫天子(云雀)忽然从草间直窜向云霄里去了。单是周围的短短的泥墙根一带,就有无限趣味。"

这里的"叫天子(云雀)",我直到高中毕业,回生产队务农的第二年,才在那片卵石累累与杂草丛生的河滩上遇见。

鲁迅所写的前文精准极了,相比之下"从草间直窜云霄"显得太简单,大概那时鲁迅还小,百草园的空间又不大,叫天子从百草园的草丛间冲向云霄,就不见了,他也就无法知道后来的事情了。

其实,别看云雀小不点儿,机灵得很。

自走出高中的校门,我就没有产生,现实也不允许我产生任何想法,龙生龙,凤生凤,老鼠儿子打地洞,我只觉天经地义,从未怀疑过这个道理。农民的儿子自然要回到旧乡,面朝黄土背朝天。那时,我个子小(母亲说都是饥饿惹的祸),力气自然也小,到了年底,上面要生产队出人头,去离村十几里的地方修河坝。队长见我也干不了什么农活,不过还能凑个人头,于是,就让我背了铺盖,跟着一帮人,一路嬉皮笑脸地去乱石滩了。

工地上插满了红旗,旗上贴着"追穷寇""千钧棒""铁肩膀"的字样,那是各生产队的名号。筑河坝可是个技术活,须有些手艺的人去干。大多数人是拉手拉车运石头，轮到我，拉车是不行的，力气不够，我就给拉车的当助手，跟在后面推车。这可是个良心活，用不用力，用多少力，全在自己，加上我的师傅五大三粗，水牛一般，全身的筋骨里，除了力气就没有其他，我推不推车，都一个样。于是，我一路上，手搭车厢板，只是跟着走路。

实在无聊，就四处观望，这时，我发现，喧闹的乱石滩上，有起起落落的鸟叫声，频率急促，又尖又脆，似乎能刺破耳膜，却找不见鸟的影子。我问师傅，这叫的是什么鸟，师傅告诉我：云雀，也叫叫天子。

我仰起头才看见，空中，冬日稀薄的阳光里，星星点点，忽聚忽散，有许多的鸟儿。即使飞得如此之高，其鸣叫依旧声声清脆入耳。忽然间，一群鸟儿似乎被子弹射中，如雨点般坠落，直线而下，即将落到头顶时，又见它们忽地斜穿出去，一个急转弯，又直蹿而上，射向高空，瞬间又变成了星星点点。

我很好奇，问师傅，这是怎么回事？别看师傅不识字，更不是鸟儿专家，他的一番话却很在理，我至今还记得。他说，云雀的家是安在草丛间的，它们会用草叶编出很精致的圆圆的窝，悬挂在草丛里，晒不到太阳，淋不进雨，生蛋，孵化，喂食，成鸟。如今，我们在这乱石滩上破土凿道，动了它们的家园，它们是在抗议呢。

后来，其实也没两年，辛辛苦苦筑起的河坝，遭遇一场大雨，就被冲得稀里哗啦了。只是当年的那些云雀，不知还在不在？

五

旧乡人的眼里,最受善待,视同家人的鸟儿,是雨燕,也就是我们平常称的燕子。

惊蛰一过,旧年的燕子三三两两地,紧赶慢赶地回来了,它们不离不弃,将陪伴劳作的农人大半年,雨里来,风里去,筑巢建窝,生儿育女,等到农闲下来,天也渐渐地冷了,它们便拖儿带女,一家子不声不响地离开,据老人们说,要飞上数千里,到一个没有冬天的地方过日子了。再等来年的春暖花开,方见它们的倩影。

燕子回来,总是成双成对,一进门,叽叽喳喳,似乎兴奋得不行,绕了屋子打转,若旧巢仍在,就收拾收拾住下,还时不时地衔回一些干草叶、羽毛、棕丝之类的,垫在窝里。若旧巢没了(或者冬日里塌了,或者让顽皮的孩子捅了),就毫无怨言地,从田边路旁叼回湿土,在旧巢的痕迹上,重新筑巢。还有新来的,"喈喈喈"地一边叫,一边在屋子里环飞几圈,若符合心意,就选一个楼板与横梁的直角处安家。

年年,母亲总是在燕子回来的那天,重复那句我都听出老茧的话:

"燕子又回来给我们挣口粮了。"

听言语,燕子好似是我们家不管吃住的免费劳动力。

燕子的辛劳,与同住的农人无别。一天天地,不知道门进门出多少回,才可见那一点点新泥粘成的泥巢出落得漂漂亮亮。

端午一过,不知不觉地,就听见短促、尖嫩的新鸟叫声,当年的新燕子啄破蛋壳,出生了。

过不了几天,巢口上就会挤出几个显皮显肉的光脑袋来,尖尖的嘴,镶有一圈黄肉肉的边,一见父母回来,个个饿死鬼一般地喊闹,谁也不让谁。

最不省心的是小燕子还没长出羽毛,不能出门的日子,堂前的燕窝底下,总是有扫不尽的燕子屎,动不动就啪嗒一声,免不了让人心烦。母亲说,还不是和你小时候一个样,何况人家还是燕子呢。这么一说,我也无话可说了。

小燕子将飞未飞之时,最容易出事故。我家那只白猫,平日里不见踪影,经常挨母亲骂,说它只会"喵喵喵"地叫唤讨吃,不会干活,夜里,楼板上的老鼠操练得嗵嗵响,它照旧睡大觉。可那几天,它却寸步不离地在堂前转圈,时不时地抬头望望楼板下的燕窝,等待不小心的小燕子掉下来。

待满田畈的谷穗低了头,燕子一家早已是一派天伦之乐了,多者七八只,少者四五只,天一黑,就一只只回到巢中来,叽叽喳喳说个不停。我趴在煤油灯下做作业时,它们就默不作声地从巢口上三三两两地探出脑袋往下看,好像老师派来的督察官。

我最喜欢在气闷欲雨的黄昏,站在水塘边,看燕子捉虫。往往那时候,散发着微微腥臭味的水面上,密密麻麻地,成团成团地,飞舞着细沙一般的蠓蠓虫,其间还有红蜻蜓、灰蜻蜓。大人们也把蠓蠓虫叫大水虫,它们大规模出动,就预示着大雨将要到来。成群的燕子,如战火中的战斗机,一双健翅或敛起或舒展,伴着剪子般的尾羽,平飞,仰升,俯冲,在成团成团的虫群里来回穿梭,自由得如水中的鱼群。连带着,一些不小心的蜻蜓也成了燕子的美食。

等我读高中的时候,我家造了新房,虽然依旧是黑瓦土墙,可比旧屋敞亮了许多,我们都像过年一般地兴奋,只是母亲还有些心事重重,不停地念叨:旧屋拆了,明年燕子回来,不知能不能找到这里来?

山色远近殊可亲

一

平滑,舒缓,亲近,没有半点的嶙峋、峥嵘,熟悉它如同熟悉旧乡的人。

那就是旧乡的山。

江南旧乡的山大多不显露出硬硬的岩石,至多在泥土太薄的地方,裸露出青灰色呈丝条状的石筋,风刮雨刷的痕迹历历在目,或多或少地裹着茑萝与青苔。那是石灰岩,不坚硬,很容易被雨水侵蚀,化为富有营养的泥土。略微陡峭一些的地方,岩石化成的泥土存不住,一阵风或一场雨就会被洗刷得干干净净,那也没什么大不了,依旧会有说不出名的杂树、灌木或者藤萝生长于此,根系紧紧地扎进石缝,沿途攀缘。

旧乡的山脊线平缓,树木参差不齐,晴日里,蔚蓝色的天就盖在山脊上。山的那一边,时不时地爬上几缕流云,散散淡淡地路过村子上空,也不会有谁告诉它,这个村子叫什么名字。站在村子里,环视一圈,群山犹如一个口子有缺的桶子,将村子拥在自己的怀里。这既是一种温柔,也是一种阻挡,既是一种珍惜,也是一种隔绝,山外的声响传进山里,已经稀薄得很,经常会变了音,弄得村里的人们不知所以。

因为坡度平缓,人们常常把一些山称为岭。这些被称为岭的山上总有一条时隐时现的山道可以翻越,那样的小道,人走,野兽也走。小道上总是盖着枯叶、衰草、死去的蕨秆。最经常听到的声音,是麂子"哎哎"的鸣叫。大人们说,麂子胆子很小,大概是不小心踩在蕨秆上,滑了一下,就惊得失魂落魄,一阵慌乱地叫。

过了立春,旧乡的山色渐渐生润,沉寂了一个冬天的山渐渐有了声息,山涧的水声渐渐地响了,无论是灌木还是乔木,叶子都渐渐由深入淡,好像一个人,由郁郁寡欢到渐渐开朗。稍不留意,枯萎已久,似乎还有些腐烂的茅草根部,偷偷地露出了淡黄的嫩芽。原本裸露的树皮似乎润滑了许多。不经意间,山色斑斓起来,绿的、红的、黄的、白的,杜鹃、紫藤,一夜间挂满了各色各样的花。这时的山色水灵灵的,清晨起来,山岚四处,雀鸣脆亮,人人欢喜。

到了梅雨季,旧乡的山色由淡渐深,那是因为树叶由稚嫩而渐渐成熟。各色各样的草、树精神饱满,准备挂果。在我的记忆里,杨梅最精神,叶子浓密,绿得近墨色,青青的果子藏在叶间,几乎无法察觉。猕猴桃藤缠绕在灌木丛上,叶子下已经挂上了毛茸茸的果子。野枇杷总是鹤立鸡群,又宽又厚的叶子让风几乎翻不动,其实,是因为叶下成串成串地挂着枇杷。

山里的日子,虽然一日一日地,似乎都在重复,可我们对节气特别敏感,立秋一到,暑气立消,唯有午间的阳光还有一些夏天的气息,觉得辣人,可一走进树荫下,就有凉风习习。即使有点汗,也立即收了。山色开始疏朗,那是因为树叶在渐紧的秋风中渐渐地落了。毛栗裂开布满针刺的外壳,露出红棕色的果子,野柿子树的叶子渐落渐少,只剩下一些圆咕隆咚的果子挂在枝丫上,在风中摇来摆去,由青变黄,由黄变红。山间的水声也小了许多,裸露出白白的乱石来。

等到闻见桂花的香气,那已经是冬天的气象,山色暗了下来,林子里也寂静了许多,野兔们四处奔走,准备冬天的食物,刺猬背了满身的刺偷偷下山来,到人们还没有收完作物的地里,掘出泥中的番薯拖回洞中。鹧鸪的叫声也不见了,虽然时不时地还会看见它们一飞而过的身影。落叶的乔木落尽最后一片叶子,准备迎接下雪的日子。

二

山坡间,山岗上,最常见的是杉树和松树,或各自成片,或间杂其中。

松树用处不多,一般在造屋时做架楼板的横梁。松木富含油脂,劈成柴,在灶膛中烧起来,噼噼啪啪,火焰呼呼作响。不过,人们冬天不喜欢烧松木柴,因为烧出的炭松松的,不经用。后来,公家要大量收购,松树一下子紧俏起来。人们上山,将一围以上的松树放倒,按要求截成一段一段,在山脚下劈成四方形,垒起来,等梅雨季节到了,山里发大水时,把这些松木推进水中,成片成片地漂出山。听大人们说,那是铁路上用的,铺在地上,上面再架铁轨,跑火车,叫枕木。松木油脂多,不易腐烂,经得起风雨。

从小上山砍柴,我们干得最多的,是爬上松树,剃其枝丫。松树是集体的,不能砍,可枝丫不是树,算柴火,所以,远远近近的山上,一些高高的松树,都让我们这群孩子剃成了光溜溜的身子,只剩一个小小的尖顶。大人们见了,总嘀咕:"没了枝丫,松树怎么活呀?"果不其然,有些枝丫所剩无几的松树,仅剩的松针渐渐地由绿变黄,再由黄变红,最后松树死了。读初中上了生物课后,我才明白,粗壮的松树缺了枝丫,就缺了松针,松针起光合作用,没了松针,松树就如同人被捏住鼻子一样,不能呼吸。明白了这些后,我心里总有些难过,原来,那些高大的松树,是被不懂事的我们憋死的。

旧乡人最爱杉树。杉树长得快,枝丫没有松树粗壮,又加上杉针锋利刺人,所以少有人打它们的主意,长得枝叶茂密,郁郁葱葱,生意盎然。杉树木质软硬适度,粗大的,可以整根用作屋柱,或锯成板,做楼板、板壁,还可用来做日常器物,如水桶、脸盆、脚盆、凳子、桌子、梳妆台、箱子、床等。细小的,就做屋顶盖瓦所需的椽子,抑或是窗棂、锄柄、扁担、晾衣竿。旧乡人们生活的里里外外,都可以见到杉树的身影。

在旧乡,松树和杉树都十分亲和,无论是独生还是成林,四周总是伴生着各色各样的灌木丛,金刚、黄芪、槭木、臭椿、小叶黄杨,全都肆无忌惮地生长,有一种树却霸道得很,只要它成林的地方,几乎寸草不生,那就是尖栗树。

尖栗树总是成片成片地生长,细长细长的树身,碗口粗细,却有数十米高,夏秋之际,林中细长的树身林立,遮天蔽日,蝉鸣聒噪,蝴蝶翻飞。小时候进山砍柴,总要走到尖栗林的上方,才能寻见所需。砍好了柴,我们会在尖栗林里玩滑溜——砍一把灌木,树梢朝后垫在屁股底下,从半山腰的林间滑下,如坐过山车,若掌握不了平衡,半道被甩出,头破血流是免不了的。

除此之外,旧乡的山间,间或可见的,就是三三两两的枫树、乌桕,榆树和杨柳是没有的,它们只会长在溪旁河边。剩下的也就是满山叫得出名和叫不出名的灌木丛和野藤了,乌饭、冬青、野樱桃。这一切,与旧乡的人们一道,生生死死,长于山,归于山,默默地过着属于自己的日子。

虫声唧唧满山陇

旧乡的虫子,各色各样,皆是我儿时的好伙伴,或笑或哭,似乎都与虫子有关。

夏日,总是虫子狂欢的时日,从天光未明,到暮色四合,甚至明月当空,唧唧唧唧,吱吱吱吱,嗡嗡嗡嗡,所到之处,满耳都是虫子的鸣响。

白日里,叫得最早也最响的,是蝉,旧乡的人们叫它"知了"。

高中时,偶然读到法布尔的《昆虫记》,里面所说让我觉得非常神奇:蝉的幼虫竟然要在地底生活四到五年。它们会吮吸树根里的汁液,到了该成虫的日子,便趁夜色悄悄地破土而出,爬上树枝,静待成蛹,再破蛹而出,在初始的晨光中,晒干翅翼,迎风鸣唱开来。

破蛹后的蝉,寿命非常短,炎热的夏天过去,秋风渐紧,蝉便一个个陨落了。

其实,早在读到法布尔的《昆虫记》之前,我对蝉就非常熟悉了。蝉声最浓处,是河边的柳林。捉蝉最简单,在长竹竿的一头绑上一个竹枝弯成的圈,然后背着它四处撩蜘蛛网,待竹圈上缠满蜘蛛网,便将蛛网往水里一浸,蛛网就相当黏手。发现了正忘神振翅,吱呀作鸣的蝉,只需轻轻一罩,翅翼就被粘在蛛网上,怎么也逃脱不了。捉来的蝉,剥了翅翼,洗干净,油炸了,蘸上一点盐,吃得满嘴生香。

原来我总以为,蝉的鸣响是从嘴巴里发出的,偶然有一次,我将蝉的翅翼剥掉,压它鼓鼓的肚皮,发现蝉叫不响,而没有被剥掉翅翼的蝉则会抖动翅翼,吱呀作响。于是,我向捉蝉的一帮人宣布新发现:蝉的声音是从翅膀上发出的。众人没有一个相信:翅膀怎么能发出那么大的声音?苦于没有其他证据,我只好作罢。

等到读了法布尔的《昆虫记》,竟然发现我说的是对的,可惜,那时的大家已经对蝉没有了兴趣,更何况,一大半的同伴未能上高中,为了揾食,早已远离河边柳林上的蝉,奔波在茫茫人海中。

上了大学,文选课上,老师讲起唐诗宋词,我发现,蝉在诗词中竟然是常客。印象最深的,是初唐四杰骆宾王的《在狱咏蝉》:"露重飞难进,风多响易沉。无人信高洁,谁为表予心。"一个人坐在牢中,想起的竟然是蝉,诗人的郁结之心,借蝉的身体表述,想起儿时吃了那么多蝉,便有了许多的不忍与愧疚。

捉蜻蜓的方法与捉蝉同理。

夏日的蜻蜓,最多的是灰蜻蜓,特别是欲雨未雨的黄昏,人觉得有些闷,银灰的厚云从东山后生起,此时村口的鱼塘边会聚集密密麻麻的灰蜻蜓,它们上下飞舞,令人眼花缭乱。据大人说,那是因为气压低,寄居在鱼塘边的蚊子、蠓蠓虫倾巢而出觅食,殊不知,真合了"螳螂捕蝉,黄雀在后",更不知,蜻蜓捕蚊,孩子在后。原来用来捕蝉的竹竿,捏在孩子手里,轻轻一挥,数只蜻蜓便粘在蛛网上。

蜻蜓捕来了,又不能吃,只能用来喂蚂蚁。寻一处群蚁汇聚的地方,零零落落地放上蜻蜓腿、蜻蜓翅翼,然后趴在地上,等着看。先是有一两只蚂蚁遇见了,左左右右地打探一番,大概觉得搬不动,便会急匆匆地沿着来路回去,搬救兵。不一会儿,一群一群的蚂蚁陆陆续续来到,将蜻蜓腿、蜻蜓翅翼翻动,对于这些细小的蚂蚁来说,蜻蜓腿、蜻蜓翅翼显得高耸入云,有时为了拖动一只蜻蜓腿,会有上百只蚂蚁前来,可谓"蚁山蚁海",待到好不容易拖到蚁洞口,恶作剧的孩子轻轻一拎,又将蜻蜓腿放回原来的地方。蚂蚁们可能莫名其妙,却毫不气馁,一如既往地忙忙碌碌,往回拽。一而再,再而三,循环往复。也许,那是蚂蚁世界里最闹心的事故,可却是旧乡的孩子最有趣的游戏。

可大人的心思与孩子不一样。有大人见一群孩子趴在地上,便知道在玩蚂蚁,会走过来说:"你们这群没出息的,捉了蜻蜓喂蚂蚁,还不如捉些回来喂喂鸡,鸡吃了会生蛋,有了蛋,不就有好吃的了?"可孩子们不吃这一套,他们知道,拿蜻蜓喂了鸡,鸡生了蛋,自己也不会有好吃的,因为父母一定会将鸡蛋藏起来,攒够了,卖给代销店,称盐,打酱油,哪有直接拿蜻蜓喂蚂蚁来得有趣?

记得有一回,鱼塘边站了好些个孩子,几根竹竿东拽西扫,一不小心,三四个滚落鱼塘,好在不远处有大人,听见一群孩子鬼哭狼嚎,赶了过来,捞起落水者。这一晚,满村子听见孩子的哭喊,无论落水没落水的,都挨了一顿打,以示警诫,从此,水塘边也冷清了许多。

蜻蜓里最漂亮的是红蜻蜓,我们都称它"水仙子"。

红蜻蜓总是孤零零地出现,喜欢在碧绿的荷叶间飞舞。大概它自己也知道自己漂亮,即使停在花蕊上,也展着薄薄的翅翼,不肯收拢。

而最让人神往的,则是斗蟋蟀。

截一节毛竹,两头各留下节疤,其中一个节疤抠出一个洞,大小能供蟋蟀进出即可。然后破除竹筒的三分之一,横切面的两边,用刀抠出暗槽,暗槽里装上削成两头宽中间窄的篾片,这样,篾片间就留有缝隙。缝隙不大不小,从外面可以看见里边的蟋蟀,蟋蟀却逃不出来。更大的功用有二:一是蛐蛐草可以从缝隙中伸进,以调教蟋蟀,激起斗志;二是可以透过缝隙,看蟋蟀相斗,如何撕咬,谁成谁败。这便是蟋蟀笼子。

笼子做得再好,装不了强悍的蟋蟀,也是白搭。

捉蟋蟀,最基本的经验,一是听声音,荒山野地里,众多的蟋蟀声中,要能听出最响亮的,且在暗黑的夜里,能分辨出发声的方向与距离。二是观颜色,捉到蟋蟀,通过蟋蟀的颜色,即可知道其是否好斗,够狠。那些个子不大,浑身暗黑得油光发亮的,绝对是好角色。

刚上手的蟋蟀,轻易不肯让它出场,必须装在笼子里,驯养几日。拔一束已经有花穗的蛐蛐草,借花穗撕开草茎,折起,猛一拔,草茎的头上便露出白色的纤维。有纤维的一头伸进笼子,触弄蟋蟀翘起的须,蟋蟀便会震动双翅,"嚁嚁嚁"地鸣叫,一副狠斗的模样。几次三番逗弄下来,蟋蟀会越来越凶猛。听大人说,蟋蟀是喝露水长大的,一天没喝到露水,它便心烦意乱,一心烦意乱,就凶煞无比。

斗蟋蟀时,将两个笼子放在桌子上,拨开口子,互对着,等一只爬进了另一只的笼子,又堵上口子,比赛即可开始。

若两者相安无事,双方的主人就得用蛐蛐草各自逗引,一旦撕咬开来,主人便不能再有任何动作。这时候,桌子的四周一定伸着一圈脖子,好像手里拎着的鸭子一般。蟋蟀没有名字,就用主人的名字替着,满屋子都是"×××咬!×××上!"的喊声。各自的主人更是握紧拳头,踢腿,瞪眼。结果往往有两种:一种是败的一方逃到一边,偃旗息鼓,默不作声,胜的一方展开双翼,剧烈抖动,"嚁嚁嚁"叫得震天响;另一种则血腥得很,胜者会将败者一顿撕咬,直至对方气绝而亡,甚至凶狠地一口一口吃掉。

常胜者,不仅蟋蟀人人欲求一观,主人的形象也会在众人的心目中高大起来。一年一度的蟋蟀大战,让一帮"英雄"起起落落,体会人生之无常。

斗蟋蟀的,多是一帮半大不小的孩子,有时也有年轻人。因为做笼子、捉好虫、驯养,都要技术,所以,更小一些的孩子,只好捏个火柴盒,在茅厕旁边捉绿头苍蝇。捉来的绿头苍蝇装进火柴盒里,回家找出布线,将布线一头绑在苍蝇的肚子上,另一头系在十字形的麦秆上,再在桌子上插一枚大头针,将十字形的麦秆套进大头针,挣扎飞动的苍蝇就会拉着十字形的麦秆团团转,我们把这叫作"苍蝇拉磨"。直到苍蝇飞得精疲力尽,或者凄惨地拉断腰,就换上另一只,继续玩。我至今都不明白,如此简单重复的小游戏,当年为何就是乐此不疲。

不过,为了捉苍蝇,也出过事,村南头的小青子就不小心掉进过粪坑。旧乡人将掉进粪坑视为不祥,要除去霉头,就得一家一家去讨米,讨得百家米,磨成粉,做成米粿,再分给百家,这样,才能绝了霉头。不过,即使这样,小青子还是得了个外号:"粪仔"。

自从小青子掉进过粪坑,大人就将茅厕重修了一番,还时不时地喷农药,绿头苍蝇少了许多,孩子们就改成到自留地里捉金龟子,替代苍蝇拉磨。只是金龟子拉起来没有绿头苍蝇热闹,听不见"嗡嗡嗡"的声响,少了许多乐趣。

其实,旧乡的虫子,也并非样样可爱有趣。

夏日里,上山砍柴是孩子们的必修课,有两种虫子,让人闻之色变,一是黄瓜蜂,一是洋辣子。

黄瓜蜂是一种野外的野蜂,个头小,身子偏长,浑身呈黄色,唯有头部黑黑的,特别凶。旧乡的人们,称一些容易暴怒、很难讲话的人为"黄瓜蜂",可见它的厉害。它们常常筑巢在灌木丛中,或在茂盛的枝叶间,背阴凉,不易被发现。一旦有人触碰到蜂巢,一阵嗡嗡嗡响声后,马上会遭到攻击。被蜇者疼痛难忍,就地打滚,被蜇处迅速红肿、扩散,若蜇在脸上、额间,几分钟后,肿胀得连眼睛都睁不开,会浑身发寒发热,甚至被蜇而亡者也有。有些恶作剧的孩子,砍柴时,趁人不注意,会大喊一声:"黄瓜蜂!"大伙儿闻言一阵慌乱,扔了刀,丢了柴,连滚带爬地逃,等到喊者开心大笑,方知被骗。

洋辣子总是聚集在肥厚的叶子背面,青色的身子与叶子几乎融为一体,不易分辨,身上有细细的毛刺,触之生痛,火辣辣的。不过,它比黄瓜蜂好对付,只要将洋辣子与树叶一起捣烂,涂在痛处,一会儿,辣痛便轻了。

古人将蛇也归为虫类,叫"长虫",旧乡的人们则不如此,蛇终究是蛇,不是虫。

花草树果亦可人

我想说说一生都蛰居在村子四周的那些草,那些树,还有那些草木上生长的野果。

无论在何处游荡,谋生计,每当夜深人静,或者烦恼无限的日子里,那些草,那些木就会不经意地摇曳在心中,鼻子会几乎闻见其平凡无奇的清香,舌尖会油然涌起或甜或酸或涩的滋味。

依据水道的宽窄,我们那儿有沟、河和坑。

沟最小,一步即可跨过。

河最大,可以行船、放木排,过河自然依靠渡船。三三两两盖着拱形的,由竹丝和箬叶编成船顶的渔船于河中来来去去。

坑比河窄许多,用整根的木头并排就能搭成过坑的桥,坑里行不了船,也放不了木排。只有在梅雨季节,涨大水的时候,队里才安排劳力将早先就砍下山的松木、杉木一根根推进水中,漂满水面,大人们手握安了抓钉的长篙,随拥拥挤挤的"木流"在岸边前行,木头的队伍走乱了,就用长篙捅开,快到河边,再用长篙将木头拖至岸边,等待钉成木排在河里前行。坑总是依随山脚变身,或宽或窄,扭扭曲曲,人们只要筑个低低的乱石小坝,就可以将坑里的水引进一片片逶迤而去的水田里,养鱼种稻。

村子离河有十来里,自然,依村而过的就叫坑。

平时,坑里的水深浅不一,有些地段,坑随山脚转弯太急,会冲刷成宽而深的水潭,乱石之间,野鱼穿行。特别是三四月间,桃花盛开之时,一场桃花水涨过,退水之后,红白相间的桃花鳜鱼按时归来。我们总是先往深潭里一阵乱石猛砸,訇訇的水声惊得桃花鳜鱼乱窜,躲进上下游浅水处的水草间,然后我们挽起裤腿,下水,在水草间徒手去摸。桃花鳜鱼表皮粗糙,并不溜滑,很容易捉住。不过,有时候会被吓一跳,明明摸着是桃花鳜鱼,提出水面,却是一条不大不小黑白相间的水蛇,水蛇的肚皮毛毛糙糙,与桃花鳜鱼一模一样,幸好水蛇没有毒。

大人们最反对孩子在水坑里捉鱼。远远地,见出工的人群出现,我们总是不约而同地躲在坑边浓密的芒秆或者长满细刺的饿果丛下,一声不响。出工的人群过后,水坑里又是一片欢乐的尖叫声。

坑边长得最多的是大水糜(mén)楂,别的地方也叫金樱子。藤状,一片一片的,浑身是刺,成熟的果实呈红色,也长满细刺,剥开来,里面毛茸茸裹着籽,去掉刺与籽,咬起来又酸又甜。家境艰难的人家会在成熟季节采上几扁篓,背回家晒干,然后搓掉皮上的刺,一个个剥开,去掉里面的籽,放进锅里煮,最后可以熬出甜滋滋的糖来。

记得有一年年关,我家里照旧要"碓糖",白天,母亲先是将洗干净的细沙倒进锅里炒热,将煮熟、冻过、晒干的炒米倒进沙子里翻炒,噼噼啪啪地,炒成米花。到了晚上,父亲回来,再将炒米拌进熬成糊状的糖水中，一通搅，糖水附在米花上，金黄金黄，从锅里捞出，倒在早就洗干净的门板上，用碓糖的木框框住，一通乒乒乓乓敲打，结实成块，用磨得飞快的菜刀，嚓嚓嚓，切成一片片，又叫冻米糖，其中用的就是大水糜楂糖。虽然甜中带一点苦，可对孩子来说，就是上好的零食了。

记忆深的再就是莓了，水边、山上都有。

莓分两种，野草莓和树莓。

野草莓总是成片生长的，肥嫩的绿叶丛中红艳欲滴，星罗棋布，甜得腻人。树莓或成片，或孤零零一树，枝丫上尽是刺，果子是橙红色，甜中带酸，吃得再多也不会腻。

摘莓前，我们总是先到人家的地里偷摘几张又宽又厚的芋艿叶或荷叶，披在头顶上，摘莓时，将呈漏斗状的芋艿叶或荷叶托在手上当盛皿。摘多了，就打成一包一包提回家。奇怪的是，包在叶子里的就是比装在其他容器里的好吃。

与莓有一比的自然是"饻果"。饻果也分两种：小麦饻果和大麦饻果。不要误会，这个野果不是从麦子地里长出来的。据大人说，因为它总是在割麦的季节成熟，所以就这么叫了。

小麦饻果成熟在先，大麦饻果成熟在后。

饻果成熟时，正是农忙季节，父亲一大早就起来出早工了，母亲将早饭做好，总是让我送去地头，这是我最喜欢干的事。等到大人吃好，拎着空饭盒回家的路上，我就会转进山里摘饻果。攀下带刺的饻果枝丫，摘了就放进嘴里大嚼，常常吃得忘了时间，一时醒悟，上课的铃声早已响过，只好搜肠刮肚找个理由骗老师。

后来我发现,有些地方也将大麦饯果叫"羊奶奶",奶奶指的是奶子,确实形象,又叫出了喜欢。

饯果落山,就等着山楂上场。山楂好吃,可不能吃多,吃多了,肚子难受得很,甚至要吐酸水。

乌饭果成熟得迟,要等到深秋。那时,村口的几树乌桕已经几乎落光了叶子,秃秃的枝丫上挂着白白的乌桕子。

乌饭树是一种四季常青的灌木,清明节就要用新抽出的嫩叶榨汁,再将糯米浸在其中,做成蓝黑色的乌米饭吃。据说吃了这样的米饭,夏日里就不会被蚊子叮了。乌饭果长在叶子遮盖的枝丫上,呈一排排,经过有些寒意的秋风一吹,蓝黑带红,用手顺枝丫一撸,择了叶子,一把塞进嘴,鲜甜中又有一点酸意,妙不可言。

山里回来,孩子们似乎一日成人,一个个嘴边长满了"胡子",那都是乌饭果汁弄的。

冬天里,山上就没什么可吃的了。我们只能在田埂上撬茅草根。茅草根细细如线,一节一节。撬上一大把,水里一洗,雪白雪白,送进嘴一嚼,甜汁满口,虽然总有一些洗不掉的泥土的腥味。

为寻功名出门去,一朝睽违数十年。

那些草,那些木,那些草木上的野果,永远在记忆的最深处。

曾经一些日子里的菜

忽然想起那些年吃过的那些菜。

我曾经有许多年,不能吃甚至不能闻见三样东西:番薯、干腌菜与饼干。闻不得番薯的原因已经说过,有关饼干的故事以后再说,这里说干腌菜。

干腌菜在我们当地也叫"斋菜",不知与庙里的和尚有何关系。制干腌菜的主料有两样——芥菜或萝卜菜,芥菜制成的略黄,耐咬,可口一些,萝卜菜制成的显黑,略苦,比芥菜制成的碎一些。

制作方法几乎雷同,成捆的芥菜或萝卜菜从地里割回来,洗洗干净,晒成干瘪状,再剁碎、撒盐,用力搓揉,装进木桶或缸里,再压实。不出十天半个月,菜里的水分吐出来了,桶或缸的上面会漂满一层有些酸味的青黄汁水。

接下来将腌制好的芥菜或萝卜菜捞起来,煮成半熟,撒在篾垫(一种用于翻晒谷物的农具)或簟(diàn)摆里晒,不出五六个日头,就是干腌菜了。

干腌菜自然是我这个住校生的主菜了,好吃与不好吃,区别在天地之间,就看与什么搭配了。

　　我最向往的自然是腌菜炒肉,那是在一年里头尾几个星期才有的。元宵一过,春季开学,借着春节的尾声,家里还会有余肉,因为远近的亲戚或许还有没来的。瘦肥相间的肉下锅,噼里啪啦一炒,喷香扑鼻,待嗞嗞响的油冒出,将干腌菜倒入,翻拌一通就行。

　　其次是干腌菜炒豆。先将豆子倒在水里浸一浸,以免炒不熟或者咬不动,但不能浸得太过,浸过了容易坏。有辣椒的时候,将辣椒、豆子和腌菜一起炒,味道更好。

　　最经常的是没有其他配菜,就腌菜炒腌菜了,为了能够吃一星期不坏,就不能放水,杂在腌菜里的盐粒也化不开,吃时要焐在饭里,等化开了才能入口,不然,咬到盐粒,会反胃呕吐的。

　　菜炒好了,母亲总是不让我马上装进竹筒或瓶子里,要让其晾一晾,说是这样就不容易坏了。

　　这种纯腌菜吃多了,似乎会让你的胃紧缩起来,饭量越来越小,我曾经有过一个星期吃不完四斤米。后来我不能闻见腌菜味,一闻见就要呕吐。

　　豆腐乳排在第二位。

　　秋末冬初,母亲如同重视腌制腌菜一样,重视豆子的收藏。豆子除了炒腌菜,还要做豆腐乳。

　　豆腐乳的制作不算复杂。将豆子磨成豆浆,用细纱布过滤,进锅煮,在熟豆浆里点卤或石膏(石膏要在火中煨熟),成豆腐花,将豆腐花舀进豆腐布里再过滤,在豆腐隔板内压干,就是豆腐了。制作豆腐乳时,先要准备一些切成段的干净稻草,再将切成方块的豆腐放在稻草上，放一层豆腐铺一层稻草。不出一星期，豆腐上会长出绒绒的白毛，用筷子夹出长毛的豆腐在事先拌好的辣椒盐中滚一滚，放进坛坛罐罐，十天半个月就可以吃了。

豆腐乳配饭，一两餐可以，时间一长也受不了，因为没有油，同样会让人胃里发烧。我那时不懂，现在也不明白，当年的父母对菜里有没有油似乎并不看重，有咸味就行。农民对盐很看重，那是因为干农活流汗多，没吃盐就没力气，干不了重活，有无油倒是其次了。

豆腐乳汁拌萝卜条，比纯吃豆腐乳要好一些。那是我同学母亲的一大发明：将晒得半干的萝卜条浇上豆腐乳汁，装在瓶子里，时间长了也不会坏，吃起来咔嚓作响，让人增进食欲。缺点是吃多了容易放屁，特别是上课时，一不注意就会搅乱课堂，同学们又喜欢故作夸张，趁机扭头，掩鼻，皱眉，跺脚，弄得老师也不知说什么好。

我的破网兜里也曾经尝试装过整个新鲜的包心菜，带到学校里，煮饭时将包心菜叶撕碎，加了油盐，放在蒸笼里蒸熟。只是吃的时候，闻起来有猪草的味道。

我最向往的，是移民同学的酱。移民都因建新安江水电站而来，所以当地都把他们称为新安江人，他们做的有名的麦豆酱就叫"新安江酱"。我不知道新安江酱是怎么做的，只知道主要原料是麦子和豆子，同学带到学校里的酱里还添了辣椒和细碎的腊肉粒，鲜美无比，用我母亲的话来形容，就是鲜得让你吞掉舌头。可惜只能偶尔一尝。

长时间吃不到肉，实在馋了，我就去河里拣青蛳。活水滩上，黑黑的青蛳吸附在卵石上，一捡就是一大堆。回来找管后勤的老师要老虎钳，他的房间就是杂货铺，也像百宝箱，短绳烂电线，铁钉塑料皮，应有尽有，需要什么就问他要，他总能在他的房间里找出来。老师见有吃的也高兴，他的饭量大，一个星期有七天吃不饱。我们用老虎钳剪掉青蛳尖尖的尾巴，再去农民自留地头采些紫苏，一炒一大锅。

青蛳一出锅，不闻人语，只听得满屋子"嗞嗞"声响，尽是吮吸青蛳的声音。

最开心的，是每个学期放假前，食堂都要杀猪。食堂的猪是靠学生的剩饭剩菜养的，学校放假了，猪食就没了，炊事员也要回家，没人喂，自然要杀了。杀猪的那天，学校就像过节一样，连平时不搭伙的同学也留在学校吃饭。

食堂边有一片栗树林，枝丫散漫，绿叶婆娑，那是每次会餐之处。斑斑驳驳的树荫下，尽是手端饭盒，满嘴油花的同学。大家或站或坐，叽叽喳喳说个不停。老师们特别优待，除了吃一顿，还能分得一小条肉带回去，与家人共餐。

辑四 / 鹿鸣呦呦

白客车拖着白烟远去

江南的村子,按其所处地域,可分为散开在平原上的和散落在山褶里的。散开在平原上的村子,像玩世不恭的画家画画,一会儿星星点点,一会儿墨迹晕开,一会儿断断续续的线,似乎平原如此之大,可以不讲任何规则,随意涂抹。散落在山褶里的村子,则似乎很拘束,由了山的形势而变,或点,或线,总是晕散不开,用"星罗棋布"来形容,也不尽如人意。若按其规模,则可分为鳞次栉比的大村庄和零零落落的小村寨。大村庄往往历史悠久,名人众多,雨天里串门都淋不到雨滴。小村寨则反之,籍籍无名,泥墙矮屋,不会有人注目。

我就出生在这样一个江南的山中小村寨。此地自有人烟以来,一直没有名字,人们称之为"十里铺边",如同从前的女子,称之"某氏"。到了成立合作社、生产队,上面叫作"组织起来",于是,才有了自己的"官名"。

据母亲说,我的落草时间,是农历 1959 年 10 月 20 日,天将亮未亮之时,也就是三更四更相交时分,其实这个日子对任何人来说,都无所谓,主要是我母亲,一说起我的出生,好像就是一件天下之大事,似乎每个人都应该记牢,若不是母亲一次次唠叨,连我自己都会忘记。

母亲说：你那时候，血肉模糊地落在稻草上，哪里认得出是个人，只会哇哇地哭，那都是饿的。我出生的前一天，母亲还在地里挖花生。夜黑回家，母亲觉得不舒服，以为是吃生花生所致，其实是我要出生了。每当我做了让母亲不顺心的事，母亲就拿当年我出生得不是时候说话："你知道当年肚子里怀着你的时候有多难吗？饿得我连砖头都想啃几口。"

这样的时候，即使我觉得不是自己的错，也只好沉默不语，不过心里却有些不服：决定出生的又不是我，现在好像却是我的错。

我不明白，那时节，父母亲连饭都吃不饱，怎么有如此的兴致？也许就因为穷得什么都没有，无所可乐，才有了我。想到这，我还是感激涕零的，勇敢无比的父亲没有被难以忍受的饥饿灭尽最后一点人生的兴致，一生与命运反抗的母亲也没有拒绝，熙熙攘攘的世间竟然多出一个我来。虽然，我的出生，于这个大千世界来说，多一个不多，少一个不少，可对我来说，就意味着开天辟地。

当时并不觉得，现在回想起来，饥饿一直像一条死皮赖脸的野狗紧紧跟随在我的童年和少年的身后，如同不可甩脱的影子。如今留在我最早的记忆中的内容，就是大热天睡在天井边的青石板上，一觉醒过来，一侧的脸有些麻木，即使是大热天，青石板仍旧清凉入骨，是消暑的一方宝地。家里没人，站在空空落落的老屋门前，听屋后竹林里的知了声嘶力竭地长鸣。门前老半天不见人走过,好像村里的人都走光了。唯有远处,一群小鸡跟鸡婆发出"咯咯咯"的声音,躲开灼热的阳光,沿墙脚慢腾腾地边走边觅食。

我等待着进山讨生活的母亲快快回来。至今还清清楚楚地记得,没等母亲卸下肩上沉沉的背篓,我就迫不及待地掀起母亲的衣襟,乳香和汗味一起扑面而来。我不知道也不懂,也许此时母亲的饥饿和疲惫胜过我无数。

我们家在村里(那时叫生产队)属于最没有话语权的一类,因为常年是"倒挂户"。现在的人们大多没听过这个词儿了。"倒挂户"就是这样的人家:年终结算,家里人挣的工分无法兑现从生产队分得的粮和物,总是一年又一年欠着队里。我还记得,每当快要过年的时候,生产队会计家最热闹,点了煤油灯的堂前总是坐满了人,房间里是噼噼啪啪、连续不断的算盘珠拨打声。人们等待着会计最后宣布队里的分红。不过这样的场景里,不会有我父母的身影,他们知道,最后的结果都是所欠的钱粮数像我们的年龄一样,一年大过一年。

一次,我父亲在晒谷场上与人争执,一个年轻人就曾十分厌恶地奚落我父亲:

"嚷什么嚷?你的儿女都是我们帮你养大的。"

这话对一个农民来说,是最耻辱的,我父亲顿时无语,脸色铁青,闷头抽着呛人的旱烟。我记得我哥哥也在场吧?数年后,我哥哥小学毕业,怎么也不听母亲劝,坚决不肯继续上学,一定要进生产队挣工分,可能就与此有关。母亲只好托人带信给父亲。

那时,父亲在五十几里外的一个山里修水库,听说此事,扔下扁担就走,整整走了一晚上的夜路,才回到家。二话不说,先将哥哥一顿打,逼他去上学。哥哥忍着疼,满脸泪水也不出声,母亲在旁边求着:傻孩子,你就答应了,去上学吧。父亲见劝不动,又赶到生产队长的家里,毫无道理地将其一顿臭骂,责怪他不该安排哥哥干农活,队长一脸的无辜。

父亲想想没办法,又回到家门口,站在门前,大声喊:不就欠队里几个钱吗? 我割肉卖血也会有还清的一天的。

见实在劝不了哥哥,父亲十分伤心,临出门回水库工地时,对哥哥说:以后你要后悔了,千万别怪你的爸妈。哥哥说:不会的,我心甘情愿的。

八岁(我们村里总是按虚岁计算年龄),同龄的孩子都进村里的小学上学了,我没有。我哥哥在十多里外的城里上高小,父母天天要出工,家里还有一个小我四岁的妹妹,父母让我在家带妹妹。

名义上是带妹妹,可这样的场景常常上演:天色已暗,乌鸦落巢,到了回家吃饭的时候了,我飞快地跑回家。刚要从碗橱里摸出碗来,父亲一声喝问:"妹妹呢?"我一脸茫然。

于是,我顾不上咕咕叫个不停的肚子,村里村外四处寻找妹妹。有一次,在村边的稻草垛里找着妹妹时,她已经睡着了,披头散发,脸上尽是泥花和泪痕。

平时,村里与我同龄以及比我大的孩子都上学了,剩下的都比我小,我自然不愿意和他们玩。父母不让我们去村外、水边,不让我们上山,一个二十几户人家的村子,还有哪里可去呢?我常常带着妹妹,坐在学校教室门口,看他们读书。可老师总不许我坐在那儿,让我走开,说是让教室里的其他孩子分心了。下课了,可以与他们嬉闹一番,可时间太短暂,不过瘾。

终于有一天,我带着妹妹,不知不觉地走到一公里多的村外,竟然见到了白白的客车,慢腾腾地从远处驶过。妹妹惊奇地嚷嚷,那个那个。我告诉她,那叫客车,上面坐着人,要到远远的地方去。妹妹老问,哪里哪里?其实我也不知道,那辆白白的客车要去哪里。

不知道为什么,自从见了那辆白白的客车,总不能忘记,它头一回让我知道,除了我们这个村子,世上还有我不知道的地方,那里只有坐着白白的客车才可以去。

多年以后,我已经是小县城里一所省重点中学的一名不太听话的老师,在我一个搞摄影的朋友那里见到一幅摄影作品:一个七八岁的山里孩子坐在一面小山坡上,身旁依着一个猪草筐,两眼直勾勾地望着远处的山,一脸迷茫。我触电一般,不禁脱口而出:这幅作品就叫《山那边是什么》。

其实,看到这张照片的一刹那,我回到了童年——

又过了一年,我虚岁九岁了。父亲手里提着一根扁担,气势汹汹地把哭哭啼啼的我赶去小学读书。我一点也不喜欢那个小学,老师凶巴巴,时不时地让孩子伸出手,掌心向上,用一把尺子打得一个个龇牙咧嘴。父亲可不顾这些,一路上嚷嚷,不读书就去讨饭！这时候，我哥哥已经弃学从农，我成了不识一字的父亲所有期待和希望，他无情地告诉我，除了读书，别无他路。

至今我也没有弄明白，我祖上没有出过什么读书人，我父亲也一字不识，可是对子女的读书却无比执着。在以后的日子里，他常常告诫我，就是卖房卖地也要供我读书，他对读书一万个"迷信"，认为唯有读书才能让他的儿女找到出路。这种坚定的信念从何而来？

不管怎么样，迫于父亲的"专制"与"残暴"，我开始读书识字。

戒尺啪啪作响

清楚地记得,第一天走进泥墙瓦顶的教室,同学们都嘻嘻哈哈地笑话我,因为自从这个村子有学校以来,我是唯一一个被父亲押着来的。

我不想读书。其实,读书是怎么回事,我清楚得很,母亲要我带妹妹的日子里,经常会坐在教室外的不远处,看一群孩子坐在书桌前,叽里呱啦地念个不停。无非就那几个字,老师教了几回,我也能认得,何必整日规规矩矩地坐在桌子前,没个自由。和我同龄的都上学了,可一年下来,认得的字不比我多。不去上学,我想听就听,不想听,就带了妹妹,去想去的地方走走。不过,有时候坐着坐着,我会不自觉地渐渐向教室门口移动,甚至坐到门口,歪了脑袋听。教室里的孩子上黑板前做算术题,摇头晃脑,偷偷地向老师瞥眼,我知道,是看看老师是否去拿竹板子。有一次,我忍不住,将答案说出声来,教室里的孩子在笑,老师很凶地朝我一瞪眼:

"走开走开,别妨碍上课。"

我只好十分无趣地跑开了,从此,我对这个老师十分讨厌。

九岁了,父亲逼着我去上学。我要被关进那个十分讨厌的教室,还要天天面对那个十分讨厌的老师,于我,如同被判了刑送进监狱的犯人,怎么能心甘情愿?

我走在前面,哭哭啼啼,父亲手里捏着一根扁担,虎着脸跟在后面。一路走到教室前,看见教室的门,我才停了哭。

老师让我在一个靠门边的桌位上坐下,父亲如释重负,摇摇头离开了。

教室是一间靠山边的低矮泥墙瓦屋,隔墙就是牛栏,可以时常闻得牛栏那边飘过来的牛粪和陈年干稻草的气味。教室没有楼板,仰头就是一行一行的瓦片,外面的阳光透过瓦缝,闪烁着一丝丝的光亮,光线里飞舞着细细的灰尘。有麻雀从屋檐下钻进来,躲在墙头的瓦片下,探头探脑。

教室里摆着四排桌子,四个年级总共三十多号人,都在一起上课。后来我自己当老师了,才知道,这个叫复式教学。一节课里,老师先挂出小黑板,小黑板上是布置给没有轮到上课的年级的作业,然后开始轮着上课。一个年级上几分钟,没轮到的年级的同学或做作业,或歪个头似懂非懂地听老师讲解,或嘲讽那些低年级同学那么简单的问题都答不上来。

轮到我们一年级上课时,因为没有书本,老师就在黑板上写字,然后让我们十来个孩子跟着念几遍,就过去了。这样教下来,我既不知道字意,也没记住字形。

老师给其他年级的学生上课时,我们就坐在位置上发呆,因为刚进学校,一开始自然有许多拘束,不敢说话,更不敢做小动作,简直就是煎熬。渐渐地,前后的同学实在打熬不住,个个似乎身上发痒，或扭动着身子，或东张西望起来。不过于我来说，则渐渐有了一些趣味，虽然老师给高年级上的课，我也听不懂，可对那个不懂的东西，很有兴致。

课间休息，高年级的同学对我说，明天肯定要默写的，我不知道默写是干什么，又不好意思问，稀里糊涂地坐了一天。

过了两天，老师发书了，薄薄的，一本语文，一本算术，还有写字的方格子本和做算术题的横格子本。哥哥用旧报纸做封皮，将我的两本书包起来，还给了我一支铅笔、一支毛笔、一块小小的石砚和一枚已经用了半截的墨。母亲用一块黑底白点的旧布给我缝了一个书包。我将这些小心地放进书包，去上学。

到了学校，见一些同学从书包里掏出一把一把芒秆截成的小棍。我问这用来干什么，他们告诉我上算术课用。我很懊恼，不知道上算术课时，老师是否要检查，还好，老师没提起。没过多久我就知道那些小棍子的用途了，原来老师上课时，出几加几的题目时，同学就掏出细棍子来，数来摆去，我觉得哪有那么麻烦，脑子一转不都知道了吗？于是，我就很看不起他们，也省去了采芒秆的工夫。

最有趣的是教室门左边一个小小的用砖围砌而成的花坛，里面种了一棵高高的蓖麻，四周还有许多鸡冠花。蓖麻已经开始结籽了，一串一串青色的蓖麻子，有细细软软的刺。等到蓖麻的叶子落尽，蓖麻子也成熟了，外壳变成灰褐色，那原先软软的刺就变得扎人了。与此同时，毛茸茸像公鸡冠一样红的鸡冠花已经谢了，花冠的底部开始结籽，我晓得，鸡冠花的籽细小黑黑的。有蜜蜂在肥厚的鸡冠花叶子中间来回穿梭，倒也抵消了不少上课的无趣。

教室门外的空地上，时常会有鸡鸭经过，甚至有一帮猪崽。如果是一只花斑母鸡带了一群小鸡觅食，叽叽喳喳地出现，总会引得众人扭头去看，这时，教室里会突然安静几秒钟，"啪"的一声震响，是老师用戒尺敲打讲台，众人身子一耸，才回过神来。

老师是男的，三十来岁，瘦瘦的。没上学前，就听人说，凶得很，动不动要打板子。我一眼就看见讲台上的一把尺子（后来在书上知道，这叫戒尺），开始老师用它指着黑板上的字教我们读，等到三年级上课，一个同学回答不出提问，老师皮笑肉不笑地走到他身边，说：

"书读不进，就把手拿出来！"

"啪啪"两戒尺，把我们惊得面色如土。

轮到四年级的课，老师刚把小黑板挂上，就听到四年级位子上一阵骚动，有人说今天要排队买酱油了。我不懂，只见老师叫一个同学上去做题，这个同学站了半天，写不出来，再叫一个，写不出来，再叫一个，不一会儿，黑板前站了一排人。噢，原来这就叫排队买酱油。老师将戒尺递给最后上来的同学，皮笑肉不笑地说：

"和以往一样。"

于是，他朝排在头一个，已经自觉伸出手掌的同学笑笑，那同学咧着嘴苦笑，一副讨饶的模样。只听"啪"的一声，他的眼泪已经在眼眶里打转，只是不敢掉下来。

依照次序，将戒尺交给被打的人，再打下一个。同学个个都憋牢劲，用尽吃奶的力气，似乎打得比老师还狠，生怕打轻了，自己吃亏。等下了课，一个个捏着红通通的手，龇牙咧嘴，互相埋怨。

古老的故事天天上演，总是恨别人打得狠，总是怕自己打得轻。

我的父亲对老师的这种教学模式十分满意，他是纯粹的"不打不成才派"。每当轮到老师到我家吃饭，他总是在饭桌上一边给老师夹菜一边十分讨好地"蛊惑"老师：不好好读书就狠狠地打，我不会怪你的。

好在读书于我十分轻松，我经常是早早就做完老师布置的作业，听老师给其他年级上课，一年里就把一、二年级的书一起读了。那年快放暑假了，老师来家找我父亲，说是商量商量，下一学期让我直接上三年级，我父亲说，这个不用商量，我也不懂，统统由老师定，于是，我跳过二年级直接上了三年级，赶上了和我同岁，早我一年上学的同学。

家族史空空如也

我是一个没有家族史的人。

从父亲一脉来说,我对祖父及以上的先辈一无所知,从来没有人,包括我的父母,留下关于我祖父的只言片语,他的相貌、性格、喜好,对我而言都是空白。祖父给我留下的唯一遗物就是姓。而这个姓是不是真正的血缘,也只有我的祖母才有发言权了。也许有人会说我不应该说出如此有辱祖先的话来,其实我的怀疑是有来源的。我的祖母一直与我的父母关系不好,在我的童年记忆中,最多的印象是我祖母与我父母的争吵,我不知道他们为了什么而争吵,要么默默地站在一边,痛苦而无奈地等待他们的争吵停息,要么索性远远地走开,等到疾风暴雨过后才回来。在我与祖母一起生活的日子里,我没有留下一点点祖母关心我的印象。最后,祖母离开了我们,跟随我的一个不同姓的离我们家数十里远的大伯一起生活去了。

关于祖母,有两个印象最深,一个是祖母的离开。那是一个天气晴朗的中午,祖母与我父母一次激烈争吵之后,一辆手拉车载着我祖母的所有,停在屋前。我祖母走了过来,面无表情,看都没看我一眼,就催着我那个不同姓的大伯走了。之后,唯一的联系,是每年我那个不同姓的大伯来我家一次,用独轮车运走祖母的口粮。我一直不明白祖母和父母为何而争吵,以至于你死我活,势不两立,以至于我父亲曾对我的祖母恶狠狠地说,我就算是个野种,也应该是你的儿子吧?我祖母对此有无回应,我已经没有印象了。究竟是情绪激动时的口不择言,还是我父亲知道了自己的身世?若是父亲的身世存疑,我的姓也自然令人生疑了。

另一个关于我祖母的记忆是那次大闹几年之后的正月,我上舅舅家拜年,我的小舅母问我,想不想祖母?我摇摇头。小舅母说,她毕竟是你的祖母,现在年纪大了,脾气也不像从前了,你去看看她吧。于是,我和我的大表哥去到几公里外的我的不同姓的大伯家,见到了我的祖母。

她闭着眼睛半坐半躺在一张竹椅上,显得很老了,气息很弱,一副就要背过气去的样子。众人催着我叫奶奶,我心里很害怕,嘟嘟囔囔发不出声音。忽然祖母睁开眼睛,犀利的眼光从上到下扫了我一遍,对众人说了一句,不要为难他。也许,她以为是我的父母不让我叫她?也或许是她觉得作为祖母没有尽到祖母应尽的责任?反正我如释重负,就与一帮孩子跑出门玩去了。吃饭的时候,祖母忽然把我叫到她跟前,又用那让我感到微微战栗的眼光打量了我一番,轻轻地说了一句:怎么这么瘦?多吃点。

吃完饭,几个人坐在大伯家的大门前晒太阳,门前就是河,清水哗哗。祖母又问起我:在家总不会不让你吃饱吧?怎么这么瘦?我摇摇头,说不会的。旁边的婶婶说,哪有父母不让儿子吃饱的?

我知道,祖母对我父母的成见根深蒂固。

临走了,大表哥对我说,去向奶奶打个招呼。我犹犹豫豫,还是走到祖母面前,说:奶奶,我走了。那是我能记得的,有生以来第一次叫奶奶。

一个雷雨交加的夜里,我们刚睡下,听得有人敲门,一个穿着衰衣的人进来,告诉我父母,祖母去世了,他是来报丧的。

从我的母亲一脉来说,我从来没有见过我的外祖父。据我的母亲提起,我的外祖父挑着两百多斤木炭(他一顿可以吃两斤大米煮成的饭),去数十里路外的县城卖,恰好遇上日本鬼子的飞机轰炸,被吓着,一回家就疯了,指头粗的绳子都捆不住他。一个穷苦人,生在战乱的年代,偏偏又成了疯子,似乎活着也是累赘。

唯有外祖母留给我一点点暖色调的记忆。外祖母经常来我家帮着搓布线,布线所用的麻是地里种的。到了秋天,麻成熟了,齐根砍下,剥了皮,浸在水里好多天,任其腐烂,然后细细地刮去外皮,晒干,就是白白的麻丝了。搓布线是个工艺活,外祖母坐在旧屋窄窄的门前,脚边放一个簸摆,膝上托着一片特制的瓦片。瓦背上刻有纵横交错的纹路,随着一个手掌在瓦片上来回搓,瓦片上就吐出长长的、粗细均匀的线来,粗一些的用来纳鞋底,细一些的用来缝补衣服。我就蹲在外祖母的跟前,帮着将搓好的布线绕在一个筒子上。外祖母总是一边搓着布线,一边很温柔地望着我,嘴里嘟嘟囔囔,快快长大,快快长高,长大了,长高了,就好了。

我对死的觉醒来自外祖母的葬礼。母亲带着我走了一天的路,黄昏时分到了外祖母家,哭天抢地的声音让我模模糊糊觉得不好的事又在我身边发生了,但疲惫和睡意不让我多想,不多一会儿这一切就与我无关了。第二天醒来,母亲将一个白白的、长长的帽子戴在我头上,我也不知道发生了什么,只觉得与以往不同的,就是一直没有见到外祖母。一阵忙乱之后,嘀嘀嗒嗒的喇叭声渐行渐远,人群稀少了,忽然安静了下来,没有人管我。一个烧饭模样的女人走过来,对我说:"你外婆走了,再也见不着了,你这外孙怎么不去送送?"我猛然明白外祖母死了,大伙儿送她出殡了,于是我飞跑起来,去追送葬的队伍。

如今,我每去舅舅家,路过那面埋葬着我外祖母的山坡,总情不自禁地放慢车速,望一望那树丛深深之处,那泥土堆成的外祖母的墓早就与山坡一体了。

我曾写过一首诗,题目叫《祖父之殇》,用来祭奠我的祖先。原文如下:

> 直至父亲放弃这个与他作对一辈子的世界
>
> 也没有将与我未曾谋面的祖父提起
>
> 也许一个匍匐在贫瘠土地上的农民
>
> 只关心如何填饱肚子　无力关心家族历史
>
> 活着就尽量活得好一点点

死去的就尽快地把它忘记
那些家藏厚厚族谱的人们有福了
任何时空中都能找见自己的位子
而我跪在这个无耻的岁月里
前不见古人　后不见可依
当瑟瑟寒风访问大地
我不知哪一抔黄土留有祖父的印记
也许是一种悲哀　也许是一种幸运
没有家族历史的人可以无所顾忌

夜深茶香醉明月

春分一过，我们这个江南山沟沟里的小村上的大人们，头皮渐渐发紧起来。近于木讷的山色渐渐湿润，"咕咕"，村后树林里的斑鸠天还没亮就叫唤开来，甚至可以听见对面那片山的回应。万物苏醒，许许多多的农活也紧赶慢赶，凑到一起来了。

沉寂了一冬的水田里响起呵斥水牛卖力前行的声音，腐泥和着污水在耕田人的身前身后翻滚，泛起的土腥味弥漫在渐渐热起来的空气中，让人似乎已经闻到了成熟的稻谷的芳香。接下来，茶园里的茶催着要采摘了，田里的麦子催着要收割了，地里的菜籽熟透急等着上晒场了，秧田里的秧苗眼瞅着要拔出来去种了。还有自家的自留地里，四季豆、茄子、辣椒该栽苗了，在地窖里藏了一冬的番薯又要掏出来培苗了。我常常一脸雾水地听大人们发牢骚：哎哟哟，做农活的苦有谁晓得？

不过，辛苦归辛苦，傍晚时分，妇女们叽叽喳喳地背了满筐茶青下山了，晚上炒茶的热闹不下于过节。男男女女进进出出，昏暗的电灯下，忙碌得一塌糊涂。

四五口铁锅一字排开，干燥的劈柴在锅堂里噼噼啪啪作响。几个手脚麻利的姑娘站在灶台前，穿了无袖的汗衫，领口半敞，背上被汗水湿了一大片。茶青在热气腾腾的铁锅里啪啪作响，有些苦涩和清香的茶味挤满了人影晃动的炒茶房。

男人们呼呼地喝水，叭叭地抽烟，一等簸箕从锅里淘出炒青来，就一拥而上，用那双粗糙无比的手搓捹开来。一会儿，青黑的茶汁混合了茶沫四散在捹茶板上，顺着板缝滴漏在地上。等到炒青被捹成一个紧紧的圆球，又有人接过茶球，丢在事先摊开好的簸垫上，再将其抖散，细细地均匀地晾开。等这样的茶青放凉了，又重新回锅，用文火翻烘，让一张张茶叶拧成一根根条，等干燥了，装进印有"茶叶专用袋"的白色布袋里。

村里的孩子总喜欢碍人碍事地挤在炒茶房里，不为别的，就为了茶炒好后有一顿夜宵，或是稀饭配炒豆，或是油辣辣的面条。为此常常我们都等得睡着了，奇怪的是，只要一闻到面饭的香味，一个个都会醒来，揉着睡意无限的双眼，去抢碗筷。

等到炒茶房的热闹停息下来，早已是月上中天。山里的水汽特别大，将整个村子朦胧在月光下，一阵吱吱呀呀，乒乒乓乓的关门声后，一天的忙碌终于结束了，山村重归宁静。

过不了多少日子，我母亲就要把年前好不容易积存下的腊猪腿打开，做一顿火腿糯米饭，那既是我父亲除了旱烟外，唯一的爱好，也是为了补补身子，以支撑即将到来的辛苦日子。

昏天黑地地割麦莳田的日子就要来了。

红红的皮球破了

暑气还没有消尽,开学了。我跳级读三年级,跟上了我的同龄朋友。这在我们的村史上算得上第一回,一传开,最高兴的是我的父亲,这事为他挣了许多面子。空闲时提起村里孩子的成绩,人们总是有些不情愿地对着我父亲说:"你儿子看来要让你翻身咯。"无意之间,我也算是给父亲一生辛苦的生活里添了一笔亮色。可没高兴多久,我就差点"栽了"。

那年一开学,对我来说,就有不祥的兆头。

我们学校里的体育活动算起来就两项:皮球和乒乓球。摆在教室后面的一张乒乓球桌几乎是高年级同学专用,哪里轮得上我们这帮低年级小屁孩!一些皮球装在一个老酒坛子里,摆在老师批改作业的桌子底下,其中一个红色的大皮球,是所有小屁孩的至爱。每到下午快上完第三节课,轮到要课外活动了,我们低年级的同学就个个屁股不沾凳子,半蹲着,摆出冲刺的姿势,眼睛瞟牢老酒坛子,只等着老师的一声"下课",就箭一般射向酒坛子,只要第一个将手臂伸进酒坛子,就能抢得大皮球。

那天是星期三,我终于第一次抢到大皮球,正在晒场拍着玩,一个高年级的同学走过来,用不屑的口气对我说:你肯定踩不破皮球。

我想都没想,脱口而出:"不准限制我放在哪里踩。"

他说:"随便。"

我就跑到晒场边上。晒场的边沿要高出晒场一截,块石垒成,日晒雨淋,原来块石缝里抹的石灰脱落了,露出尖处。我将皮球放在石尖处,一脚踩下,皮球就成了一块破皮。这时高年级的同学幸灾乐祸地高喊:"倒霉咯!倒霉咯!有人把学校的皮球踩破咯!"

这时我恍然醒悟:犯大错了。第一个反应就是急匆匆跑回教室,收拾了一下书包跑回家。这事着实让我恐惧得浑身发抖,我知道,晚上老师肯定会上门告诉家里,一顿暴打无法逃脱。我装病躺在床上,翻来覆去,父亲收工回家的脚步声都让我胆战心惊。人最绝望的时刻,就是你知道那个你所恐惧的结果必将出现,又没有办法避免,只有等着它的到来。而这种等待又如此漫长,没有尽头。母亲见我躺在床上,摸摸我的前额,问我哪里不舒服。我装出有气无力的样子说肚子痛,母亲说她到人家家里讨点红糖,泡点红糖水,喝喝就好了。

结果出乎意料,老师没来,白装了一夜的病,更悲催的是晚上只喝了一碗红糖水,整整饿了一夜,难挨如囚。第二天,我惴惴不安地回到学校,老师也没有提起这个事,就像从来都没有发生一样。这件事让我终生感激。

可我从此不再去参与抢皮球,甚至不玩皮球,一见到皮球就莫名地不舒服。后来,我渐渐地对打乒乓球感兴趣起来。开始只能站在球桌旁观看,帮着高年级同学捡球,慢慢地也看出点门道来,有时高年级同学见我捡球积极,也让我练一练。两年后,公社中小学体育运动会上,我竟然得了小学组乒乓球个人冠军。

过了许多年,读了许多书,我才明白,儿童的思维不像成人,还没有许多经验的累积,因果的预见性不强,只有结果发生了,才会明白。于是犯错是孩子的天性所致,一个不犯错的孩子永远也长不大。可我们有多少父母,一心努力就是为了不让孩子犯错,其实,这样的费心是一种祸害。

日子就这样一天天地过去,不久,老师结婚了。有一天劳动课,老师让我们上山砍柴,然后全部背回学校,高高地码在教室门口的墙下,还用稻草编了一条草帘,盖在上面。原来,老师的老婆要来,老师要自己开伙,不再各家轮流派饭了。

师母会烧一种特别香的糊糊,叫"羹"。放学后,我常常看见老师站在宿舍房门口,"呼噜呼噜"很响地喝着羹。那时黄昏的余晖还没有退尽,老师的脸上荡漾着无与伦比的幸福亮光,莫名的香气四散开来,弄得我们口水不可抑止地一股劲儿冒出。

许多年以后的一天,我突然接到了老师儿子的一个电话,告诉我老师住院了,一定要儿子把我叫去。我急匆匆赶到医院。老师躺在病床上,直勾勾地望着我,说这一次过不去了,一心想见见我。我拉着他的手,细心地劝慰他,叫来了医院的医生——我的学生,给他解释病情,鼓励他。渐渐地,他安静下来,我几次话到嘴边,终于没有说出口。我想问问:是否还记得当年我踩破皮球的事?为什么没有追究我?可我看见一个衰老的老人走在人生的边沿的那种渴望和无助,自己却无力帮一把时,这样的琐碎之事又如何问得出口?

如今,秋风过去,老师墓上的衰草已经瑟瑟作响,皮球之事成了永远的谜。

高高的大堂屋

大堂屋是村里位置最中央、最有年份的老屋,二进的结构,分前堂和后堂。青石门框,凿成的榫卯相合无间,青石门槛滑溜得能照见人影。

我出生在大堂屋东边另外搭出的偏屋里。

屋子本来就狭窄,还开了一个天井。我最怕下雨,天井顶上泻下的雨水总是让堂前的泥地淌着一摊一摊的泥水,即使非常小心翼翼,也十有八九摔个四脚朝天。若雨水小,父亲就从灶间弄些灰土垫上,雨大了,就不顶用了,只好踮起脚尖扶着桌凳,慢慢移动。夜里的楼板上,老鼠急促奔跑的脚步声犹如大部队操练,咚咚咚,咚咚咚,一阵又一阵,我母亲常常感叹:养人要是像养老鼠一样就好了,没人管,还长得牛似的。

无聊的时候,我常常爬到楼上,东翻西找,母亲有时候会把春节走亲戚的果子包藏在装谷子的柜里,深深埋在谷子下,不让我们发现,等到有贵客来了用来招待。让我找见了,真叫我又是欢喜又是忧,喜的是可以享点口福,忧的是果子包一旦打开,就怎么也包不成原样,万一被母亲发现,可怎么得了?有一回,一包果子已经被我偷吃得差不多了,虽然还没被母亲发现,却是迟早的事。眼见所剩无几,我索性一不做二不休,将其一扫而光,然后将包纸撕碎,撒在谷子上面,做了一个老鼠偷吃的现场。果不其然,几天后,母亲发现了,把我们三兄妹叫到一起,追问果子的下落,我哥、我妹一脸茫然,都摇摇头。我哥瞟了我一眼,我赶紧跟着摇头,装出一副十分无辜的样子。母亲只好罢了,骂了一通该死的老鼠,说是要马上到十里铺去要只猫来。不过这也是说说而已,人都饿瘪了肚子,哪有闲心养猫?

楼上除了找到过吃的,我还找到过两件东西:一双已经硬化变形的皮靴和一张变黄了的照片。那张照片上有三个人,我只认出一个:我父亲。三个人一律戴着大盖帽,一身笔挺的军装,腰间挎着盒子枪。我难以想象,如今佝偻着腰的父亲竟然曾经有过这个"酷"模样。后来我才知道,那是1949年前后,我父亲在县大队干公安的历史。那双不成样的皮靴肯定也是那个年月的证物,可惜有一回货郎担进村,我找不到可以换麦芽糖的东西,就将这双皮靴换成麦芽糖吃进肚了。

我家与大堂屋只隔一堵墙,有一扇小门直通。

有锔锅补碗、打铜修锁、磨剪子抢菜刀的来了,总是在大堂屋里摆下挣饭吃的家伙,等待生意上门。

孩子们总是好奇得很,围着摊子,看师傅们摆弄。

磨剪子抢菜刀的工具最简单,就一张窄窄的条凳,条凳的一头嵌了一块两头翘中间凹的磨刀石,另一头绑了一个油布包。一进村口,就听得见一路"磨——剪子来——抢菜刀"的吆喝声。

锡锅补碗的本事最神奇。

有人端了个烂了几个窟窿的脸盆来，师傅就将脸盆举在头顶，对着天井看个半天，唉声叹气的样子，大概一定要让人觉得很难处理。接下来，徒弟从挑来的箱子里摸来摸去，摸出一个古里古怪的小盅来，用剪子剪碎一些锡片，倒在小盅里。然后点火，拉开风箱，火苗呼呼地在小盅下冒着，一会儿锡片就熔化了。大师傅也没闲着，剪了一小块铁片，乒乒乓乓敲打脸盆上的窟窿，不一会儿，铁片就镶在脸盆上了。徒弟接过师傅镶好的盆子，用个匙子舀上锡水，小心地涂在铁片四周，一边涂还一边嘘嘘地吹，好像很烫。窟窿补好了，师傅就舀盆水，用脏乎乎的手在盆底摸来摸去，看看会不会漏水。

邱家奶奶迈着小脚，手里捧了两块破瓷片赶来。据说那是她当年出嫁时的嫁妆，是祖传的青花碟子，前几天让孙子不小心打破了，让师傅补起来。老师傅左拼右合，仔细打量一番，就翻出家伙来，沿着碟子的外破边，用钻子叮叮当当钻出眼来，再用铆钉一个个铆上，不一会儿，碟子恢复了完整，碟子中央的莲花、叶子、游鱼与原先一模一样。

最新奇的是他们烧饭。我们只见过在锅里烧饭，可走南闯北的师傅连煮饭的方法都和我们不一样。徒弟拿出个铁盒子，装上米，淘洗一番，就架在刚才化锡水的火口上，咕嗒咕嗒地，将风箱拉得整屋子响，不一会儿，铁盒子口噗噜噗噜冒出水沫子来，就闻见米饭的香味了。然后取出一个玻璃瓶子，里面装了不知是什么的菜，你一筷子我一筷子，师徒两人吃得围了一圈的孩子直咽口水。我曾做过一个梦:一个上门的师傅要我做他的徒弟,带我出门打铜修锁。一路上,我跟了师傅,转山转水,不过似乎外面的世界与村子里没什么两样。可惜我太高兴了,还没转出多远,就笑醒了。

老佛殿外夜风轻轻

已经几十天没有下雨了。

村南头的水井已经见底,都吊不出水来,井旁的百年柏树早些年遭过一次雷劈,树冠下的半截也烧秃了,一天又一天的烈日烤得似乎又要冒火。村里只好将南山下即将断流的山沟拦截起来蓄水,用来解决人饮牛喝。大堂屋天井边的那块青石板成了我们乘凉的争抢之地。

黄昏时分,大人们总是愁眉苦脸地将手搭在额前,眼巴巴地望着西山上空连片的火烧云,不住地唠叨:老天爷,你再不来点雨,这田里地里还有什么收成噢!

老天铁面无私,哪里会理睬农人的心思?

第二天,又是一个大晴天。

枫树坳里有我们学校的一块学农地,扦插了好些番薯藤。老师去看了看,番薯藤上的薯叶卷曲起来,几乎都没了青色。中午放学回家吃饭,老师就要我们带木桶和脸盆,上枫树坳给番薯浇水。地板结得硌脚,一脸盆水泼下去,吱的一声就没了影。

待我浇完地回家,家里聚了好几个村里的女人,神神秘秘在商量着什么,见到我,声音更低了,嘁嘁喳喳,好像说到什么老佛殿、大公鸡的。不大一会儿，她们就散了，各自离去。

村里通往外边的路有两条，一东一西，也各有东西两处老佛殿。东佛殿离村近，里面什么也没有，佛殿门口隔三岔五会出现一堆纸灰，还有未点完的蜡烛什么的，那是人家家里的孩子夜里哭闹、发烧，家里人趁夜色深，偷偷来老佛殿祛病求平安留下的。佛殿东墙角常年堆着一堆稻草，那是留给华埠街头乞丐金卫的。

提起乞丐金卫，他可是我们村的常客，无论春夏秋冬，他肩上总披着一领棉絮，白天当衣，晚上当被。他总是在人们说起金卫好久不见了的时候，静悄悄地出现，不言不语，那张红通通的脸与上次来的时候一点不差，嘴角那一抹黑漆漆的脏痕也还留着。他总是在人们吃饭的时候出现在家门口，不进门，给什么吃什么，吃完这家吃那家，吃饱了，就回老佛殿睡觉。

金卫的身体之好令人无法理解，据说他曾在华埠街头捡了一小瓶东西，喝了，躺在街头好半天不起来。人们走近一看，那是装敌敌畏的瓶子，路人都说，这一下完了。没想到，第二天他就爬了起来，只在躺过的地方留下一堆蛔虫。不一会儿，有人又见金卫披着人们熟悉的旧棉絮在河边枫树林里坐着。

我们村里人待金卫好，还有一个原因，东佛殿门前的几丘田，无论旱涝，年年产量出奇地高，谷子碾出的米也特别香。

听老人说：从前我们这里出过一个皇帝命的人，远在京城的皇帝见到我们这个方位夜夜光亮四射，知道要出造反的人了，于是，上告天庭，玉皇大帝派了天兵天将来灭他。那一夜，狂风四起，暴雨如注，他全身疼痛如刀绞一般，母亲知道怎么回事，就叫儿子咬紧牙关。一夜过去,此人被换成了乞丐的骨头,不过因为牙关咬得紧,牙齿没换掉,所以成了"讨饭的骨头皇帝的嘴"。朝廷不甘心,又派来大军,因为有神仙护着,最终也没抓到他。后来终于找到一个能够施神法的和尚,撒石成兵,飞叶成箭,才杀了他。金卫说不定是这个人托生的呢。好在金卫生在当今社会,没了皇帝,不用担心有杀身之祸。老佛殿门前的几丘田之所以产量高、稻米香,都是因为金卫常常在田里拉屎撒尿。

听大人这么一说,乞丐金卫在我们孩子的心目中就神秘了起来,连"金卫金卫长得好,讨饭的骨头猪的脑"也不敢唱了。

每逢金卫来,总有人不知是好心还是坏意,总要笑眯眯地问他:你都二十几的人了,怎么不寻个女人?要不以后没人接你的班了。金卫一脸羞涩,只是笑笑,不置可否。

过了好些时候,金卫又出现了,还真的带了一个女人,惊动了全村,大家围在晒场上,叽叽喳喳说个不停,那女人二十来岁,低着头一声不响。那一天,金卫带了女人在老佛殿歇脚。那也是金卫最后一次来村里。

从此,金卫再也没有在村里出现,人们时不时地会唠叨:不知道金卫怎么样了,好久都没来了。

金卫没有再来,他和那个不知姓名也不知来历的女人也杳无音讯。

东佛殿门前的谷子依旧年年产量高,稻米香。

事后才知道,就在我母亲和村里的几个女人鬼鬼祟祟商议的那个晚上,她们一帮人竟然去西佛殿求雨了。具体是怎么求怎么说的,我至今也不知道。想起来真后悔,母亲在世的时候,有一万个机会问一问这回事,可我偏偏没有,如今这成了一个永远的秘密。

反正第二天下午三四点钟的时候,阳光灿烂的天空突然黑云密布,电闪雷鸣,一会儿,噼噼啪啪的大雨点打得地面上泥水四溅。我们欢喜得在晒场上大喊大叫,母亲们风风火火地把我们一个个提着衣领拽回家,一脸惊恐地说:别叫别叫,一叫佛就不显灵了。

那天的雨把晒了几十天的田呀地呀浇了个透,大人们愁苦的脸色也渐渐地好起来了。可我至今也不明白,这一场大雨究竟与母亲和几个女人的求佛有无关系?若说有,那不是太神奇了吗?若说无,可偏偏为什么就那么巧呢?

城里来了好些医生

城里下来一帮医生，背着药箱，扛了铺盖，住进农家，给村里人治病。村子里一下热闹起来。

山里的田是冷水田，沟是冷水沟，水沟边杂草丛生，阴而湿，最适宜一种米粒大的钉螺栖身。钉螺与普通的螺蛳没什么两样，就个儿小，水陆两栖，幼螺喜欢在水里，成年螺喜欢在水线以上的杂草丛中度日，身上寄生血吸虫。农人整天在水中、岸边讨生活，患血吸虫病习以为常，时间一长，患者面黄肌瘦，肚子渐渐异常大起来，犹如十月怀胎，即使青壮正当年，也不免一命呜呼。

晚上放电影，我们高兴得不得了，太阳还没落山，晒场上早就排满了长长短短的竹椅板凳，白银幕高高地绑在杉木杆子上。

好不容易等天色暗下，喇叭响起来，可电影就不出来，尽是大人在讲话，队长讲了医生讲。我东张西望，就不见讲话的人影，跑到银幕底下，前后也没人，方盒子的喇叭里也装不下人呀？我非常惊奇。

终于开演了，没有解放军，又不打仗，尽是一些挺个大肚子、摇摇晃晃的男男女女，一点意思也没有，我们一群孩子跑前跑后，赫然一个大发现：坐在银幕后面也能看，一模一样，于是我们就趴在一堆稻草上，一个个撑着下巴看起来。不知不觉，等我们爬起来，晒场上静悄悄的，一个人也没有，原来电影早就散场了。

医生来了，摆出我们从未见过的瓶瓶罐罐、消毒器械、显微镜，家家户户，无论大人小孩，各自提着自己用纸包好的粪坨，在事先发来的纸上写上名字，放在检查室的门前。

检查室门旁的桌子上，大小不一地，一包包摆得密密匝匝。

一个穿白大褂、戴着大口罩的女医生大惊失色地嚷嚷：

"怎么都这么大包？该不会有人挑一担来吧？"

众人嘿嘿笑，心里暗想：这东西又不要钱，要多少有多少。

医生用一条木片只取一点点，放进一个长长的玻璃瓶内，注入一种液体，晃动晃动，再倒一点在一小片玻璃上，将玻璃夹在显微镜下，俯身镜头前，细细地察看，显微镜上有个圆圆的钮，不停地用手转来转去，三五分钟就完事了，然后在名字旁打钩打叉。

没过几天，就贴出一张红纸，张榜公布患病者名单。

大礼堂的地上已经铺上了厚厚的稻草，村里患病的青壮劳力各自背了铺盖，好像中了大奖，兴高采烈地去大礼堂抢位子，父亲、哥哥也在列。据说，吃了医生配给的这种药，人的肠子会变得很薄很薄，稍不注意就会肠破人亡，因此必须统一住宿，村里人小心得很。

孩子们总是趴在窗口，贪婪地闻着大礼堂里飘出的漂白粉味道，新鲜奇异，又十分羡慕躺在稻草堆中无所事事的人们可以谈天说地，抽烟喝茶。

一天三餐，各家送饭，大礼堂里的饭菜味盖过漂白粉味，孩子们闻见，直咽口水。

盼望着，盼望着，巴望下一批张贴的红纸上有自己的名字。

我同年级的一个孩子，自己的粪坨里查不出血吸虫，就私下里向已经查出的同学借了一坨，写上自己的名字，再送去查了一次，终于如愿上了红榜，住进大礼堂里，去吃香喝辣了。

没有被查出的人，忙着在河边田头喷洒一种白色的粉末，用于毒杀钉螺。洒过白粉的地方，鱼、虾、青蛙、泥鳅、四脚蛇都翻白了肚皮；已经开出一串串白花的红辣草、翠绿鲜嫩的野水芹一片一片地蔫了，太阳一晒，空气中尽是腥臭。人们还要将草皮用泥盖上，用木槌子拍打夯实，村的四周尽是"啪啪啪""啪啪啪"的响声。

县里防疫站的人穿着高筒雨靴，手提木棍，察看灭螺工程，生怕村人敷衍了事。

医生们到了村里，还带来好多新鲜的事儿。

比如说刷牙。一早起来，医生们一列排开，一个个手里端个舀满水的搪瓷缸，用个小刷子往嘴里捅，一会儿嘴里冒出白白的泡沫，难怪医生的牙齿总那么白。医生说，没牙膏，往水里加点盐也行。

又比如打蛔虫。山里的孩子经常肚子痛，脸上一块块的斑，大人说是积食，医生说是肚子里有蛔虫，让我们吃一种药丸，甜甜的，吃下第二天，就拉出一团一团的蛔虫，我们看都不敢看。

最让大人们感兴趣的，是另一件事。那天，我见一群大人围在桌前,一个医生手蘸茶水,在桌子上画一些奇怪的图案,说着我听不懂的话,什么开一个小口,扎住;什么放环。男人们似乎又兴奋又有些疑虑,几个女人脸上露出不自在的神色,嘀嘀咕咕:这些医生,画得那么逼真,一点也不知道羞。

过了几天,有几个家里孩子多的,真的进城去了。大人们都在传,他们上医院结扎了。

一些日子过后,人们见结扎回来的人一样下田,一样挑担,渐渐相信了医生的话,进城结扎的人也多了起来。

有一天,一个孩子从家里偷出一个炮仗,大家都围着转,想放,又不敢和大人一样,捏在手里点燃。不知是谁出了个主意:插在稻草垛上点。于是众人一窝蜂跑过去,没想到,炮仗是点着了,一炸开,整个稻草垛轰轰地烧起来。大家忙着捡石块灭火,但怎么打也打不灭。不一会儿,浓烟四起,惊动了大人,他们急匆匆地拎水桶、端脸盆,忙了好一阵才将火扑灭。

队长火冒三丈:

"要是早知道有结扎这个办法,哪有你们这帮害人精!"

我觉得好惊险,真的感谢医生们迟来了村里,若早些来,这世上就没我的事了,更何况那帮孩子。

孤独像一条紧跟脚后的野狗

村里的孩子总是成群结队地混日子。

一起讨猪草;一起砍柴;一起将茶籽饼砍碎煮烂,倒在水沟里毒鱼;或者一起上山,撸一种叫不出名称的树叶,在水里搓——会搓出一股股肥皂般的泡沫,随水流往前淌,所至之处,大大小小的鱼会翻白肚皮,搁浅在岸边喘气;一起翻山越岭,潜进林场的梨子园里偷梨子,趁着月色清凉,匍匐在别村的西瓜地里啃西瓜,糟蹋了不少还没有一丝甜味的嫩瓜。

有一个午后,我们一群孩子经过一户人家的屋后,见木头搭成的架子上晒着一缸豆酱,蜜蜂围着嗡嗡飞舞。强烈的豆酱香味牵住众人的脚步,你看我我看你,自然明白各自的心思:偷挖一块豆酱吃吃。不约而同,大家一起伸出脏手,一起伸进豆缸里。眼见豆酱被挖出一个不小的洞,一个孩子就将四周的酱往中间扒拉,可手指印明显,怎么也无法恢复原样。众人心知肚明这样遮掩不住,追查起来,露馅的风险很大。不知是谁说了一句:

"索性一推,让它倒地上。"

主意很好,可谁都希望由别人来做。我见他们胆小,自告奋勇,一步上前推了豆缸一把,豆缸一个翻身,倒扣在地上。

见状,众人一溜烟跑开了。

我的勇敢自然让大家很开心,可我惴惴不安,一个下午都没了开心。

等到天黑,我们回到家,见晒酱缸家的女人正和邻居吵架,原来她指桑骂槐,怀疑是邻居家的猫偷吃,将酱缸弄倒。

我们面面相觑,飞快地跑回家。

那时候好争论,我也同样,喜欢提出一些与众不同的看法。不久,这个习惯让我尝到了苦果。

那天,我见几个高年级的同学在议论什么,就凑上去听,原来他们在讲苏联的赫鲁晓夫,说他是坏蛋,修正主义。我头脑一热,说他们不对,赫鲁晓夫是好人,当过卫兵,列宁都称赞他。高年级的同学就说我是反动分子,我就不服。因为我读过一本哥哥的课本,依稀记得课本上有一个故事就是讲列宁和赫鲁晓夫的,但记忆有些模糊了,我就跑回家,找出那本破旧的课本。翻到这一课,一看,傻眼了。课文的题目叫《列宁与卫兵》,故事是这样的:

十月革命刚刚胜利,一天早晨,朝阳透过薄雾,把金色的光辉洒在高大的斯莫尔尼宫上。

人民委员会就设在斯莫尔尼宫,在门前站岗的是新战士洛班诺夫。班长叮嘱他说:"洛班诺夫同志,你今天第一次站岗。到这里来的人很多,你的任务是检查他们的通行证。列宁同志要来这里开会,你千万不能让坏人混进来!"

"是,班长同志。"洛班诺夫行了个军礼,"我以革命的名义保证,一定为列宁同志站好岗!"

太阳越升越高,到斯莫尔尼宫开会和办事的人真多,有工人,有士兵,有农民,还有学生。洛班诺夫认真地检查了他们的通行证。

人民委员会主席列宁来了。他一边走,一边在考虑什么问题。

"同志,您的通行证?"洛班诺夫拦住了他。

"噢,通行证,我就拿。"列宁急忙把手伸进衣兜里拿通行证。

一位来开会的同志看到洛班诺夫拦住了列宁查通行证,就生气地嚷起来:"放行吧,放行吧! 他是列宁!"

"对不起。"洛班诺夫严肃地说,"我没有见过列宁。没有通行证,谁也不能进!"

列宁把通行证交给洛班诺夫。洛班诺夫接过来一看,果然是列宁同志,他非常不安,举手行礼说:"列宁同志,请原谅,我耽误了你的时间。"

列宁握住这位年轻战士的手,高兴地说:"你做得很对,小伙子! 你对工作很负责任。谢谢!"

他又回过头来对旁边那位同志说:"你不该责备他。我们就需要这样认真负责的好战士。革命纪律是每个人都应该遵守的,我也不能例外。"

原来我把洛班诺夫记成了赫鲁晓夫。

虽然我错了,但心里有些憋气。第二天,我找到这几个高年级的同学,向他们提出一个问题:

"苏联和中国的国土哪个大?"

他们眼都不眨,异口同声地说:

"中国大。"

我说,错了,是苏联大。

一个高年级的同学说,老师都讲中国地大物博,肯定是中国大。

我暗想,这下你们输了。没想到,另一个同学忽然说,你老是替苏联说话,该不会是苏修分子吧?

一锤定音。这话一下子在同学中传开,都说我是苏修分子。

于是,同学们就疏远我了,不和我说话。即使他们刚围在一起说什么,见我来了,就停下不语,等我走远了,又叽叽喳喳起来。

我就像不知从哪个村里游荡过来的村口的那条野狗,孤零零地,一个人上山砍柴,一个人扛了扁篓讨猪草,一个人远远地站着,看他们呼朋引伴。

好长一段时间,我打发着被疏离、被遗弃的寂寞和孤独。该死的那个苏联国土比中国大的记忆又忘记是从哪里看来的。

现在我发现,这记忆一直如影相随,影响着我与旁人的交往,影响着我对旁人的看法。

老师走马灯似的换

小学读到四年级，老师走马灯似的换来换去，没个歇。

先是一个四十多岁的男老师，清清瘦瘦的，上课的第一天，大家对新来的老师都有些新奇和拘束，一早就乖乖地坐在各自的座位上，等老师登台。

"我姓陆，名士琪，家庭出身地主，解放前读的师范。"

老师在黑板上一笔一画写下自己的名字。

老师家里是地主？我们都很意外。

我不知道也想象不出老师的地主父亲是个什么样子的。

一直到老师离开，我们也没见过他的地主父亲，可老师在我们的心目中没了威严，上课可以随意讲话。有一次，窗外的一群鸡正专心啄食，忽然一只公鸡直起身来，伸长脖子，发出一声长长的鸣叫，一个同学情不自禁地也学了一声鸡叫，顿时大家哄堂大笑，老师也只是摇摇头。

事有凑巧，那时我们语文课刚好学到高玉宝的《半夜鸡叫》，说是绰号"周扒皮"的地主对长工有个规矩：鸡一叫就要起床下地干活。为了让长工多干活，他半夜里钻进鸡窝学鸡叫，引得其他鸡也叫了起来，长工们只好起来下地干活。到了地里，发现月亮还高高地挂在半空中,就知道地主弄鬼了。第二天晚上,等地主钻进鸡窝时,长工们一拥而上,故意大喊"抓偷鸡贼",把周扒皮痛快地打了一顿。这个同学也姓周,从此他获得了一个绰号:周扒皮。

没多久,陆老师要去五七干校劳动,上面让中学毕业刚回来的年轻人来学校当老师,叫徐老师。

他不太讲课,老是布置我们做作业,一篇课文要抄三遍。可我最喜欢他的图画课,他可以不看图在黑板上飞快地画出摇着大大蒲扇的"诸葛亮"来。我们做作业时,他也坐在讲台边的桌子前写写画画,然后一张一张地放进抽屉里。他的抽屉总锁着,不让我们看。我们总好奇,不知道老师在画什么。

有个午后,老师的父亲匆匆赶到学校,将老师叫走,他忘了锁抽屉。我们就拉开一看,原来是画连环画,一本《七擒孟获》还没合上,下面压着老师画的好多画,抽屉里面还有好几本连环画,我们羡慕死了,但不敢拿出来。

到了十月份,徐老师体检合格,去参军了。学校里放了假,敲锣打鼓地将他送到村口,我心里很焦急,几次想开口,终究没胆子,不知道他将那些连环画怎么样了,因为他离开村子时就背了个背包,想来连环画应该没有带去。

这回来了一个年纪更大一些的徐老师,接了年纪轻的徐老师的班。

这个徐老师嗓门儿高,要求严,可他自己老是迟到。有时候我们等他等好久,才见他裤脚高一个低一个地匆匆赶来。有时,我们的教室里,还会随老师的到来,散发出猪粪味,大概老师一早下地铺猪粪了。

徐老师算术教得特别棒,用一种非常吸引人的腔调教我们背乘法口诀,我一下子就记住了。可他性子很急,有一回,课间休息,我们都挤在乒乓球桌前抢着打球,吵吵闹闹地,连老师上课的哨子响也没听见。老师火了,冲到桌前,将桌上的拦网扯了下来。我们一个个吓得半死,赶快跑进教室坐好。老师一进来,就让我们交出乒乓球。他可能急了,拿了球狠狠地朝地上一摔,啪的一声,球弹得老高,好像乒乓球也在和他作对。老师似乎更火大了,就捉了球,用力往窗外一扔,没想到,球打在窗棂上,弹了回来,恰好弹在老师的脸上。这一下老师的怒气更盛,他再次捉住球,放在嘴里,用力一咬,把球咬瘪了。老师铁青着脸,站在讲台前,我们见此一幕,想笑又拼命地憋住。

临到快毕业,来了一个女老师,斯斯文文的,说话低声低气。她教我们写作文:记一次愉快的劳动。我不明白,劳动哪里会愉快?想逃都来不及呢。要说去坑里捞鱼,去山里摘野果,那才叫愉快。她曾借给我一本书,旧旧的,里面尽是学生写的作文,我记得其中一篇是写游览桂林七星岩的,文中对暴雨前的情景的描写,让我一下子明白了作文是怎么一回事。

女老师终是没有等到我们毕业,就不来了,她每个星期都回城里去,有一回一去就没回来,我们空等了几天也不见老师的影子,村里的干部去公社问情况,说老师病了,后来我才知道,老师的精神出了问题。

就这样,稀里糊涂地,我小学毕业了。

小学毕业了

小学毕业,意味着我的童年时代结束了。

没有毕业典礼,没有毕业照,没有学习成绩单,也没有毕业证,甚至没有老师在场。

好像也没有留下什么遗憾,一切就这么自然,老师都患精神病了,还要什么毕业典礼(也不知道什么是毕业典礼)?还要什么毕业照(看过照片,但照片是怎么来的却不知道,更不知道毕业要拍照)?还要什么成绩单(从一年级起,我就不曾有过什么成绩单)?还要什么毕业证(毕业证是什么东西)?能识字,会加减乘除,这些还不够吗?

在我看来,人的一生,就像在鸣沙山上坐滑沙板,愉悦的巅峰从山顶开滑的一刻开始,一路递减,滑到山脚就是愉悦的结束。

无论如何,童年都是一个人的人生巅峰。

也许你会觉得我的童年单调、贫瘠、闭塞,天地小小。可是,你不知道,单调就是朴素与本色,贫瘠就是丰美的佳肴,闭塞就是圆满,天地小小就是与大地亲近。

童年不需要分辨善恶与真伪,不知道算计利益和阿谀奉承;

没有背叛；没有陷阱；不曾利用与遗弃；也不曾向往过与村里不一样的生活。

童年里有的是熟悉与亲切的事，我们知道，哪一处山坳里有一树野猕猴桃长得特别丰盛，旁边还有一窝野蜂，五六月时可以掏出鲜甜的蜂蜜。我们知道哪一丘水田里田螺和泥鳅最多，等到大人们撒了石灰莳田时，绕着田塍走，就可以捡得许多许多。即使一眼看见田边偷啄稻穗的花公鸡，我们也知道是谁家放出来的。即使路上遇见一个村外人，我们也知道是谁家的客人。

只要有一家的年轻人结婚了，就是全村的节日，更是孩子的节日。

学校都会放假，因为老师也要参加。我们会早早地守在村口，耐心地等待接新娘子的队伍的出现。

那可是农家女人一生中最骄傲、辉煌与幸福的时刻，长长的队伍花花绿绿，都是娘家的嫁妆，凸显着娘家人对女儿出嫁的不舍和祝福。孩子与大人十分不讲理地拦着新娘新郎，厚颜无耻地要糖果，越不要脸越精彩，自己也觉得越荣耀。新郎平时对我们这些孩子再凶，此时也低声下气，笑脸相待，我们可以毫无顾忌地将脏兮兮的手伸进新娘新郎的新衣口袋里，掏尽他们衣兜的每个角落。

拜天地，进洞房，一个高潮接着一个高潮，生活比唱戏还丰富。

婚席大多摆在露天里，夜色与客人共餐。

等到第二天，新郎要陪着新娘回娘家，这叫回门，既表现新娘的不舍，又表达新娘的感谢。回门前有一个仪式：开箱。此时新房里挤满了人,主要是女人和孩子,女人要看看新娘的娘家在箱子里装了些什么,也会暗暗对比一下,有没有比自己的多,比自己的值钱。孩子们则巴望着箱子里的糖果、花生、核桃,还有各色各样的果子。

如果哪家的老人去世了,办丧礼那天村里也很热闹。

山里人对生死看得很淡,也看得很开,人过一世,如同草木一秋,都是自然而然的事。只要活过六十岁,村里人叫满甲子,丧事就办得与喜事一个样。虽然出殡之前有一场又一场的哭哭啼啼,甚至号啕。住在外村的舅舅、舅公、大姨、小婶来了,死者的晚辈先要跪在亲戚跟前,哭着一个劲儿地检讨自己的不是,数落自己没有照顾好长辈,无论孝顺的还是不孝顺的,都一样。亲戚会陪着抹眼泪,不住地安慰说,我们不会怪你们的,都是他(她)的寿数到了,是阎王招他(她)回去了。然后烧香跪拜死者,哭诉着与死者一件件有关的往事,晚辈陪跪着一起哭。

这样的剧情会上演两三天,等该到的亲戚都到了,该回忆的往事都回忆了,就选一个时间,乒乒乓乓钉上棺盖板,一路唢呐不停地吹,一路纸钱不住地撒,送死者上山了。

从山里回来,气氛就会大变。一个个喜气洋洋,脱了麻衣,取下孝布,忙着移桌、摆碗、分筷,等到酒菜一上来,热闹的情景不比结婚喜庆差在哪里。该喝的酒大口地喝,该吃的肉大口地吃,前不久哭哭啼啼的女人们一改悲切之色,难得凑在一块,叽叽喳喳,张家长李家短,比往日还热闹。没过一个时辰,酒桌上响起猜拳的吆喝声。

等到月亮升起,月色在吃剩的菜汤里摇曳时,酒醉的人被人搀着,才摇摇晃晃地回去了。

童年里,一切都觉得天经地义。

邻居家比咱富裕,过年前,杀一头年猪,整个留在家里,来年清明夏至,灶底下飘出的腊肉香味馋死人。我们家却要卖掉大半头,留着自己家吃的,除了猪肚子里的,所剩无几,那是因为我们家是"倒挂户",应该的。

别人家的孩子端午节会在额前点雄黄,手腕上绕着五颜六色的花线,我们家买不起,没关系,到水边拔一束菖蒲,到菜地里砍几根艾草,插在大门两边,照样祛邪逐魔,保证家里人不生病。

别人家盖新房了,我们照样在上梁的日子里,欢欢喜喜地,等着木匠师傅坐在房顶,唱完彩话,争抢撒下的瓜子花生。我们家依旧住在光线昏暗的老房子里,也没觉得有什么不适,因为等到我们家有了钱,也会一样盖新房。

童年里,一切都不用自己操心。

父母不论本领大还是本领小,聪明还是愚昧,能干还是不能干,都是孩子的天,孩子的地。衣服破了,母亲会凑在昏暗的油灯下补,家里没粮了,父亲会走个三十里地,去亲戚家借。我们不用理会父母常常的唉声叹气、嘀嘀咕咕,我们惦记的是如何赢回刚刚被邻居家孩子赢去的三角包,惦记的是屋后已经挂了花的黄瓜还要多长时间才能摘了吃。

我的童年里尽是草,树,水,天上的云,冬天的雪,开春水牛翻耕乌黑的水田散发出的泥土的腥味,秋天一捆捆立在田野里的新鲜稻草的清香。

当然,还有永远记着的似乎一年四季常伴的饥饿,雪天里一条单裤的寒冷,夏日里砍柴回家路上的酷热。可这些毕竟不算什么,因为还有长到没有尽头的会变好的明天。

不过,这一切,随着小学毕业,都结束了。

辑五／彼黍离离

父亲送我上初中

终于熬完了那个惊恐又诡异的暑假。

不知是因为教室不够还是老师不够,学校在暑假里还进行了考试选拔,村里同年级十来个孩子里只取了三个。

一早起来,父亲似乎比我还兴奋,一床厚厚的棉被,用二十多年前父亲当兵带回来的草绿色军毯包裹好,再捆扎起来。为了这事,我与父亲第一次发生争执。我不让包裹,要把军毯折叠起来,与棉被一起捆扎。父亲不听,说棉被是新的,容易弄脏。第一次的主见就这样轻易地被父亲一个严厉的眼色挫败了。

母亲将昨晚就炒好、晾了一夜的干腌菜装进竹筒,因为怕时间长会变坏,炒时不放水,黑黑的腌菜里还见星星白点,那是没有融化的盐粒。红色的干粮袋里装的是米、一双筷子和一个搪瓷盆。一叠小学课本,装在黑底白点的旧书包里。一个哥哥用过的旧木箱,里面装了母亲洗干净的衣裤。

一头大棉被,一头杂七杂八的吃、用的东西,父亲用我暑假里早早削好的细扁担挑起,会上同行的两个同学,就上路了。

我怎么也没有想到,其实,那就是我与曾经互为一体的山村疏离的开始。

这种疏离,不是空间上的,而是精神上的。

在以后的许多日子里,我曾经极力企图返回,返回那个简单、明白又不知天高地厚的村庄,那个为了一个生在屋外的鸡蛋是谁家的可以争吵半天,一旦有困难又众人义不容辞帮忙的村庄。可怎么也回不去了。

我也不明白,一字不识的父亲怎么对我上初中如此看重?还亲自送。其实,当时我是极不情愿的,看看我的两个同学,都自己挑了担子走,自己空着手走,怎么都觉得别扭。更何况如果父亲不来,一路上,我们想怎么说就怎么说,想怎么唱就怎么唱。更加让人哭笑不得的是,父亲还一路上嘱咐我的同学,要经常帮帮我,我简直羞愧得要哭了,可在说一不二的父亲面前我不仅不敢言,也不敢怒。

之后上学的日子里,父亲还送过我一次。不过那一次与这次大不相同,父亲是在众人的劝说下,怒不可遏地送我的。

那是上高中的第二个学期开学,天下着大雨,第二天就是元宵节。父亲一早就出工了,我很不想去学校,春节的气氛还没有过去,家里的饭菜还带着春节的油味,想起又要天天干腌菜拌饭,心里十分腻烦,磨磨蹭蹭,最后想想没办法,只好挑了担子出门。

仍然是一头棉被,一头杂七杂八的米菜之类,又是风又是雨,母亲用塑料皮盖在扁担的两头,以防淋湿。家里买不起雨伞,只好戴了顶箬帽,细绳别在下巴,防止被风吹走。走了两三里路,见生产队里的人在不远处修水沟,我就哭了起来,众人见了,都劝我父亲,帮着挑一挑。

我父亲一声不响,洗了洗一腿的泥巴,穿着蓑衣走上路来,到了跟前,伸手就给我一个大嘴巴,差点叫我跌到沟里。

接过担子,一路无语。

我跟在身后,身子尽量前倾,避一避斜飞的雨点,不过也无济于事,鞋子和半条裤子湿淋淋的。走了二十来里,转过一个弯,学校就到了。父亲把担子交给我,从担子上取下两个早已冻得硬邦邦的粽子,转身就回去了。走了几步,又回过头来,说了一句:

"回到学校,赶快把衣裤鞋子换了。"

当然,这些都是未来的事。那时的我整个都沉浸在一切就要开始的新鲜里。

快到学校的路上,要穿过一片油茶林,那是城里下放在五七干校劳动的人种的,八月底的油茶林已经挂满青青的果子,蜜蜂和蝴蝶仍然在林间的草地上来来去去,远远近近散落着劳动的人们,有时会停下手中的活,看看我们肩挑铺盖的一行四人,也许他们在猜测,可能是来五七干校的吧。当我们穿过油茶林,继续往前走时,他们明白,不是未来的同伴。

学校住和学一分为二,教室建在村外的半坡上,住校的同学住在村里的一个祠堂里,之间有一里多路。

村子叫青山底,公社所在地。

偌大的祠堂有前厅和后厅,中间是四方的天井。厅里的柱子粗得我抱都抱不过来,横梁上原来有许多雕花图案,早就被劈掉了,露出新鲜的木纹。天井里铺着大块的青石,石缝中散落着一些不知名的杂草。

西墙外就是村里的大晒场,我曾来过,还在这里看过讲刘少奇的电影(后来我才知道,那是一部讲刘少奇同志与夫人王光美访问印度尼西亚的纪录片)。

走进大门,两边有楼梯,上面是一排长长的厢房,老师住在楼梯口,一个个隔成独立的小房间,走过老师的房间门口,我们住的是直溜溜的通房,一边男寝一边女寝。地板上铺了一些稻草,一个挨着一个,席子搭着席子,每个人只能分到半米宽的位置。高年级的同学住在最里面,轮到我们新来的,就顺着往外排,我没有席子,本来打算用旧军毯当席子,父亲一见这情景,就与我的两个同村同学商量,我睡在他俩中间,军毯就不用了,他俩愉快地同意了。

其实这是一个致命的错误决策,导致我后来与同学闹矛盾时,处处被动。

一切安排就绪,父亲要回去了,走下楼时,遇见了戴眼镜的老师。父亲对老师一生都十分尊重,点头哈腰,退在一边让老师走。老师问:

"送小孩上学?"

父亲觉得能与老师讲上话,高兴又惶恐,忙不迭地答:"是的是的。"

"孩子叫什么名字?"

父亲报了我的名字。老师说:

"哦，知道知道，你不错啊，家里有个乒乓球冠军。"

父亲很高兴，胡子拉碴的脸如同一朵笑开了的花，搓着粗糙的双手，似乎想给老师递旱烟筒，也许想想不妥，就不知怎么才好。我站在旁边，有些不耐烦，生怕父亲啰唆下去，巴望他快点走。心想：乒乓球冠军算什么，我读书才厉害呢。

好在老师似乎也有什么事，就走了。

松鼠卷着蓬松松的大尾巴

从老祠堂出发,经过供销社,下一个小坡,路过卫生院,跨过一座洋灰桥,桥四周是一片树林,河柳、樟树、刺槐杂乱地生长。

路边的老樟树上,生活着一群不怕人的松鼠,它们卷着蓬松松的大尾巴,黄白相间。去学校读书,回祠堂吃饭,一天四回见面,松鼠们都会跑出来,蹲在一人多高的树杈上,向我们张望,又调皮又可爱。大家都知道,这是在向我们讨吃的。女生的袋子里总能掏出零食来,不是花生就是瓜子。

再往前走,就是收公粮、余粮的粮站。

粮站最热闹的时候,学校也放假了。各个生产队的拖拉机、手推车载着满车的夏粮,一早就在粮站门外等候。粮站里的人推出磅秤,摆出一副铁面无私的样子。他们手里提着一柄有凹槽的铁锥,往装粮的麻袋里一戳,铁锥的凹槽里带出一些谷子,放入嘴里咬一咬。运粮的人总是十分巴结地望着,生怕他说出湿了,或者秕谷太多要重新扇之类的话。被定了三等的,就可怜巴巴地缠着收粮员,求着定高一级。

过了粮站,就要爬长长的坡,坡很陡,下雨天,黄泥与卵石混合的坡面经常被坡上汇合的水流冲刷出深深浅浅的沟,一地凌乱。

上了坡,坡旁是矮矮的厕所,前面就是小小的操场。

操场上只能画一个篮球场,操场前就一排低矮的平房,隔成四五个教室,中间一个是老师的办公室,桌子上永远散乱着学生的作业。

学校没有围墙,四通八达。教室的窗下,随时可见母鸡带着一群小鸡在草丛中觅食,或者水牛拖着犁耙从操场上慢腾腾经过,"嗨!嗨!",赶牛的声音盖过老师的讲课声,引得我们常常往窗外看,老师就将教鞭敲得讲台"梆梆"响。

学校一左一右是两个村子,一个村子的房子年份长,白墙大多斑驳陆离,高矮不一,村里住的都是当地的"土著",也叫老社员;另一个村子里尽是一色的黄泥墙平房,一排一排很是整齐,这里住的都是新社员,因百里之外的县里要建大水库和发电站,他们是从水库淹没区移民来的,所以总称为新安江人。

我们村里也有一个生产队的"新社员"。我隐隐觉得,新老社员之间总有些不相容的地方,老社员占着祖宗的赢面,在地方上优越感明显强一些,好的田地自然多一些。况且新社员的到来,客观上就是分利益,自然没有好颜色。新社员觉得自己为了国家利益才远离故土,拖儿带女来到陌生之地,本该得到照应,可现实却非常"骨感",处处受气,自然也常常怒目而视了。况且方言的大不相同,又成为一条很深的隔离河,使交往更添了不少的困难。

我们班里也同样,来自新社员家的都是移民的第二代。同学之间,总是来自老社员家的与来自老社员家的亲近,来自新社员家的与来自新社员家的亲近。课堂上,总让我们忍俊不禁,开怀大笑的,是他们这些"移二代""r、l"不辨,"n、y"不分,总是将"牛"读成"油",将"容"读成"龙"。

一个学期之后,我和一个从新社员家来的同学混熟了,他带我去他家吃"羹",那是他们的特色食物。

同学又分成走读与住宿两拨。

冬天里,走读较远的,天没亮就起来,走上一个多小时,才能赶到学校,参加早自习。经常住校生已经在教室里叽里呱啦地朗读课文了,教室门被推开,随着一阵寒风,一个走读的同学匆匆进来,眉毛上、额前的头发上,尽是白花花的,只要老师不在,我们就"大爷大爷"地叫,开心一下。

刚开学,就有一件事让我郁闷懊恼又无解。学校食堂给学生蒸饭,用的是一层叠一层的木制蒸笼,学生先将餐具里的米洗好,添好水摆在蒸笼里,等到大锅里的水烧开了,炊事员再将一笼一笼的蒸笼叠上。别的同学用的是饭盒,铝制的,有盖子,我用的是盆子,没盖子。蒸出来的,饭不像饭,粥不像粥。到供销社里看看,饭盒要一块多钱,太贵,买不起。母亲知道了,就找了一个大的搪瓷杯,大概是父亲修水库时发的,上面印着红红的"大海航行靠舵手"的毛体字样,不过水三天两头也要漏进去。

这事让我纠结无比,几乎都不想读书了,想想父亲那张严厉的脸,也就忍着。直到一年后,母亲见我只装了一点点米去学校,就问我怎么回事,我一五一十地说了蒸出来的饭没法吃。母

亲听了,半天没有声响,过后轻轻地说了一句:

"你这孩子,怎么不早点说呀?"

一咬牙,从腰间翻出缝在裤子上装钱的袋子来,一角两角的毛票凑了一块多钱,叫我买了一个饭盒。从此,我再也不用为蒸饭这件事提心吊胆了。

另一件痛苦的事是下雨。

没有雨伞还好,毕竟有一块塑料皮顶在头上,关键是只有一双布鞋。

雨天只好脱了鞋子,打赤脚,到了教室门口,站在教室的屋檐下,伸腿让屋檐水一通冲刷,再穿上鞋子进教室。冬天最麻烦,往往雨下得不大,赤脚走在地上,乱石硌脚,特别痛。到了教室门口,屋檐水滴滴答答,脚也洗不干净,只好用废纸胡乱擦一擦。

初中两年的雨天就这样度过了。到了上高中,母亲终于给我买了一双解放鞋,胶皮的鞋底,因为每个星期要走二十多里路,布鞋不经穿。就这样,我雨天打赤脚的历史结束了。

一江两岸炊烟起

中学所在的公社，有十多个行政村。

一条江水，宽窄不一，曲折蜿蜒二十几里，十五个行政村的人们，远远近近、错落无序地栖居于两岸。

人口中一半以上是移民，移民大多单独成村，穿插在一江两岸的旧村之间。有的村子外面看起来是一个村，其实里面分成两个村，人财物互不隶属。有的看起来完全是两个村，相距好几里，可其实却是同一个生产队。

各村说着各村的方言，即使语音相近，声调也会有明显的区别，足见人们交往的稀少。

黄昏时分，暮色四合，那条凭借自己的力量，曲曲折折在山间穿行的江水时静时响。大多的日子里，江面不阔，浅水滩上，卷起裤腿就可蹚水而过。江水遇山绕行，往往形成一个个深潭，潭边静栖着一枚或两枚两头尖尖的小渔船。船头横斜出的木杆子上，栖息着几只捕鱼的鹭鸶，或晾晒着白色的渔网。船上的人大多年过半百，吃住都在船上，常常夜晚捕鱼，第二天一早赶到集市，卖鱼度日。

袅袅而起的炊烟，会从一个村子的上空，蹒跚着访问另一个村,炊烟渐行渐淡,有时被风一吹,就四散开来,不见踪影。于是,另一个村子的炊烟也起来了,接着访问下一个村子。

炊烟与炊烟的交往,多过人与人的交往。

一年中,除了逢年过节走亲戚,婚嫁丧葬闹场面时,有些来往,其他的日子就各自一心扑在各自的生产队田地里,过着只有自己知晓的紧巴巴的日子。

村子与村子之间相比,差异其大:一个是家底,一个是习俗。

就家底来说,大致沿江的村子好过山里的,村里土地多的好过土地少的,山上树多的好过树少的。

沿江的田地最好。不怕旱,也不怕涝。

永久一些的,在江里拦一道乱石筑成的矮坝,坝下一片浅水滩,哗哗的水整天整夜地闹着,从水底卵石下翻出一种水虫做鱼饵,能钓到不少白条。旁边引一条沟渠,用以灌溉;简易一点,建个机埠,田里缺水,一按电闸,清水涌出。

即使涨大水,江水越过江堤,也没有太大关系,田野开阔,水势缓慢,不但不会对庄稼产生损害,反而益处多多,江水从上游携带来的有机物会随缓行的江水在田间沉积下来,成了一次天然的施肥。

此外沿江的田地都是沙土,蓬松不会板结,种什么都适宜,稻谷、花生、甘蔗、棉花,种什么长什么。

沿江两岸会有许许多多的山坳,往里走,几个小时也走不到尽头。居住其间的农人就没有沿江的运气了。

天一下雨,山间的水就夹杂泥沙石倾泻而下,窄窄的山沟容不了多少,尽往本来就瘦瘠的田里灌。大水过后,农人们就得下田,扒开泥沙,将被压在泥沙下的稻苗扶起。

还没晴儿天,沟里又几乎断流,只得在沟里打桩,用柴草和乱石筑起堤来,往田里引水。

一雨就涝,一晴就旱,永远是山里人的命。

说起习俗,主要来自旧居民和新移民。

在旧居民看来,自己过的日子才算是正正宗宗,过节像过节,过年像过年。尽管日子紧巴巴,不过清明包粿端午粽,七月半汽糕重阳酒还是少不了。过年更是讲究,早早地杀猪腌腊肉,炒冻米糖,扯布做新衣。即使是平平常常的日子,除了青黄不接,一日三餐也像模像样,一稀两干,菜是菜,饭是饭,清清爽爽。

新移民不一样。他们喜欢种玉米,山上种,田里也种。他们喜欢喝玉米糊,或者吃一种薄薄的、像锅巴一样的玉米饼。吃玉米饼的时候,抹上自家腌制的豆腐乳,腐乳味和玉米味的混合,也许是一种最浓烈的乡情。

此外,他们三天两头喝一种由米粉、青菜、腊肠等各色各样食材做成的羹。端个青花大碗盛上满满的一碗羹,嘴巴凑到碗边,一边用力吮吸,一边转着碗,喝得呼噜呼噜直响,爽劲十足。最上乘的羹自然非大年三十的莫属,大户人家要熬上一大木桶,从初一到十五,餐餐都有,几日后的羹,会有酸酸的味道,据说那口味才是他们的最爱。

曾经听人说过,移民村里好多人以前家里挺富裕的,十多年前,通向县里的唯一一条移民路上,有雕刻精美几乎令人误为神工的旧床,花梨木的高脚椅子,四个人也抬不动的独板圆桌,黑漆漆精亮的木橱,遗弃一地,无人理睬,任其风吹雨淋。刚搬家似乎什么也不肯丢下,一路来的艰辛远远超出想象,只好边走边丢。最后都让邻近村里的人搬回去当柴烧了,有些家具用的木头之紧实,就连斧头都劈不开。

移民村里有一个风气与旧居民不一样,就是孩子不论男女,一样地供读书。旧居民就男女有别,女孩子常常半道辍学,因为女孩子迟早是人家的人。

旧居民居住的村子,村口总有一棵、两棵甚至数十棵古树,或者是一年四季绿意不败的古樟;或者秋去冬来之时,脱尽繁叶,只剩满枝白星点点的乌桕;或者是笔直冲天,夏日里蝉鸣不止的红枫。最常见的是大槐树,枝叶婆娑,洒下一地绿荫,树上时不时会发现有人昨夜趁黑贴的纸条,上面歪歪斜斜地写着"天皇皇,地皇皇,我家有个夜哭郎,路过君子念三遍,一觉睡到大天亮"。

移民村就简单了,村口没有风水树,没有旧瓦墙,只是一色的矮矮的泥房。

到了我上初中时,同学里的移民,全是第二代了,我不曾听他们说起过自己的故乡,也许,他们的父辈不愿在儿女辈面前提起往事,于是,他们便将此乡认故乡了。

《林海雪原》读得我心惊肉跳

意外地读到《林海雪原》，我才知道，世界上除了语文、算术（初中的叫数学）之外，还有另外的书，比课本好看一万倍。

那本书是偶然从高年级的一个同学处得到的。因为我的一篇作文让老师拿到高年级的班里读了，老师还讥讽他们，低年级的同学能写出这样的作文，你们何不找堆牛粪一头撞上去？于是，就有高年级的同学来找我一探究竟，我就与他们熟悉了起来。其实，此时的我除了语文课上认识了一些字，算术上知道加减乘除外，就不知道其他了。

高年级的 X 同学是学校的明星，他常常将外衣披在肩上，衬衣掖进宽宽的棕色皮带里，说话果断有力，目无旁人，赢得我们低年级同学的无数仰慕。我居然得到他的"召见"，自然心里又兴奋又有一些惶恐。在他们的小寝室里，他问我，那作文是你自己写的吗？我一脸茫然。另一个他的追随者就告诉我来龙去脉，我才知道，老师将我的作文拿到他们班里读了。我小心地点点头。

也许因为我一脸老实相，没再多问什么，他们就相信了。

X 同学从床头拿起一本没有封皮的厚厚的书，递给我，说：

"你作文写得好,借本书给你看看。"

我前后翻了翻,不仅没封皮,且无头无尾,我想问这是什么书,想想还是胆怯没敢问。

回来一读,刚开始就被土匪杀人的场面弄得心惊肉跳,大人小孩,男男女女,缺胳膊没脑袋。继而,剿匪的故事让我闻所未闻。记忆最深的一段,记得叫"白茹的心",写两个战士因为分不清楚"爱"字和"受"字,争吵到卫生员白茹那里,白茹告诉他们"爱"和"受"的区别,说"爱"字的中间有一个"心",爱需要用心去爱。我第一次觉得汉字的神奇:原来熟悉的字还有这么多、这么深的奥妙!接着写白茹对少剑波的爱慕,写白茹送松子给少剑波,把雪白的手帕铺在炕上,令我满脸发热,听得见自己的心跳得"嗵嗵"乱响。

白茹的爱和我们平时讲的"热爱"不一样,平时我们讲热爱这个,热爱那个,都是学着讲的,看不见也摸不着。可白茹的爱让人可以感觉到温柔的体温,青春的呼吸,草尖上露珠的晶莹和远方霞光的神秘。

在这之前,我所有的体验无非是难以忍耐的饥饿,劳作中对自由嬉戏的渴望,玩耍中的欢乐,父亲严厉呵斥的恐惧,一顿可口饭菜后的心满意足。

我总是不能忘记雪白的手帕和手帕里的松子,我不知道松子是什么东西,可我能感觉到松子上的体温。我朦朦胧胧地觉得,女人和男人不一样,生活里有一些我不知道的东西。

土匪没有剿完,书却很遗憾地读完了,没有结尾,后面的故事让我牵肠挂肚了好久。另外一个事也不明白，书中的少剑波、杨子荣、李勇奇，还有座山雕，名字和京剧《智取威虎山》中的一样，可故事大不相同，这是怎么回事？

人确实是个奇怪的东西，本来什么也不知道，一切都无所谓。一旦透过一丝缝隙，看到一丝阳光透进来，那么，那一丝光亮将会搅得你不得安宁，你会无休止地期待能够知道得更多。我归还这本没头没尾的书时，才知道书名叫《林海雪原》，写的人叫曲波。从此开始，我就日夜幻想能读到《林海雪原》一样的书，可在这个黄土岭上的学校里，什么也没有。

我不知道《林海雪原》这样的书还有没有，也没有什么人可以问，记得曾做过一个梦，在一个墙角，堆着一大堆书，胡乱地散落着，好像是什么人搬家，大人小孩进进出出，似乎与这堆书无关，我不知道这堆书是不是这家的，想去拿又怕被人误为偷，不拿又不甘心，我近前，一心想找一本《林海雪原》，还真的有，拿起一本，还有一本，再拿一本，底下还有一本。还没等我高兴够，梦醒了。

一直到初中临毕业，我才从同学处借到一本书：《野火春风斗古城》。书里有金环、银环、杨晓冬、高自萍，虽然书中的金环很勇敢，很成熟，写她的篇幅很多，可我印象最深的且暗暗喜欢的还是金环的妹妹，在医院做护士的银环，她好像经常做错事，甚至泄露信息，致使地下工作者杨晓冬被捕。也许是因为她与《林海雪原》里的白茹很像。

后来，我看到电影《英雄儿女》，同学们最兴奋的是学着王成喊:"向我开炮!向我开炮!"可我念念不忘的是王成的妹妹王芳,也许王芳的点点滴滴也与白茹相近吧。

很惭愧,《林海雪原》没有让我接受多少革命流血牺牲的传统教育,反而启迪了我,让我产生了对女性的一丝惦记之想,不过,那顶多只是好奇。

这种好奇心成为自己心中的第一个秘密,不能也不敢对别人说,因为说也说不清楚。本来自己是一个饿了就吃,困了就睡,高兴了就笑,伤心了就哭的人,透明得很,不会也无须掩饰。现在我成了一个有秘密的人了。

那一抹远山里的汗水

时代的聚光灯自然而然总是照在少数几个历史巨人的身上，他们的一抬头，一举足，甚至脸上飘忽而过的笑意，都会与时代的动向有直接的联系，会翻起历史长河中的巨浪，给芸芸众生带来无数不可预计的生与死。

即使没有，后来的人们也会将其与时代之变相关联，这既可以显示巨人的伟大，也可以照鉴出解释者超俗的洞察力。

这样的一些故事让世世代代相传，永无生厌。

而绝大多数的人被屏蔽于聚光灯外，一代又一代劳作于土地上的人自然地生，自然地死。无论其生或死，都与夜空中飞舞的萤火虫无异，掀不起历史之河的一丝涟漪。就像那田野上连绵不绝的野草，在春天返青，在夏天茂盛，在秋天衰老，在冬天干枯。

可满山遍野的野草与山岗上参天而立的大树一样，也有虽然渺小可也不凡的生长旅程。也许，一棵野草的生长，与风雨的交汇，与星辰的呢喃，更能触动无数与其相仿者。若是这样，记录一棵野草也许会获得某些意外的意义。

进了初中，有两件事，一直使我身心疲惫。

读书的开支少得可怜,就两样:学杂费和搭伙费。

学杂费其实就是学校为同学购买书本、练习册的费用,开学时预交,学期结束时多退少补。父亲送我上学,其中一个原因是家里当时拿不出两块钱的学杂费,我不肯来学校,父亲只好送我来,自己与老师说明原因,交了一块钱,保证过段时间再补上。可时间一星期一星期地过去,那一块钱老是补不上,班主任时不时地在班里公布未交齐学杂费的名单,弄得我又紧张又羞愧。

搭伙费可以用两个方式缴纳:两块钱或四百斤柴火。对于我来说,其实没有选择。

学校的食堂是大灶,烧棍子柴,不烧毛柴。要砍棍子柴,就得去离学校十里开外的地方。

星期六中午放学,一帮缴不起搭伙费的同学成群结队,打着赤脚出发。

先要渡河,渡口人来人往比较密集,河边有一条无人看管的破木船,有篙无桨,要渡河就得自己撑。若船在对岸,只稍等一下,对岸的芦苇丛里就会有人露出头来,见对岸有人等着过河,就会高喊一声:

"别急,我就过来。"

上了船,拔出竹篙,先将船点出,沿河边逆流而上,然后用篙将船顶向河中心,船随激流斜滑而下,再用竹篙在船的下方一篙一篙地顶着,船就会到达预定的岸口。

初次坐船,摇摇摆摆,几个调皮的同学还开心地站在船头左颠右晃,着实让不识水性的我惊恐了一番。

　　沿着山涧一路向上,山林渐渐稠密起来,各种杂树也渐渐粗壮起来。高年级的同学力气大一些,只需要砍倒一棵苦槠或者硬檀,剃去枝丫,溜到山脚,扛起就走。我们低年级力气小的,就砍一些木棍,抄到山脚,再砍成一节一节,用檵木条打匝成两匝,两匝之间紧紧地槌进事先削好的木棍,像举重一样往肩上一扛,才下山。这自然费时费工,等我们一帮人回程,高年级的同学早就走得无影无踪了。

　　那时我十分瘦小,体重七十来斤。扛四十来斤的柴火,刚开始还好,走了一阵就有些跟不上了。担子越来越重,歇的次数也越来越多。有时真想放下担子,抽掉一些,可重新打匝又麻烦得很,况且已经走了这些路,心里也舍不得。

　　走走歇歇,路长得似乎没有尽头,转过山脚,远远地,朦朦胧胧可以看见河边那片熟悉的芦苇时,月亮已经爬上山岗。咕咕响的肚子,让肩上的担子似有千斤,迈不动脚步。好在几个同学都互相照顾,谁要歇一歇,大家就一起歇,自然,我要求得最多。

　　路上依稀有几个人影,手里的电筒四下乱晃。心想,要是老师来接我们该有多好。

　　原来真的是老师!

　　老师吃了晚饭,天黑了见我们几个还没回校,就沿路找来了。

　　我空着手,跟在老师的身后走,夜风习习,四周尽是秋虫的乱鸣,心中的幸福就像花儿一样开放。

　　以后我渐渐有了经验,宁可少背一些柴火,只要能跟上趟。

　　学校管食堂的是那个饭量大得惊人的鲁老师。称柴火时,他总要笑眯眯地对我说一句：

"呵呵，这一回砍了不少。"

于是，我们抹一抹满头的汗水，污垢斑斑的脸上笑意满满。抬起秤，鲁老师手握秤杆，轻轻地移动秤砣，觉得可以了，就将秤杆往上一抬：

"三十八斤。"

其实我们知道，鲁老师看我们辛苦，总是多估几斤。

两年初中，一百多个来来回回，那个斜阳西下，波光粼粼的渡口；渡口上那条破破烂烂的木船；岸边那一片春来葱绿，秋去枯黄，在风中瑟瑟作响的芦苇丛；那一条可以数清有多少石子的山路，崎岖不平，通往树林越来越稠密的大山深处；深山的树林里，透过树叶，斑斑点点落在缀满青苔的乱石上的光亮；还有，远远的山谷里，传来的山麂惊恐的叫声，据说是山麂走路不小心，踩到芒秆了。

这一切，曾经无数次地潜回我的梦里，令我重新回到艰辛困苦的少年时代，虽然懵懂无知，却又渴望满满。一方面，困苦的日子似乎没有尽头，一天过去了，意味着同样的一天又将到来，昨天和今天没有任何改变，今天和明天也同样不会有什么改变。可是另一方面，时间一天天过去，意味着自己一天天地长大，对付艰辛生活的信心也一天天地强大起来。

父亲的名字让人叫开了

一本学生点名簿,差一点让我的生命轨迹拐进另一个岔道。

我进初中,是学校开办的第三个年头,能开的课也就是语文、数学、音乐、体育、农业和劳动。老师分成两类——公办老师和民办老师,总共七个。

起先的语文老师刚生了孩子,保姆常常抱了孩子在走廊里,一听见孩子的哭声,老师就走出教室,好长时间才回来。于是,教室里就像一锅粥,热气腾腾,书本簿子飞来飞去,一些不喜欢读书的同学离开座位互掐。

吵得过分了,隔壁班上课的老师会赶过来,一见此景,老师就摇摇头。

女老师教语文,总是让我们读课文,先是分段一个一个轮读,再是分组齐读,再是全班齐读,再是男同学齐读,再是女同学齐读。如果还没有响起"当,当,当"的下课声,就叫同学默读。

为了能够读得整齐一些,我们总是拖长每个字的声音,于是,朗读几乎成了唱读:

"我们——的——共产——党——和——共产——党的——八路——军,是——革命——的——队伍——"

我个子矮小,总是闻见老师身上淡淡的混合着花露水的乳香。如果没有那种特殊的乳香的记忆,我连这个教语文的女老师也记不起来了。

不久换了一个男老师来,我第一次知道,一篇课文里会有一个中心思想,每一个段落会有一个段落大意,四个字一组的叫成语,好多成语还是一个故事,毛主席的文章里成语最多,还时不时地出现歇后语,这些都是我最喜欢的。

男老师是我们的班主任,可他不管事,下了课就不见踪影。

"癫子"不读书,可消息特别灵通,他神秘地告诉大家:班主任在谈恋爱呢。于是,大家好像一下子觉得班主任很神秘,特别是一些女同学,上起课来不看黑板,就看老师,似乎一定要从老师的脸上看出谈恋爱是怎么一回事。

上课秩序最好的是数学,数学老师有一个非凡的本领,别看他背对大家在板书,只要底下一有动静,他会突然转过身来,随手一扬,手中的粉笔分毫不差地打在有动静的同学头上,十分有力。另外,他会走到吵闹的同学身边,不动声色地掐住其胳膊或肩膀,由轻到重,让你咧着嘴嘶嘶嘶吸气,但不敢叫出声。即使最会闹的"癫子",数学课上也被数学老师拧胳膊拧得不敢吭声,只好睡觉。

等到上农业课就不得了,老师是管食堂的鲁老师,同学们都知道他成分不好,几个不爱读书的更是肆无忌惮,常常闹得老师只好停下课来,笑眯眯地等他闹够了,再接着上。

一次,老师讲到庄稼生长需要的肥料是氮、磷、钾时,"癫子"

就站起来,故意问大便是氮还是磷,老师说粪便是有机肥,氮磷钾都有,他就好不得意地拍拍自己的肚皮,怪里怪气地说,我这里全是氮磷钾,明天就用来种庄稼。老师一脸苦笑。

一天,语文老师一下课,夹了课本就急匆匆地走了,将上课点名的册子忘在讲台上。几个调皮的同学一拥而上翻开看,突然发现了新大陆:原来每个同学的名下还有家庭成分和父亲的名字。

就这样,一些同学的父亲的名字暴露了,在班里,他们从此似乎没了自己的名字,父亲的名字成了他们的代称,我就是其中不幸的一个。

"癫子"和我是班里的两个极端,一个最不要读书,一个最会读书。虽然我俩之间没有任何纠葛,可我经常受老师表扬,他经常挨老师骂,自然就成了对立面。"癫子"虽不读书,可他有天生的表演才能,他个高力气大,说话时,会自然配合脸部表情和手势动作,常常引得很多同学喝彩,虽然这喝彩里也暗含了一些对他傻里傻气的讪笑。

"癫子"一天到晚把我父亲的名字挂在嘴边,一有空闲就在我耳边闹个不停,终于我愤怒得不行,就毫无胜算地干了一仗,自然,我被打得鼻青脸肿。

等到班主任来上课,我以为老师见了我,会问是怎么回事,可他似乎根本没有在意。一气之下,我逃课回家了。

父亲收工回来,问清楚怎么回事后,只是轻描淡写地说:

"这算什么,名字就是让人叫的。明天回学校去。"

其实一回家我就后悔了,没有比读书让我更喜欢的了,我也害怕真的没书读,回学校读书是合我心意的。我只是想回家搬救兵,让父亲送我回学校,一来自己有些面子,二来顺便和老师讲一讲,把"癫子"他们的嚣张镇压下去。

第二天中午,父亲回家,见我还在,一把夺下我手中的碗:

"不去读书,就去讨饭。"

我只好含着泪水,重新背起母亲已经准备好的东西——装米的干粮袋和装菜的竹筒,上路朝学校去。

我独自一人,走到离学校不远的那片油茶林,歇下来,躺在油茶树下。午后,三月的阳光透过茂密的油茶树枝和叶子,变成一条条细线,密密匝匝地射下来,让人睁不开眼,远远近近不知名的虫子吱吱地叫得人心情十分烦乱。有时会有一两个陌生人路过,看见一个孩子头枕干粮袋,睡在树下,走远了还要回头看看。

我巴望路上来的人是来叫我回学校的老师,有老师带着回学校,就避免了令人难堪的尴尬,也不会受同学的嘲笑了。

可走过的尽是附近的村民,还有住在不远处五七干校下放劳动的人。有一个干部模样的人,穿着制服,戴着草帽,扛了一把锄头,停下来问我:

"小鬼,怎么一个人?"

我瞥了他一眼,不吭声。

他也许看出了一点什么,站了一会儿,临走之前,说了一句:

"孩子,没有比读书更重要的了。"

他不知道我不是不想读书，而是我不知道如何再进学校的门，不知道如何能够躲开同学嘲笑的目光，如何化解那种不可名状的尴尬，其间似乎还有一些羞辱。一种令人窒息的委屈和无助包围了我，没有人可以诉说，也没有人会来帮我，我似乎走投无路了。

过了好久，我爬起来，走进油茶林的深处，撕心裂肺地哭了一番，心里似乎好过了一些。

一只鹰从远山的那边盘旋过来，在黄昏的天际边遨游，广袤的天空中，薄纱似的晚云还在已经下山太阳照射中，亮得有些不同寻常。山上原来红艳艳的杜鹃花已经隐入越来越沉的暮色里，与周围的杂树分辨不出来了。

现在，唯一之路是回学校。

我百无聊赖地走在回校的黄土路上，尘土附在裤脚上，想象着进了学校，一堆同学站在一旁，讪笑我的狼狈的样子，我就觉得无地自容。可自己唯一的去路，只有学校。

惴惴不安地推开寝室的门，几个同学正准备去教室晚自习，见了我，似乎和往常一样，也没有说什么，只是一般地问候：回来了？我没有作声。

同村的同学走近，问我吃了没有，我忽然觉得很难过又很温暖，又不想开口，便摇摇头。他想了一想，从自己的竹筒里倒了一些腌菜炒豆，到食堂里冲了些开水，端给我。

我鼻子酸酸的，眼泪似乎就要涌出眼眶，硬是生生地憋住了，痛痛快快地喝光了这碗腌菜豆子汤。同村同学等在一边，看我喝完了，就轻轻地说，去晚自习吧。

看来，日子并没有自己想象的那样不堪。

现在回想起来，我很幸运，没有被那种无法言说也无人理解的孤独与无助击倒。同样一件事，在成年人看来根本无所谓，可在一个稚嫩纯真的少年心头，也许重如泰山，甚至无法绕得过去。一个人的成长中，会有许多的偶然，改变了未来的生活轨迹，就像一棵树，一阵风会让其生长在贫瘠的悬崖边，一块小小的碎石，会让其歪斜了树干。也许我得益于我的胆子小和父亲的霸道，才让我的读书之路没有中断。

日夜盼望着涨大水

一入梅雨季节,我们就天天盼着涨大水。

只要一天一夜的哗哗大雨,四处山涧的雨水就汇聚而下,像人们赶集一般,涌向山外。那条将公社一划两半的江水汹汹涌涌,混杂着浑黄的泥浆和沙石,漫过两岸的河柳、榆树林。即将吐花穗的禾苗在黄水汤汤之中只见稀稀拉拉的叶子,昔日茂密的芦苇丛在一波一波起伏乱翻的流水中露出一小截来,摇曳不停,似乎有呼救之意。

住在江的另一边通校(走读)的同学,还没走到河边就断了路,自然过不来,便掉头回家了。学校里只有我们不多的住校生,课也上不了,老师见此情景,只好宣布停课。

于是,我们就会看见,暗地里被我们叫"洋驴子"的数学老师,搬出平日里总擦得锃亮的飞鸽牌自行车,飞身而去,上城里会媳妇了。

他媳妇是剧团里的,到过学校一两回,嗓子尖尖的,长得小巧玲珑,听说演《红灯记》里的李铁梅和《智取威虎山》里的小常宝。

不过,没听谁说起看过。

记得临近毕业时,有一次晚自习,我好不容易从同学那里借到一册《水浒传》,就前额搭在书桌上偷看起来。忽然我的衣领被谁拉起,想发火,扭头一看,原来是"洋驴子"不知什么时候从教室后门溜进来了。他一脸正经地问:

"看什么书?"

我赶忙往抽屉里塞。

"掏出来!"语气不容置疑。

我想这下完了,教室里不允许看课外书,如果被没收了,那就大祸临头。

他见我用身子堵住抽屉口,不愿投降,就一把拎开我,自己将《水浒传》从抽屉里掏出来。

同学们或惊恐,或担心,或幸灾乐祸。

我绝望地站在一旁,看他得意地翻着书。看了半天,他蹦出一句:

"看完了给我看。"

简直不敢相信,当时跪下来拜拜他的心都有。

音乐老师和他媳妇原来在同一个剧团,不知什么原因,却到我们这个乡下初中来教音乐了。他不回城去,只是在房间里拉二胡。他拉《草原战歌》时,我们仿佛能听见草原上骏马的嘶鸣。

因为他,我知道了五线谱和简谱,也知道了一首歌开唱前的一段音乐叫"歌门"。

涨大水了,那是我们欢天喜地的日子,不用听枯燥无味的劳什子课,不用做那些令人生厌的作业了,回村的路肯定已经被山里的洪水淹了，回不去。于是，同学们一呼就走，去江边看一些有趣的人和事。

江边热闹得很。

抓鱼的，穿着蓑衣，头戴笠帽，选一个有回水的地方，将扛在肩上的罾放下。罾由一张四五尺见方的渔网、一根三四米长的竹竿和一条几米长的棕绳组合而成。先将渔网的四个角结上绳子，连同粗一些的棕绳一起绑在竹竿头，在水边将竹竿插在地上，双手牵牢绳子，将竹竿慢慢放下，渔网张开，沉入水底。一袋烟工夫，收紧牵绳，竹竿翘起，渔网就从水里呈袋状露出水面，那些憩息在回水处的鱼虾不知不觉被网入网中，活蹦乱跳。

运气好，一罾上来，里面会有几斤重的草鱼，立时引得附近的人大呼小叫，村里的女人孩子来不及戴笠帽或撑雨伞，也跑来观看。扳罾人捧着草鱼，咧着嘴，傻乎乎地笑着，比捡了个大元宝还高兴，久久不舍得将鱼放入鱼篓。据大人说，那草鱼是上游的鱼塘里养的鱼，趁涨大水逃出来，本以为龙归大海，自由无限，没想到又误入罾中，丢了小命。

不过，常常捞起的，尽是水面上漂来的碎木屑、枯树叶，这都习惯了，毕竟每一网放下去，都是满满的期待，水底下谁也说不清藏有多少神奇和希望。更多的人，穿了蓑衣，戴了笠帽，等在江边，捞"大水财"。

最常见的，是木材。江面上，三三两两的垃圾、灌木丛随汹涌翻动的江水逶迤而去，忽然，江中心出现一两截松木或者杉木，岸上的人们便紧张起来，手握长长的拴了铁钩的竹篙，目不转睛地巴望着。

人们知道，这一两截木头是先头部队，接下来会有大批出现。这往往是上游的村里堆在江边，等待水位起来，钉成木排顺流而下的木头，没料到大水来得太快太凶，木排没钉成，就被冲散了。

等到你推我搡的木头大部队一到，岸上一片混乱，力气大水性好的，紧盯粗木头，一篙挥下，铁钩扎入木头，再使出全力往岸边拖，毕竟江水的力量大，人只能拼命地边拖竹竿边沿江岸跑，好不容易拖至岸边，要弄上岸，还要大费一番工夫。据说有人家靠几年的"大水财"，还造起了房子呢。

不过，悲剧也发生过。我曾见一个中年妇女坐在江边哭天抢地，浑身透湿，原来人们正一心一意捞"大水财"的时候，不知何时，她丈夫不见了，上下找了好几里也没找着。人们不无同情地嘀咕：穿着蓑衣掉下去，哪里还爬得起来？

不过，乡下人是认命的，大水退去，岸边会看见一堆黑黑的草灰，四周还残留没有烧尽的衣裤的碎片，那是落水者家人祭奠后留下的。正如陶潜的诗："亲戚或余悲，他人亦已歌。死去何所道，托体同山阿。"

见江面上随浑浊的江水渐渐远去的木头，好不可惜，只是自己人小，力气不大，要不，捞一天，就能顶一个学期的搭伙费了。

喜欢读书是一件坏事

班级里,乃至整个学校,劳动最光荣的气息很强,热爱体力劳动,总是排在品德评语的第一位。班里最有话语权的总是力气大、劳动课成绩突出的同学,我人瘦个子小,自觉很羞愧。

一年一度,学校总要一连几天地,组织去五七干校茶场采茶。

茶场离学校三四里,在一片开阔而起伏不定的黄土坡上,那是好几年来城里一些下放五七干校的老老少少开垦出来的。他们种茶的方式与我们村里不同,茶树种成一行一行,修剪得平平整整,每个星期来回,我都要从茶园中穿过,看见茶地里三三两两的人在茶丛中活动,或者一帮人坐在茶地头,人人手上捧着一本书,有时候还会看见两三个人站着,一帮人坐着,不用就前察看,肯定是因为什么事,在开批判会。

采茶这个活最是女同学大显身手的时候。

男同学都挎个小筐,可她们总是肩背大扁篓,往一垄垄的茶树前一站,双手齐上,犹如母鸡啄米一般,上下翻飞。手里的茶叶采得握不住时,很自然地往身后一甩,青翠的茶叶划过一道抛物线,精准地落入竹篓中。平时力气大的男同学也是有力使不上,只有羡慕的份儿。

不过,男同学毕竟是男同学,明的不行来暗的,阳的不行来阴的。他们总是悄悄地走到女同学身后,偷偷地捞上一把,若被发现,就会有一场不可避免的追打。可我总是不明白,只要男同学一装可怜,女同学也就不追究了,常常还马上转怒为笑,甚至我觉得,有的女同学没被偷,似乎还有点儿失落。

除了这一招,还有一招是在筐子底下塞石头。他们总有办法把筐子里的茶叶弄得蓬蓬松松地去上秤,看起来有满满一筐。因为称了总量还得称筐子的重量,他们能在转眼间把筐子底下的石头弄没了。

我很羡慕,可不敢,所以每天收工前公布劳动成绩,总是我最焦虑的时刻,害怕落在倒数之列。

唯有在课堂上,我会得到一些自信心的满足。常常是老师提问,让同学们站起来回答,他们不是抓耳搔发,就是低着头把手里的笔杆弄得啪啪响。眼见半个班的同学站着,老师就会叫上我,说:

"告诉他们,这个问题应该怎么回答。"

我回答完,同学们有的羡慕,有的嫉恨,也许我真的不应该回答出来。

其实,我对学习的兴趣与有没有用无关。那时候根本看不到读书对一个农民的儿子有什么用,农民的儿子天经地义地姓农,做农,除了在田里地里刨吃的,还有哪里可去?

我只是纯粹地对知识感兴趣。特别是数学,我非常惊奇:$a^2 - b^2 = (a+b)(a-b)$,这是谁发现的?真的符合所有的算式吗?

我无数次地将不同的数字填进去,出来的结果都符合这个公式。我总想,如果能够发现有一组数字填进去,结果不符合这个公式,那我就能将这个公式推翻了,可怎么算,这个等式都是成立的。

等到学习平面几何时,老师也同样教了许多定理,比如"夹在两条平行线间的平行线段相等""三个角都相等的三角形是等边三角形"。我就幻想着也要发明一条定理,于是在纸上画来画去,我突然欣喜若狂,发现了一条规律:"任意一个三角形内加一条与任意一条边平行的直线,与其中的两条边相交,所形成的小三角形的三个角,与大三角形对应的三个角相等。"

我将这个发现拿给数学老师看,他看了老半天,说:

"这个算定理? 不算吧?"

我心里有些看不起他:我是来问你是不是定理,你倒问起我来了。我要知道还来问? 虽然从老师那里没问出名堂来,自己还是暗暗地高兴了好几天。

不久,碰上一件事,几乎让我的读书兴趣丧失殆尽。

那天下雨,我仅有的一双布鞋湿了,就将鞋放在数学老师房间里的火盆边烘烤,下课时,老师告诉我,大概烘烤时鞋子变形,翻到火盆里烧起来了,我赶到老师房间,满屋子的烟味,一双鞋子只剩一只半,不由得很伤心。

接下来是语文课,我扑在桌子上流眼泪。老师上课我也没有抬头,忽然老师点名要我回答问题,我站起来没作声,老师不知为什么生了气,将课本往讲台上一甩,"嘭"的一声,把大家吓了一跳。他张口就骂:

"如今再也不是学而优则仕的时代了,成绩好不会上天,成绩不好也不会下地洞。"

他显得很激动,下巴剧烈地颤抖着,厚厚的眼镜片后面,眼球突出充血,大家都不明白他的愤怒来自何方。

"你以为你自己了不起,可在我看来好有一比:你是头戴红帽子,身穿黄褂子,坐在粪坑上,还要摆架子。"

他薄薄的嘴唇两边黏着一嘟噜白色的唾沫,昂了头,空空地望着天花板。教室外的操场上,两只黑白相间的小花狗互相追逐,似乎要咬对方的尾巴。

一节课就在老师莫名的怒气漫天之中过去。

下课的钟声响起来了。

"坐在窗门下的同学,把窗门打开!"

同学们不知道为什么,一一把窗门打开。

老师走到窗前,一手撑腰,一手指着窗外:

"打开窗门说亮话,从今之后,你走你的阳关道,我走我的独木桥。"

他扭头就走,甩在讲台上的课本都忘记带走了。

以后的日子里,我再也没有在语文课堂上发过言,作文也再没有超过 70 分。我一次又一次地出现弃学的念头,可一想到父亲不可商量的严厉的眼神,这念头就犹如肥皂泡一般迅疾破灭。

我不明白,一个老师怎么会如此地记恨一个学生。从此语文课对我来说,就是难以忍受的煎熬,以致我把兴趣更放在数学上了。

青青子衿之一

清汤寡水的初中生活,就这样一天天地过去。

不知怎么回事,我们那届分为春秋两季招生,两个班相差一个学期。春季班里有个同学姓童,他也住校。人高,皮肤黑,除了不喜欢读书,上树掏鸟窝,下水钓鱼摸螺蛳,样样在行。周六去山里砍柴,他总是第一个下山,先挑了自己的柴火出发,走一段路,将柴火歇在路边,走回头,找摞在后边的我,帮着挑上一段路。所以我俩关系很好。

有一天,他偷偷告诉我,不久供销社里要收购香樟树籽,树籽晒干可以榨油,香樟树籽油用来造肥皂。我很信,把米倒在脸盆里,提了干粮袋就和他一起去了河边,爬上一人都抱不住的古樟上摘香樟树籽。

香樟树枝繁叶茂,成熟的香樟树籽就生在浓密的叶间,黑漆漆、油光光,一颗一颗圆如钱果。忙了老半天,一人一袋,喜滋滋地背回老祠堂,摊开在天井边的石板上。

第二天,他和我一起去供销社问什么时间开始收购香樟树籽,一路上,他雄心勃勃,说是问清收购时间,就抓紧采摘,抢在别人的前头,要不然,一旦大家都知道了,就没我们的份了。他还算了一笔账:就算五毛钱一斤,我们采一百斤,就是五十元,一人分得二十五元,天哪,天文数字。

供销社的人莫名其妙,一脸茫然:"什么人说要收购香樟树籽?"

我俩兴冲冲而来,悻悻然而归。

一计不成又生一计,他又来找我,去河里钓鱼。

他早有准备,找来一根细细的竹枝,将大头针弯成钓钩,用缝纫机上的缝纫线做渔线。来到河边,他告诉我,翻开水里的卵石,石头下有一种小小的水虫,叫石蜥,捉了粘在手臂上,随时当鱼饵。

我见他站在活水滩中间,在哗哗的水声中,甩起自制的鱼竿,真的很神奇,能钓起鱼来。鱼儿不大,尽是一寸多长的白条,我站在他身边,只能当个手忙脚乱的收鱼人,将鱼穿在细柳枝上。

钓鱼回来,鱼没地方可烧却让我们犯了愁。到了旧祠堂门口,姓童的同学似乎豁然想起:

"我们找个人去。"

他去找了班里的一个扎两支毛刷辫子的女同学。我们也经常见面,只是没有说过话。

"我俩钓了这么多鱼,你能不能带我们拿到公社食堂去烧一下?"

我知道,她父亲是公社里的。她一听,很爽快地答应了。

公社食堂里的炊事员与她很熟悉,也很热情,二话不说就答应给我们烧鱼。

那时食堂还是烧柴灶,灶膛里的柴帮子烧得呼呼作响,倒油,下鱼,加盐,添水,三下五除二,炊事员手脚麻利,不一会儿,让人直咽口水的鱼香味就在灶间散开来。

她打来三个人的饭,我们仨就在食堂里狼吞虎咽开了。

姓童的同学与她同班,自然有说有笑,评论这个老师,咒骂那个同学——这些说笑都没有我的份儿。说话间,她忽然问我:

"你怎么不说话?"

我有些脸红,不知说什么好,只好笑笑。

她说:"你读书聪明,将来一定很有出息。"

每次考试,老师常常将我的试卷贴在教室门口,让同学对答案,所以弄得其他班里的人也知道。

姓童的同学笑嘻嘻:"那当然,好多女同学都喜欢他呢。"

其实这是胡说八道,进了初中,我还没有与任何一个女同学说过话,在我看来,男同学是男同学,女同学是女同学,互不相干。我顺手就一筷子敲在他的头上。

她歪了歪头,一脸不屑:"谁让你读书那么笨呢。"

不一会儿,进来一个大人,干部模样,中山装的风纪扣扣得规规整整,原来是她的父亲。他见我们吃饭,就问了来由,我见她站起来与父亲说话的模样,看得出来她父亲很有威严。听完,她父亲掏了两角钱的菜票给炊事员,说:

"油盐钱还是要付的。"

我和我的同学有些不知所措,站也不是,坐也不是。

　　等她父亲转身出去,她嘟起嘴,对她父亲的背影做了一个鬼脸,我想笑也没敢出声。

　　几天后,晚自修下课的钟声终于当当当地响了,同学三三两两走出教室。照往常一样,我们下了黄土坡,还要顺着一条可以开中型拖拉机的路,经过公社粮站,再与那棵虬枝四张的古樟打个照面,又爬上一条长长的石子路坡,才能回到睡觉的老祠堂。

　　天上的月亮很圆,如水的清辉弥漫在夜空中,路边的稻田里已经能闻到稻花香,远处的江面上浮起一层薄雾。

　　几个女同学叽叽喳喳,从身边经过,略落后面一点的她忽然往我手里塞了一个东西。我似乎有些慌张,她却若无其事,头也不回,紧赶几步,嘻嘻哈哈与同学一路远去。

　　那是一个折成燕子形的字条,就平平常常的几行话,说是那天吃鱼时,父亲的出现让我们有些尴尬,很对不起,大概是炊事员多嘴告诉父亲的,若再要钓鱼,还拿到公社食堂去烧,绝不会让父亲知道。

　　有生以来第一次意外接到一个并不十分熟悉的女同学的字条,心里不免紧张和惶恐,但又新奇与神秘。看完了,我不知道怎么处理这张字条,撕掉似乎有些可惜,留着又怕让别人看见,还好,前无称呼,后无署名,我想了想,还是夹在一本书里。

青青子衿之二

如果确实有这样耐心的人，能够忍受我的絮絮叨叨，读到此处，一定会期待一个男生与一个女生，有了第一次递字条之后的浪漫故事。

其实在我们的少年时代，大多数人的生活只是一篇乏味的无主题散文，而不是一部情节紧凑的长篇小说。农村不比大城市，本来就是抬头不见低头见，再加上生活内容单调，舆论的力量大得难以想象。一双无形的眼睛理所当然地紧盯着每个人的生活细节，生活没有秘密，浪漫的故事无从生长。

比如，一旦发现一个男生与一个女生单独走路，或避开他人在一处私语，抑或是一起吃一餐饭、看一场电影，那都是惊动天地的非常规事件，会上升到思想落后、品行腐化的高度，致使当事人坠入万劫不复的困境。

那是一个没有私人空间的年代，我们所接受的教育告诉我们，个人只是不值一提的尘埃，忘记自己才是崇高的。个人只有沉没于伟大的社会之海，成为社会机器上的一颗螺丝钉，才会获得意义。

多年以后，我读到奥斯特洛夫斯基《钢铁是怎样炼成的》，心中对保尔与冬妮娅的故事十分迷恋,觉得冬妮娅是一个让人值得怜爱的姑娘,有情调,懂浪漫,会生活,我为冬妮娅终于离开保尔感到惋惜,特别是对保尔的决绝行为感到不理解,但是理智上又对自己的这种自然而生的情感感到羞耻,感到自己没出息,曾经极力要祛除这种不应有的感受,找到与作者同步的意识。我也曾经把保尔的一段当时折服了千万人的话抄在好几个本子上:"人最宝贵的是生命。生命属于人只有一次。人的一生应该这样度过:当他回首往事的时候,不会因为虚度年华而悔恨,也不会因为碌碌无为而羞愧;这样,在临死的时候,他能够说:我整个的生命和全部的精力,都已献给了世界上最壮丽的事业——为人类的解放而斗争。"可是这些话虽然是另一种浪漫,却与我正经历的生活距离甚远。

再后来,读到王蒙在《读书》杂志上开的专栏"欲读书结",其中有篇文章专谈保尔和冬妮娅,发现他读的时候,也有过和我同样的感受经历,心之纠结才真正揭开,原来那是人最朴素、最正常的情感,无非是被时代的不正常所扭曲和遮蔽。

儿时的教育就是如此,如同随身之影,挥之不去,影响着人的一生。

其实文化才是人类情感的生长之地,丰富多样的文化才能生长出人类瑰丽多彩的情感之花。文化的沙漠里,最多只能生长出沙棘和仙人球。

可小小的纸条,让枯燥乏味的生活,一下子增添了无穷的趣味,犹如一片荒芜干涸的野地,引入了一汪汩汩流淌的清泉,那是只有两个人知道的秘密。

初中的生活也几乎没有私人空间，从早上起床，到晚间睡觉，都是集体活动。只有晚自习下课，从教室回旧祠堂宿舍的一段路，因为夜色遮掩，会有一丝缝隙。我们会不约而同地前后走出各自的教室，习惯性地朝对方门口一瞥，当知道对方似乎在等待自己，就明白有纸条要传递。在装着无意地走近时，在互相擦过身子的一刻，早就折好的纸条，迅疾在手指间交换，然后若无其事地走开。

这种行动，非常像电影中的地下工作者，像《红灯记》中，李玉和与磨刀师傅的接头，既有些心惊肉跳，又不胜向往。

其实，纸条的内容无非是互报各自班里的一些事，比如某某老师今天又对谁谁开骂了；谁谁的书包里不慎掉出弹弓被老师没收了；谁给谁的饭盒里加水，却怪另外的人了；谁给老师打小报告，让被报告的人挨批了。

最开心的是，在小纸条上，我可以对班里经常欺负我的人取"绰号"，编一个将其打翻在地，踏上一只脚，让其跪地求饶的故事。这样的事在现实里不可能发生，但在小纸条里可以任我发挥。这些故事似乎也让她很是高兴。

小纸条行动让枯燥无味的生活充满神秘和趣味。有时在操场上偶尔相遇，在两眼对视的一刻间，会心一笑，似乎意义无穷。仿佛晴空万里，阳光灿烂，大地回春。

我们都觉得，自己似乎做着一项神秘而伟大、魅力四射的事业，这项事业不为周围的人们所知，只有两个人知道。又像进行着一个危险而神往的游戏,游走在千丈绝壁的悬崖间,既有为随时滑下悬崖的担心,又有探险于罕无人迹之处的莫名兴奋。

她会为弟弟不听话而担心,会因为母亲的辛苦而叹息,我从不提家里的事,我觉得不会有人关心我的家,我的家人。家里的缺油少粮,就像日出日落一样天经地义,生活就是为寻找明天的那口饭,除此之外,别无闲心。

终于,一天下午的自修课,代理班主任来到班里,一脸严肃地说,接到家长反映,有同学谈恋爱,学校里布置下来,要查一查,我们班里有没有? 是不是就在我们班里? 如果存在这事,自己坦白,一旦查出来,要被开除的。

班里的一些同学很是兴奋,一个个似乎眼泛绿光。

我很恐惧,心跳得似乎要蹦出喉咙口。眼睛一直盯着老师的脸,看他注意力是否朝我这边,可他只是左右环视,无法确定。

我不知道男女同学间递小字条是不是属于谈恋爱,很想老师能够解释一下,什么叫谈恋爱? 是男女同学一起吃过饭吗? 我们吃过,可是是三个人一起吃的。是曾经拉过手吗? 我们没有拉过。是曾经去过对方的家里吗? 我们没有去过。曾经听别人说,谈恋爱会写恋爱信,这个小字条是不是恋爱信?

我甚至十分担心:是不是她手上的小字条被人发现了? 我们写小字条从来没有称呼和署名,即使被发现,只要对方不说出写小字条的人,就不知道谁写的。可也保不准,毕竟可以对笔迹。

我一边做作业,一边心慌意乱地等待着下课的钟声响起来。

操场上,同学互相追闹着,像往常一样。她和几个同学在一心一意地跳绳,脸往我这边瞟一眼都没有。看来似乎没什么事。

一连几天,我们都没有打过照面,不知道是她故意避开我,还是我故意避开她。

日子仍然像往常一样,一天天地过去。黄土坡边的几棵枇杷树已经挂起一串串星星点点的白花来,深秋的风里,也有些寒意了。

小字条行动,就这样无疾而终。

养蚕室里沙沙如雨

初中就要毕业了,城里照相馆的人来学校照相,那是我第一次照相,也是很多同学的第一次,特别是女同学,一个个特认真,头发梳来梳去,也拿不定主意,花格子衬衫扯了又扯,老是互相问,自己的衣服合不合适。

照了毕业照,照了班级合照,我狠下心,花三角钱,照了一张个人的全身照,站在一丛密密匝匝的竹林前,眼望前方,似乎有无限的期待和可能,那条粗布裤腿上的两个大补丁特别显眼。

其实,什么也没有,初中毕业,就意味着一生与学校告别,无论从哪方面来说,都轮不到我有资格上高中。上高中是推荐的,依照每个生产队里就读学生人数,按比例先由生产队里的干部向公社里推荐,再由公社领导决定。我们队里连我一起三个毕业生,一个是贫协主席的儿子,一个是队长的儿子,干部子女优先天经地义,何况我父亲酒醉之后曾经得罪了不少人,将队里的干部骂了一个遍,谁会推荐我呢?

说实在的,我也早就不想读书了。

一来日子不好过,别的不说,初中两年,家里没钱,我都是借睡在同学的席子上，心里有莫名的自卑，更何况一闻见腌菜味就会冒酸水。

二来也学不到什么东西，语文课除了学会几个成语，还知道了中心思想，段落大意；数学课学会了因式分解，根号，开平方，一个三角形的内角之和等于一百八十度；物理课就讲如何接电线，并联哪，串联哪；化学课里知道了门捷列夫和元素周期表，水是两个氢原子和一个氧原子组成。

可这一切除了让我考试得一百分之外，离实际的生活很远，一点用也没有。

倒是农业课让我觉得有些用。我把二十四个节气倒背如流，知道了肥料分氮、磷、钾，叶子起光合作用，还学到了好多农谚："懵里懵懂，清明下种。""白露早，寒露迟，秋分种麦正当时。""清明前后，种瓜种豆。""夏日傍晚火烧云，明早日头晒死人。"

第三个原因是我非常向往生产队里集体劳动的快乐。男男女女，老老少少，谈天说地，天南海北。特别是浩然在小说《艳阳天》描写的情景，实在是让人心神荡漾。即使让我放牛，也觉得是一件快乐无比的事情。

那是一种非常轻松的告别，班里同学说散就散了，没有任何仪式，也没有什么临别赠言。

我扔掉所有与学校有关的一切——留有自己笔迹的课本，写完了和没有写完的簿子，装腌菜的瓶子，破得不成样子的网兜，背了铺盖回家。

出旧祠堂，走在回家的路上，那条路熟悉得不能再熟悉，哪里凸起,哪里凹下,不用眼睛,就凭步数也能分辨。而今不同,再也不用重复地在这条路上来来去去了,脱下学生的"帽子",去生产队当一个社员,意味着一种不同以往的生活的开始,自己都忽然有了大人的感觉。山亲,水亲,远远近近的田地与山野,都有特别的亲切感。

回到家,自以为可以成为一名名副其实的社员时,父亲却出乎意料地不肯,让我依然与过去的每个暑假一样,上山砍柴,下田讨猪草。

父亲说:"不是还没有出名单吗?就是推荐也要看考试成绩嘛,是读书,又不是出工干活。"

父亲坚定地相信,读书靠考试成绩说话。

结果消息传来,队里分到一个高中名额,没有我。父亲坐在门槛上,旱烟抽得"吧嗒吧嗒"直响。我倒有些高兴,到底可以做个名正言顺的社员了。可见父亲拉着个黑脸,想想自己从此再也没有读书的机会了,不免也有些失落。

可孩子的心事过不了五分钟就烟消云散了,其中的一个初中同学上门来,邀我去高坑坞看电影,我就飞一般地跟着跑了。路上他告诉我,几天后就要出门,他父亲为他找好了师傅,学做木匠。他知道我也上不了高中,问我有什么打算,我想我有什么打算,当农民呗。村里不是还有几个下放知青吗?人家是城里人,还来我们这里当农民,我们本来就是农民,自然还是当农民。

第二天,我正式参加队里劳动,派活时,队长却让我去养蚕室,和一帮姑娘一起,采桑叶养蚕,这让我一肚子不高兴,可也没办法,总不能第一天进队里干活,就这也不乐意那也不乐意。

养蚕室里一排排高过我头顶的木架子上,搁着一面面一色的竹匾,竹匾里铺满绿桑叶,桑叶上爬满白色的蚕,正猛吃桑叶,一片"沙沙沙"的声音,似乎屋外正在下雨。空气中弥漫着漂白粉味、桑叶的清苦味,还有蚕粪散发出的说不清楚的味道。

我上工时,蚕已经过了一眠,桑叶的消耗渐渐大起来,一天要到桑地里采两次桑叶。姑娘们的手脚真麻利,我还没采半篓,她们人人早已是满筐满篓了。

养蚕也不轻松,一眠醒来的蚕似乎一天二十四个小时都在不停地吞食桑叶,所以晚上也要值班,喂桑叶,清理竹匾里的蚕粪和吃剩的叶梗。

村里的夜晚静得早,晚上八九点钟,已经是万籁俱寂,孤月高悬了。

喂完夜里第一轮桑叶,姑娘们就开始洗锅淘米,准备夜宵。

午夜里,就着辣椒茄子,和一群叽叽喳喳的姑娘在蚕室里吃饭。屋内蚕吃桑叶的声音犹如春雨落瓦,一望窗外,依然月色如水。

没过几天,一个晚上,刚吃完饭,忽然来了通知,要我过两天去区里参加统一的高中升学考试。听来通知的人说,我这个名额是后来增加的。

姑娘们都说,去读书吧,去读书吧,你不是干农活的料。

原来是我的数学老师,见公社确定的名单里没有我,就去找了公社的干部,讲了我读书的情况。公社干部很爽快:那就增加一个吧。

一句话,让我以后的命运拐了一个弯。

考试自然没有问题,我以成绩第一上了高中。

农忙假与秋收假

从前，乡村里的学校和城里的学校总有些不同，不过，这些都是我后来进城教书才知道的，原先并不明白，自以为天下的学校总一个样。

我读小学、初中时，一年里，学校会放四个大假，城里的学校只有两个假，暑假和寒假。

上半年的中途，老师会宣布，放一个星期的农忙假。

惊蛰未到，便有隐隐的雷声由远而近地响起，即使是半夜里，大人们也会惊坐起来，面面相觑，有些不相信似的："怎么？春雷响了？"虽然雷声不大，似乎还有些羞羞涩涩的，可对于农人来说，这意味着一年中的清闲日子到头了，昏天黑地吃苦的日子就在不远的前面。

田野里的虫子也多了起来。不出几日，河柳的枝条不知不觉地已经返青，屋旁、地头的桃李也爆出芽来。常言道："懵里懵懂，清明下种。"转眼间，人们已经在耙好的一垄垄田畈上撒谷种、育秧了，一年一度昏天黑地忙活的日子已经到来。

做农就是如此地难，听天安排，由不得自己。山上已经青绿一片的茶叶急等着采摘，田里已经花落籽黄的油菜急等着收割，秧苗油绿一片,急等着拔起,栽下,菜地里的瓜秧、辣椒秧、茄子秧也急猴猴地长,急等着移栽。这一切,就是农人的春天的开始。

一见谷种下田,我们就群情激奋、跃跃欲试,焦急地等待着十几里路之外的师母来。我们都知道,师母一来,老师就要宣布放"农忙假"了。

果然如此,年年如此。

至今我也没有搞清楚,放"农忙假"究竟是得到上面的允许,还是当年师母的自作主张。因为我大学毕业,进城教书的第一年,问起同事什么时候放"农忙假",同事竟然一脸懵懂,还反问我:"什么是农忙假?"问得我也不知怎么回答。

当年,老师放了我们的假,自己也就一刻不等地回去了,我们知道,老师也急着回去,料理自己自留地里的一些事。

至于我们,农忙假里,第一要务是送饭。

天刚蒙蒙亮,母亲就催着起床,不知道什么原因,那样的日子里,总觉得睡不够,母亲不叫三遍,都起不了身。一根小扁担,一头挑了一个小木桶,里面装着满满的稀饭,另一头是一个竹篮,里边装着碗筷和配菜,腌菜炒豆、腌辣椒、豆腐乳之类,上面盖着毛巾。

上了路,遇见的同龄人越来越多,都是送饭的。我们各自的父亲、哥哥、姐姐,已经在三五里外干了许久的活。谁家早到,就会迎来许多羡慕的眼光,迟到的,总会遭到埋怨,不仅仅是因为肚子饿,似乎还失了许多的面子,这样的日子里,谁家还不贪个早呢?

等大人们吃好了,便是送饭孩子们的欢乐。我不明白,为什么孩子们总那样喜欢坐在还露水湿湿的草地上用餐?即使是同样的稀饭,同样的腌辣椒,同样的豆腐乳,可坐在空阔的野外,一边呼吸着温润潮湿的空气,一边将碗里的稀粥稀里呼噜喝得满天响,就是不一样。

至于送饭途中,生出一些事故,自然是不可避免的,饭撒了,碗打了,犯事的孩子不管有多少理由,不小心总是最大的过错。虽然旁边的人也会给说些好话,说孩子小,犯点事难免,可被踢几脚,挨几句骂总少不了。见此情景,即使对说好话的,我也总有些许不满,谁会故意让稀饭泼了,饭碗打了?既然不是故意的,何来犯事?不过,大人面前,自然没有孩子说话的份儿,不平归不平,最多只能在眼神里偷偷地表示,除此之外,无可奈何。

其实,还小的我们不知道,年年如此,那正是家家户户日子过得越来越紧的时候,谷柜里的谷子已经渐渐露出底来,而新年的稻谷还刚刚下田,青黄不接的情景即将再现,有哪几家的大人会脾气好呢?

不过,这一切与孩子们挨不上边。回家的路上,我们个个都很兴奋,因为可以去看看,昨天傍晚埋在小河里的捕鱼竹篓中究竟钻进了多少鱼。自然,这是不敢让大人知道的。

经过一冬的干涸,到了清明前后,雨水渐多,小河也哗哗起来,人们称之涨桃花水,那正是肥肥的桃花鳜回来的时候。竹篓是自己编的,长长的竹篾片经纬相间,竹篾片绕过宽宽的篓口,在竹篓里编一个渐渐收紧的口,大大的篓肚子,篓尾同样,渐渐收口,扎紧。选一个流水有些急的地方,围一道石梁,可以露出水面,也可以不露。将竹篓口朝向流水前去的方向,埋在水底。一年一度回来产卵的桃花鳜顺流而上,不知不觉地,就进了竹篓里,竹篓口有倒翅,进去容易出来难,就等着我们喜滋滋地去收。

一个星期之后,老师回来了,塑料布蒙窗的教室里,又是书声琅琅。

大家都知道,秋分过后,师母就会准时地来学校,带着她满地乱跑的孩子。我很奇怪,老师对我们总是那么凶,可对他自己的儿子却百般忍让,犯再大的错,连呵斥一句也不会。母亲解释说,老师四十多了,老来得子,舍得吗?以后你会明白的。

师母一来,老师便要宣布放"秋收假"了。

到了我上初中时,仍然有秋收假,大概因为初中的老师与小学的老师一样,大多是"两头户",即自己有工作,家里仍吃生产队的粮食。

上了初中,放秋收假时,我虽然还没有资格进生产队,给家里挣工分,可也能给家里干一些活了:挖番薯,掰苞米,去几里外的山上采摘毛栗。

毛栗属灌木,数枝或数十枝地丛生,总是满山遍野地长着一大片。到了放秋收假的日子,毛栗果上长满的针刺已经发黄,早熟的已经张开细细的缝,或裂开口子,一不小心,毛栗果便从长满针刺的壳里滚落。徒手摘自然吃不消,我们都用火钳夹,只消花上大半天,便能摘一扁篓。回家来,摊开晒干,再用搓衣板揉,揉得满地都是一粒粒深红的毛栗。母亲会十分珍惜地收藏起来,待到正月,用来待客。

采摘毛栗,总是男男女女的一大帮孩子结伴同行。那时,正值我们对男女之事懵懵懂懂的年龄,我们知道男女最后都要结婚,成家,生孩子,可为什么要成家,怎么生孩子,还是一窍不通。不过,不懂归不懂,一路上,总喜欢将谁与谁配一对,谁与谁成一家,闹得不亦乐乎。当事人也好像真有那么回事,到头来似乎谁都不敢看谁一眼,生怕看了,被别人发现,就弄假成真了。

人们玩笑时,总是将我和阿霞配成夫妻,理由是,我读书好,阿霞漂亮,男才女貌,门当户对。讲的次数多了,我们也就不再辩驳,似乎习惯了。

说来也真有些说不清楚,虽然伙伴每次提起这个话题,我脸上总表示出一万个不愿意,可心底里还是有些喜欢的,毕竟阿霞的漂亮众所公认;阿霞似乎也有此意,毕竟我读书厉害也是众人皆知,也算是各自给对方长了脸。自然地,摘毛栗时,两人也就会不知不觉地走在一起。有时候,一转身,各自的扁篓与扁篓碰上,两人会心一笑,至于这笑里有多少意思,各自心里也不明白。不过,那笑意只是一晃而过,生怕被人看见,转过身,又是一本正经。

有一次,我竟然真的和阿霞"结婚"了。

那天,寂静的门外,忽然传来一阵爆竹声响,我正要起身看个究竟,熙熙攘攘的一帮人推着一个新娘子进门来,头上披了红头盖。我好疑惑,隔壁光屁股一起长大的伙伴说,这是给你娶的媳妇。我问谁呀,他们也不理我,非拉着我进洞房。我一边扭扭捏捏，一边也十分好奇，想知道个究竟，心想要是阿霞多好。走近床沿，挑开头盖，竟然真的是阿霞：一张红扑扑的脸，一双黑黝黝的大眼睛，两条长长的粗辫子，比平时还俊俏。众人一个劲地将我往阿霞的身边推挤，阿霞却一副笑眯眯的样子，不像平时，别人一闹，总是扭过头，似乎有些生气。一不小心，我的手拉着了她的手，脸也贴着了脸。猛然，一哆嗦，睁开了眼，原来是一个梦！窗外，雷公竹林像往日一样，在夜风里沙沙作响。

就在那个秋收假期里，就在那个晚上，我，似乎走进了我的新时代。

辑六／　鸡鸣不已

父亲送我上高中

高中报到手续办好了，走进宿舍，原来是上下两层的木床，又叫高低铺，不像初中那样，一溜并排铺开来，席子搭席子，睡地板。

父亲送我来，见此就脸露难色，他以为高中和初中一样是睡地铺的，还打算依照旧例，与同学商量商量，在席子与席子之间挤个位子，好省下买席子的钱。

我站在一边不吭声，心里其实很不爽，初中两年没给买席子，受了同学不少气，好几次，睡在左右边的同学动不动以"别睡我的席子"为威胁，弄得我老是抬不起头。现在好了，再也没有别人的席子可以搭了，总不能让我睡在粗糙的木板上吧？

父亲问我要睡上铺还是下铺，我不吭声。连席子都没有，还睡什么上铺下铺？

父亲说，还是睡下铺好，这床又不宽，睡在上铺，弄不好掉下来就麻烦了。

其实，每个床铺上都贴了名字，父亲不识字，还以为可以自己选。

我的名字恰好贴在靠窗的下铺，就将被子往铺上一扔。父亲以为我听从他的建议选了下铺,我也懒得解释。

父亲似乎很难为情,搓着那双粗糙的手,小声地说:"我去买席子。"

个把小时后,父亲来回赶了六七里路,背回一领宽宽的席子。往床上一铺,宽出好一截。我又有些不高兴,父亲见此,又有些歉意:

"我见店里的席子宽窄都一个价,就选宽的了,没想铺不下。"

我只好将席子的一边折起来,父亲好像很心痛,摸摸折弯的席子,又嘟嘟囔囔,好像是宽慰自己:

"买宽了也好,买宽了也好,以后你毕业了,背回家还用得上。"

床铺好了,其他东西也按学校的要求放置停当。父亲见没别的事,叮嘱几句"要听老师的话""要和同学好好相处",就转身回去了。

不一会儿,父亲又折了回来。我以为还有什么事,只见他讪讪地笑了笑,问我,家里带来的熟鸡蛋还有没有,我说还有。他说:

"袋里的钱买了席子,没钱了,回去还要走二十几里路呢。"

早上,母亲要我带上昨天夜里就煮熟的鸡蛋,我还不肯。母亲说:

"你刚去学校,没蒸饭,中午吃什么?"

我心想,昨天父亲不是说了吗,中午带我到街上吃。我没说,生怕母亲又要唠叨不停,就挺不情愿地将鸡蛋放进米袋里。

我将米袋里的熟鸡蛋都掏出来,说:

"你都带上吧。"

父亲拿了两个："剩下三个你吃。"

父亲走了，穿着那双解放鞋，走起来一路作响。

学校坐落在一个平缓的土坡上，四周空阔得很。一条石子公路从校门口经过，偶尔有汽车开过，烟尘四起，追着前行的车子而去。

学校的后面，有一片荒滩，卵石四散，这里那里长着一丛丛的芦苇，有时可见附近农家的几只水鸭，在乱石间蹒跚，越走越远，前面几百米远的地方，望得见一线江水，曲折蜿蜒，流往山的那一边去。

离学校最近的，有一家红砖厂，高高的烟囱，一年四季总冒着时浓时淡的白烟。烟囱下，一长溜棚子，棚子里就是砖窑。棚子外是一排又一排的砖坯，上面盖着草垫子，以防雨淋。

后来，红砖厂似乎成了我们学校的一部分。

学校常常停电，一停电，抽水机就打不出井里的水来。同学们个个手端饭盒，鱼贯而行，出了围墙，过一片稻田，还要上下一条不深不浅的沟渠，似乎天经地义地到红砖厂去淘米蒸饭。砖厂里的人光了膀子，停下活，靠在手推车一旁，抽着旱烟，看我们一群人来来去去，好像是什么难得一见的风景。

学校的另一边，没有围墙，紧接着村子，像曾经的初中一样，会有母猪带了一群小猪，唧唧哼哼地，进到学校里来，到处转。不久，有一些老师在村子与学校之间的荒芜处开出一些菜地来，种上萝卜、油菜，就发动全校师生，搬砖挑灰，隔起围墙来了。

青青河边那个古镇

那时区里都办了高中,我就读的就是一所区里的高中。

虽说是区里的高中,不过,历史的因缘际会,加上这个区所在地的特殊缘故,在我上学的那个年代,却有些特别,县里最好的老师一时都聚集在这里,藏龙卧虎,高手如林,甚是热闹。

区所在地,坐落在一脉清江的岸边,离学校有两三里路。

从前陆路崎岖之时,这里是热闹繁华的水路埠头。因为地处三省交界,有一条水路直达繁华的州府,自然成了浙、皖、赣的小小门户。

于是,各路人马翻山越岭,手提肩扛,在此会合。

进货做生意的,将篓里、筐里的东西脱手,再装上采购的所需,哪里来又回到哪里去,即使江中花船上的姑娘柔情似水,挽留再三,那生意也是耽搁不起的。

出门寻生计的,在此下船,沿江一路远行,或杭州上海,或苏州扬州。有的一去不复返,魂断他乡;有的载金载银衣锦还乡之日,重新经过这里,不免暗暗告诫自己,这里才是自己柳暗花明的第一"村"。

还有的,觉得此地不错,可以谋得生计,就寻个驻地落下根来,多少年后,成了这里的街民,运气好,也能挣得一份家业,成就一方名气。

那时四面的山林茂密,雨水充沛,一年四季,江中水势不减,常年船帆连连,船号声声,仰头青天流云,低头水光山影。

据说 1949 年还有过动议,将新县城搬迁此地,后来不知什么原因,这个事没有办成。于是,旧日的繁华渐渐地衰落了。

我读高中时,只有狭窄的一条街道,街道两边,尽是一些木板房,沿江曲曲折折而行,最好的房子是两层平顶的新华书店。店里最多的是大幅小幅各色各样的主席像,我们读的课本也是由店里的人用手拉车运到学校里去的。

新华书店过去不远,有一家饭店,街上唯一的饭店,房子和街上居民所住的木板房一样,开门时,卸下一块一块昨夜竖起的门板,归拢在墙角,关门了,又将墙角的木板一块一块插进木槽里。再有的,也就几家卖镰刀、锄头、犁耙、锅碗的杂货店,花色就那几样的布店,打酱油称盐、卖雪花饼兰花根的食品店。

再过去,能听见一群女人叽叽喳喳,说个不停的,是裁缝店。

店店都是公家的,没有私人的。

曾经让我印象很深的,是一家榨油坊,一家染布坊。

榨油坊很容易找,老远就能闻见油的香味,春末夏初是菜籽油味,浓烈而不腻;秋末冬初是茶油味,清淡而微带涩味。

不过进了榨房,你会一惊,那里幽暗又闷人,油榨工身上的破衣裳油腻无比,即使在幽暗之中也会发光。油榨由粗重的硬木中间掏空呈圆形,上下合成,油籽经过晒干,炒熟,碾碎(碾机的动力就来自江水推动），用乱草将油籽包扎成饼，放入榨槽中，再将铁匝匝牢上下榨木。中间楦进硬木块，最后插进大头小尾的楦木。远远的地方，有铁链锁着一方巨石，榨油工攥紧铁链，甩开膀子，喊起号子，迈着节奏分明的步伐，将巨石精准地撞向楦木，"咚"的一声，楦木进了半寸。随着号子连连，油榨的那一头早就汩汩地流出油来了。

染布坊也容易找，只要一闻见那种难闻甚至让人有些恶心的气味，肯定就是染布坊。染布房里污水遍地，染工们在光线不强的染屋内忙碌，从水池、水缸里掏进，掏出，白布进，色布出，再在沿河的窗前搭出一排排竹竿，万国旗一般地，将染好的布晾晒其上。

大白天，街上的人也不多，太阳从东到西，透过街旁的法国梧桐的枝叶，将街面弄得斑斑驳驳。常常弄堂里会跑出一只脏兮兮的猪来，在街上慢条斯理地逡巡，好像旧日上海滩上的阿三巡捕，例行公事。

从街上下到江里，要穿过头顶上是木板房的一条暗道，江边有渡船，水浅的时候，要走过长长的木桥，才上得了船。

人在船中，回望来时的岸边，一根根木头，或直竖，或斜插，疏密不一，撑得满岸都是，上边是搭出的半间木房。多年以后，我去了湘西，见到河边密密麻麻的吊脚楼，似乎一个模样，只是那里是几层的楼，这里是一层的平房。

公路开出来，交通方便起来，江里的船，只剩几只孤零零撒网捕鱼的小船，载货跑生意的船早就没有了，有时会发现岸边散乱着几块厚厚的船板，日晒雨淋，泥沙半掩。生活在船上的人也早就上岸，建起各色各样的集体来。

不过，早日繁华的埠头衰败归衰败，仍然还留有当年的架势。

别的不说，一是麻雀虽小，五脏俱全。街上，吃的、穿的、用的，虽说选择不多，可也样样能买到。二是街面上流行的方言，为数百年来自东南西北的人所创造，也是方圆数百里只此一家，可几乎人人能听得懂，我们称之为"官话"。

前些年"破四旧"，砸庙拆殿，烧书，停课闹革命，县城里的老师不是去五七干校，就是被下放到偏远的农村。世道翻来覆去尽折腾，老百姓怎么也弄不明白个中的原因。这几年，不仅原来的县中学恢复上课，区里也办起了高中。于是，那些散在四处的老师也渐渐归拢来。前些年，老师越有名气遣散得越偏远，现在归来，县城中学回不去，占了天时地利，我们这所高中就是最佳选择了。

不过，一山聚众虎，自然会生出许许多多热闹的事来，有些让人啼笑皆非，有些属于拿了鸡毛当令箭，那都是后来发生的，且待以后一一道来。

那时候行政区域意识似乎很强，我们一个年级四个班，按生源出处分班，我们来自邻近两个公社的学生分为一个班；来自街上的同学分为一个班，属于居民子弟班；来自监狱和监狱所在公社的分为一个班，属于半居民半农民子弟班；来自区里其他公社的分为一个班，和我们一样，是农民子弟班。

　　开学分发的课本倒是很齐全,语文、数学、英语、化学、物理、政治样样都有。中学学科的这个分法,一直延续了数十年,至今也没有改多少。现在回过头来才明白,其实国家在上半年已经出现了一些变化,我们上学,除了推荐制,还加了考试淘汰制,这是前几年没有的,老师说起话来,也不会像前几年一样低三下四,学习成绩也当作一回事了。

　　不过,开学一测试,不免让老师吃了一惊,好多同学对英语、化学几乎一窍不通。英语老师只能从头来过,从音标开始教。

　　教化学的女老师斯斯文文,面对一堆几乎空白的试卷,哭笑不得,只好要我们重新找来初中的课本,从头开始教。于是,我们又去背元素周期表了。

为了五分钱的笔帛

上高中时，家里的境况比以前好了一些。一家五口，除了我和妹妹吃闲饭（妹妹读小学），父亲、母亲和哥哥都在生产队挣工分，也终于洗却了被人看不起的"倒挂户"的名声。毕竟是三个人撑一个家，年底分红，多多少少也有几块钱进账。不过，因为进账少，平日里最珍惜的仍然是钱。

一般的情况下，每隔一个星期，母亲会给我两角钱，算起来，一个星期是一角钱的自由开支。

其实，在母亲看来，这一角钱的原意是用来吃饭的。学校离家有二十几里路，全是走着去，到学校也赶不上蒸饭的时间，要在街上唯一的那家饭店买半斤米饭，就着自己家里带来的菜，解决晚餐，或者花一角钱吃一碗阳春面。

那时的饭店不像现在，一到饭点，宾来客往，高朋满座。而是相反，有些冷清，究竟是因为找不出什么理由，需要进饭店吃一顿，还是因为钱少，实在舍不得花冤枉钱，我也不是很清楚，不过就我的经验，大概主要是后者吧。所以，星期天的晚饭时间，那家临江开窗的饭店常常坐的都是我们这些学生，谁到了，谁还没到，大家都有数。

先到的,就在窗下寻一个位子闲聊天儿,等着没有到的。

我常常将下巴搁在木头窗沿上,毫无目的地看江上唯一的渡船来来去去,挑担的、推独轮车的、牵了孩子的,从渡口的那一边村子里下到渡口,等上船到街上来,或者街上买了东西,走过乱石滩,回村里去的。渐渐地从远而近,不宽的江面上浮起一层水雾,渐暗渐浓。

不一会儿,太阳就要落山了,该来的同学也就都到了。

于是,各自将竹筒、玻璃瓶乒乒乓乓摆上桌来,那都是各自从家里带来的,将要吃上一个星期的干菜,再各自买上米饭,四两、半斤,饭量大的来个八两,你一筷子,我一筷子,在一堆竹筒、玻璃瓶子中间来回穿梭。

吃完了,问服务员要些开水,就倒在刚刚装饭的碗里,稀里呼噜一顿喝。饭店里的人对我们这帮学生也不错,从不抱怨我们只买饭不买菜。也许是因为国营的缘故,有生意没生意不关店里人的事,做多做少都是一样的工资,不炒菜还省点事。

等我们一帮人出了饭店门,店里也静了下来。

吃了一顿饭,袋子里也空了。怎样才能攒下那一角钱?没多久,老师帮了我。

我很喜欢班主任召集班干部开会,会总是在他的房间里开。那时,他身边带着四五岁的大女儿,所以房间里常常备有零食,饼干、兰花根、油炸薯片什么的。开会时,老师总搬出这些招待我们。我是学习委员,年纪又小,有团支书、班长、副班长在场,讨论的话题也不用我劳心,心里惦记的还是零食。他们讨论他们的,我吃我的。

老师忽然问起我们星期天来学校吃饭的问题,我们说了。老师说,若需要的话,星期六回去前,可将饭盒放好米,放在他这里,星期天由他代拿到食堂蒸,省钱。大家听了后很是高兴。

于是,我的一角钱可分两餐,在食堂里买五分钱一碗的豆腐汤,改善伙食了。

像往日一样,去学校前,母亲给了我两角钱,不过多了一件事:周末回来时,在街上买个竹丝扎的刷锅的筅帚带回家。

周六中午放学,一个星期的干菜吃下来,闻见什么都是腌菜味,就用五分钱买一碗豆腐汤,改善改善伙食。回寝室,收拾收拾瘪了的米袋和空了的竹筒,出发。

街上,花了五分钱,买了刷锅的筅帚,袋子里还剩了一角钱。走到熟悉的饭店门口,见柜台上的瓷盆里摆着金黄色的油煎粿,着实诱人,喷香的味儿牵住了脚,我有些迈不开步。站在柜台前犹豫了老半天,买的话,一角钱的票子就成了五分钱的钢镚;不买的话,嘴巴和自己过不去。思虑再三,思想斗争了好半天,还是下决心花五分钱买了。

咬一口油味十足的油煎粿,用舌尖推着那一口粿慢慢地在口腔里移动,就像酒瘾犯了的酒徒,闷一口老酒在口腔里,舍不得咽下肚。等到舔净手指上的最后一点油迹,都已走出一大半回家的路。

忽然发现,为了油煎粿犯了一个大错:起先买的筅帚忘记拿了。

　　我毫不犹豫重新回头,一路急赶,一路上焦急得不行。记得买油煎馃时,顺手就将笊帚放在饭店的柜台上了,那时注意力都在油煎馃上,把柜台上的笊帚忘了。若找不到,就用袋子里仅剩的五分钱再买一个,怕就怕店要关门。

　　等我赶到饭店门口,没等我开口,柜台里的服务员就大声地数落我:

　　"你这孩子,买个油煎馃,笊帚都不要了。"

　　说着,从柜台里拿出我的笊帚来。

　　谢天谢地,心里一块大石头终于落了地。

高中部趣事散记

学校属于区中学的高中部，占据了原来的初中部旧址，初中部搬到另一处了。开办不久，规模小，上一届是春季招生，只有两个班，不到一百人，轮到我们又改为秋季招生，四个班，不到两百人。年底上一届的毕业了，等到第二个学期，就剩我们一个年级。于是，我从高年级同学的手中接过了学校图书馆的钥匙，负责图书馆借书登记。

说是图书馆，其实就是一个二十几平方米的房间，靠墙三面立着书架，零零散散地摆放了几百本书，大概是原来初中部留下的。借书手续很简单，书的内页粘了一个小纸袋，纸袋里插了一张卡片，谁借了，就将卡片抽出来，在卡片上登记名字和借书日期。归还了，又在卡片上登记归还日期，将卡片重新插进书里。

我刚接手时兴奋无比，毕竟从来没见过这么多的书，可没过几天，就兴致全无。其实说是有几百本书，由于一种书有三四本，也就百来种书，加上同学一借，就所剩无几了。又大多是张思德、董存瑞、邱少云的故事，熟悉得不能再熟悉，耳朵里都听出老茧来了，哪来的兴致？

不过，我发现了一本很特别的书，竖排的，大概是一套中的一本,没开头,没结尾,书里讲的事很陌生,也半懂不懂,还有一些古诗词,深奥得很,就更加读不懂,觉得没看头。后来我才知道,那是《红楼梦》中的一册。

刚开学,图书馆还热闹了几回,不久就门可罗雀,我也懒得开门了。

教学楼后面有一片小树林,种的全是泡桐,宽厚的叶子茂密得很,一棵就能洒下一大片绿荫。我们端了凳子,找个树荫大的,围坐在一起,天南海北聊开来。一个女同学突然神秘地跟大家说,2012年整个世界都要被冰雪覆盖,没有太阳,没有月亮。

有个同学补充说,这个就叫冰川期。

这着实让我吓了一跳,心里有些慌。我问哪里听来的,那女同学说是北京来的一个亲戚说的,他是听一个科学家说的。既然是科学家说的,那就假不了了。

接着,就讨论冰川期来之前,我们要做些什么准备,才能不被冻死。最快想到的是挖地洞,住在地底下,然后像东北人过冬天一样,储藏好多年的大白菜。最好地洞就挖在煤矿边上,要烧饭就在边上挖块煤,可取暖,还可发电。一个同学高兴地说:

"我有个亲戚在山西,那里煤多,我到时候就去他那儿。"

大家都用羡慕的眼光看着他。我和他是同桌,不免有些讨好他:

"看在你我初中就同桌的分上,到时候把我也带去。"

"上次数学考试,让你把最后一道题给我抄一下都不肯。"他瞥了我一眼,有些不屑一顾。

我肠子都要悔青了,原来一道数学题比救一条命还重要!

小组里的其他同学在山西都没有亲戚,自然结成同盟,其中一个说:

"2012,还有好多年呢,国家还想不出办法来?"

我回头一想,是呀,2012年,那是多么遥远的未来,简直是瞎操心。我忽然想起一个有力的证据:

"毛主席说,可上九天揽月,可下五洋捉鳖。到那时候,说不定宇宙的星球上都可以住人了,谁还去山西?"

大家一致赞同,山西有亲戚的同学无语。

没过几天就期末考试了,班里大多数同学都兴高采烈,学校宣布开卷考,不计分,成绩评定按优秀、良好、合格与不合格来分。

试卷发下来,同学之间可以互相帮助,自由讨论。这对我来说,有些郁闷,如果不考试,那我什么都与别人比不了。

和讨论会一样,我们小组又围在教学楼后面的那片泡桐树的树荫下,叽叽喳喳地考起试来。考些什么如今早已忘记了,只记得物理考试有一道:"匀速直线运动的加速度是多少?"同学们都蒙了,好像上课老师没讲过,要我讲讲,我不屑一顾:"0。"

望见老师远远的背影

庙虽小,僧人的学问不一定就浅。

风云际会,因为一个特殊的年代,在那个乱坟堆上建起来的学校里,可以说,几乎聚集了小山城里一批学问深浅难测的人。

教我们的老师里有两对夫妻,一对教物理,女方姓纪,男方姓施;一对教化学,女方姓叶,男方姓顾。

纪老师性格风风火火,上课的语速很快,板书也很有力,粉笔在黑板上游走,总听得到唰唰唰的声音,写出的字,拽胳膊伸腿。一堂课上到半途,会叫起同学回答问题,看看听懂了没有,不过让纪老师满意的时候实在不多。一见两三个同学低了头站着,一个字也回答不出来,她就皱起眉头,头歪着,身子靠在黑板上,十分不明白的样子:

"这样讲,怎么就听不懂呢?"

于是,就让我来回答。我站起来,回答了,她就一副释然于怀的模样:

"看来不是我教的问题,是你们学的问题。"

等到高二时,施老师接了纪老师的班来教我们。施老师高高大大,可性格与纪老师截然不同,他斯斯文文,讲课的声音也不高。冬日里穿一件暗青的涤纶棉布袄,袖子长长的,他也不挽起来,因为在黑板上写字,袖口总沾了许多白色的粉笔灰。他很有耐心,总会举一些生活中的例子来说明课本中的道理,同学就好懂了许多。

不过,他夫妻俩除了上课,从来不和我们同学接触,我们也很难在课外见到他俩的影子。所以,在我的印象里,他夫妻俩总是很高冷,不好亲近。

有一个黄昏,我在泡桐树林外的荒河滩上,望见他俩相依站着的背影,即将快要落山的斜阳,将他俩的身影照在乱石滩上,细长细长的。偶尔一个转头,附在另一个耳边说些什么,冬天里的山风将早已脱尽最后一片叶子的河柳吹得枝条乱舞,吹得阳光里也是冷意深深。

那情景至今想起来,依旧十分温馨又十分寂寞。

不一会儿,太阳落山了,乱石滩上朦胧起来,他俩往回走,看样子,似乎总是纪老师搀扶着施老师,小心他脚下的每一步。

用我们班主任的话来说,他俩那才是天生的一对。

教化学的叶老师,小巧玲珑,一张瓜子脸,文文静静,说话轻声慢语,从来不急,也不生气。我是化学课代表,经常去她的房间里,或送去作业本,或取回已经改好的作业本。

我第一次捧了作业本,去叶老师那里,都不敢进门,我从来没有见过那样素净的房间布置,小小的方桌上铺着水青的桌布,上面还压着一面玻璃,茶盘里的茶杯上也盖了水青的手帕,东西不多,摆得错落有致,纤尘不染。

叶老师好像刚煎好药,桌子上有一碗药,散发出淡淡的药味。见我站在门口,就说:

"进来呀,把作业本放在方桌上。"

她告诉我,以后作业本收好了,若她在,就放在桌子上,若她不在,门锁了,就放在门口的方凳上。

我交作业的时候,她常常会问起同学们对她的课的反映,我都说很喜欢,她似乎半信半疑,点点头。

有一天,半路上遇见,她夹了一个我熟悉的花格子提袋,神色匆匆。见了我,她迟疑了一下,压低声音跟我说,别告诉别人,课外活动时到她那儿去一下。

站在那张铺着水青色桌布的方桌前,她问我是否听到老师或同学对她的议论,言语间似乎很焦虑,我摇摇头,确实没听说。她说有人正在准备诬陷她,要置她于死地。

我不知道发生了什么事,心里有些发毛。

没过几天,听人说,叶老师去省城治病了。可她再也没有回来,好几个星期,我们的化学课都停在"苯和烃"这一章。

终于,学校安排她的丈夫顾老师接了她的课。顾老师是江南才子,高挑的个子,瘦俊的脸庞,任何不经意的举止,都让人觉得风流倜傥。他上课既不带教科书,也没有备课本,空了两手,晃荡进教室,在讲台前一站,开口说:

"上一节课我们学到了……"从来不会有差错。

我收了同学的作业本,送到他的房间里,他总是让我坐在那张方桌前,替他批改作业,改好了,让我重新捧回去。

　　我曾经问过好几个当年的同学,对教英语的张老师的印象,他们和我一样,似乎对张老师妻子的印象远比张老师来得深。张老师的英语发音很特别,与初中里教我们的老师大不一样,后来我才知道,那是纯正的美式英语。可怜他从"Long live Chairman Mao"开始教我们,然后一个音标一个音标地教,等到高二要开始教语法,英语课却停了。

　　张老师的妻子很漂亮,见过的人都不会忘记。她不太出门,整天在房间里,似乎也不工作。到食堂里蒸饭、打菜的,都是张老师。

　　有一次,张老师正在给我们上课,教室门被推开了,张老师的妻子站在门口,穿了一色的银白衣裤,哭丧着脸,说是头痛,有些凌乱的头发也遮不住其美貌。张老师二话没说,三步并作两步,带他妻子上医院去了,讲台上还摆着他的备课本。

　　男同学说,张老师妻子的美叫妩媚,女同学说,张老师妻子穿的那套银白衣裤叫睡衣。虽然考试我回回拿第一,可这些我一点也不懂。

　　教语文的洪老师孤身一个,一家老少都不在身边。上课时,嘴里总是含着一颗糖。他给我们上《葫芦僧乱判葫芦案》一课时,从"如今且说贾雨村授了应天府,一到任就有件人命案子详至案下"开始,一直到"后来到底寻了他一个不是,远远地充发了才罢",他不看课本,徐徐背来,一字不落,中间还不忘点出作者如此写的用意,让我们惊诧不已,视作神话,呼为天人。

水泵房轰轰作响

一上高二,学校就安排学工。

学校有工宣队,不过我们经常见到的就一个人,大家私底下称之"洋喇叭"。这个奇怪的称呼究竟因何而来,不得而知,大概是因为他的做派。他长得倒是要身高有身高,方方正正的脸盘,一副干部的模样,梳一个大背头,油亮油亮的,用我母亲的话来说,苍蝇飞到他的头上,一不小心就要跌断腿。同学要入团,必须经过他签字批准。

他原是电厂的工人,有些口才,就被选进工宣队,常驻学校了。我们学工,自然就选了他所在的电厂。

记得区上像模像样的工厂有三个:一个煤矿,在离学校十几里的一个山坳里,听说过,没去过。再就是沿江两岸各有两个标志性建筑:高高水泥塔的是化肥厂,冒白烟的红砖烟囱是电厂。三者似乎很有关联,煤矿挖出的煤供电厂发电,电厂发出的电供化肥厂生产化肥,多是尿素和氨水。

出了校门,走上三里路,就到电厂门口。门卫收下学校开出的介绍信,让我们进厂区。一地的碎煤和煤渣被夜里的雨水清洗得十分硌脚。厂区分成两块,左边是数层高的厂房,轰轰隆隆的声响不绝，工人穿了大头翻毛靴子进进出出，最醒目的就是那座数十米高的烟囱，袅袅的白烟不停地从烟囱顶冒出，悠悠扬扬，最后消失在远空里。右边是生活区，食堂、宿舍、球场，大会堂沿山坳的地势阶梯式建起。

厂领导郑重其事，声情并茂地介绍了电厂时间虽短却十分光荣的厂史，甚至细到厂篮球队一年一度在县里比赛所得的名次。

而我念念不忘的是刚刚参观过的一排排工人的平房宿舍，绿漆漆成的门窗，简单而朴素的房间，一床、一桌、一椅，都印了电厂的厂名，自然是公家发的。宿舍前搭了紫藤架，还种着月季、向日葵、冬青。

我最向往的是能够分到炉前工班组，电影里，宣传画上常常有这样的镜头：头上戴着有护目镜的帽子，脖子上围了白毛巾，脚蹬翻毛靴子，手握铁锹，用力地将一铲铲燃煤扬进炉子里，既潇洒又有豪情。

好不容易等到宣布分班组名单，我很遗憾地被分到水泵班组。

水泵房在厂区外的江边，一个独立的小院子，四台大型水泵，两台备用，两台运行。

和值班的师傅一同坐在值班室里，面对几个仪表，听水泵轰轰地响着。唯一可做的工作就是半小时抄一次仪表的数据。

轮到大夜班，子夜十二点上班，困得很。我常常走出值班室，站在院子外的江边，让徐徐江风吹散排山倒海而来的睡意，看星星渔火在夜色沉沉的江水上游动，那是不多的几户渔民正在撒网或收网，江面上不时地会有鱼儿跃出水面，发出跌落水中的击水声。对岸就是街，临江的木板房静静地酣睡在夜色里，偶尔会有一扇窗户亮出灯影来，大概是老人起夜。与喧嚣的白天相比，简直是另一个世界。跟班的师傅不善言语，在一起值班，也没有多少话，我提起工宣队长的"洋喇叭"，言语间他似乎有些不屑，用他的话来说，就会一张嘴。那时对我这样一个社会最底层的农民的儿子来说，工人的生活简直就是在天堂里，连吃饭的碗筷都由公家来发，这个票那个票，样样都不少。可师傅不知怎么，经常唉声叹气，那时我年少，也不敢问。只是听他唠叨，进厂第二年就拿三十二块钱的月工资，如今大儿子都上初中了，还是三十二块钱的工资，不知何年是尽头。他对我们的学工似乎也有看法，用他的话来说，学生不在学校好好读书，来厂里学干活，纯粹是发高烧烧的。干活以后干得趴在地上的机会都有，可读书不一样，过了年龄就没机会了。

　　站在江边的一个个夜晚，伴随着寂寞和无聊，似乎也有了许多的空虚和茫然。以往觉得当工人是一种高不可攀的奢望，而今学了工，当工人似乎也就那么回事，就像师傅一样，守了几台水泵无所事事地过了一天又一天，唯一变化的，就是大夜班、小夜班和白班的区别。

　　最兴致勃勃的一件事是师傅让去食堂取值班夜宵。深夜的路上没有行人，只有路边的草丛中蟋蟀的低吟，偶尔青蛙叫几声。昏暗的灯光里，食堂仍然热气腾腾，锅炉鼓风机轰轰地响。

一人一碗稀饭,一份榨菜,还有两个包子,师傅有个手提的罐子,可拆开分几层,拎起来特方便,一个来回也要一节课的时间。偶尔碰上同学,问问情况,也和我差不多,觉得很无聊。

回到值班室,和师傅一起吃了夜宵,就等着天亮了。

学工的另一收获,是让我知道天怎么一点点亮起来。天要亮之前,会有一段黑下来的时间,让人误以为夜更深了,然后在远山与天际交界处露出一些白来,将山和天分开来,然后江那边的房子也渐渐出现朦朦胧胧的影子,一不经意,整个山、水、河边柳都出来了,天真正地亮了。

三个星期的学工,就这样稀里糊涂地结束了,临分别,我买了两本簿子,送给师傅,让他给上初中的儿子用。

再见,师傅。再见,轰轰作响的水泵。

世界似乎很逼仄

在高中的日子里,我对生活的改变没有半点幻想,一切都是那样铁板钉钉:生长在城市里的人,户口是居民,高中毕业,就可以等待分配工作,差的当工人,好的进入机关,当干部,有工资领,有宿舍分,有各色各样、花花绿绿的票证发,粮票,油票,肥皂票,肉票,烟票,不一而足。而像我一样,出生在农村的,户口是农村的,高中毕业,毫无例外回农村,面朝黄土背朝天就是宿命,割麦,莳秧,收玉米,担番薯,生在草上,活在泥里,葬在土中。

不容怀疑,无须思考,也无法撼动,一切都理所当然,一切都由无形之手——制度——安排好了。

在高中的日子里,我的世界,如果以出生的村子为中心点,画一个圆圈,半径不会超过十五公里,圆圈之外的世界是一片白茫茫的,不知所以。听说过火车,听说过轮船,见过但没有摸过电话,讨论过县委书记以及更大的干部究竟要不要屙屎?最熟悉的当然是村子的四周,我知道哪一座山腰里有野生猕猴桃可摘,哪一个水湾处有桃花鳜可摸。我知道昨天有媒人上门,给邱家的女儿做媒,介绍的男人就在离村不远的里坑村。我知道黄家的媳妇就要生了,她婆婆拆了一些破旧衣服,晾晒在门前的竿子上,准备做小孩的尿布。

老师教的知识都很抽象,于我没有一点点的感觉,在自己的生活里也找不到对应,开创新时代,培养新人,辉煌前程,改天换地,天翻地覆,这一切,也仅仅是一个个的词,我知道一个个的读音,造句或写作文时可以用到,离生活却十万八千里,根本搭不上关系。

我生活的世界,昨天和今天没什么不一样,也看不到今天与明天有多少改变,甚至我根本也没有想到生活会有改变。

每周来回的二十几里路上,几乎连多少粒石子都差不多数清了。周六的午后,一大帮人走出校门,紧赶慢赶,总是走到那股四季不断的山泉旁,歇一歇脚,大家轮着,喝上一肚子泉水,再接着赶路,过了一个村庄,队伍中的人就少几个,就近的同学分手到家了。接下来就是那片隔了竹篱笆的菜地,菜地里随着季节的轮换,萝卜收了,四季豆爬上了架子,四季豆枯藤了,辣椒、茄子密密麻麻地挂着,像田地里的人一样,没有一时半分的空闲。

过了菜地,不一会儿就到了那熟悉不过的渡口,如果渡船还在对岸,我们就在河边的老槐树下等着,等多长时间没有定数,就看对面的人什么时候过河。

初夏的渡口,尽是声音悠长的蝉鸣,秋风起时,一地乱叶。渡口离那一湾深潭不远,深潭边依旧是那一对上了年纪的夫妇,在盖了箬叶棚子的小船上,收网捕鱼。一对鹭鸶各站在船头斜伸出的木架上晒羽毛,时不时地张开两翼,晃晃身子。

那条渡船总是长年累月地漏水,船底一汪积水不断,浅不下去,也深不起来。要过河的人自己撑,到岸了,船篙往船头一插。

上了岸,队伍就不成队伍了,只剩我们同村的两个人,再走完十里路,到家了。

到了周日的午后,故事重复,只是队伍会越走越大,就像一卷昨天的胶卷,只是倒过来放了。

我能够在高中一天天地挨下去,也是因为除此之外,我没有任何的抉择。若让我选,我早就进生产队当社员了,可父亲只允许我简单而粗暴地一条道走到黑。我不敢问为什么,其实即使问他,他也答不出来,他只是着了魔似的要我读书。

当然,就兴趣而言,我对书还是一往情深的。有一天,我从同学处借到一本没头没尾的旧书,一路读下去,讲的是一些昆虫的故事。在那本书里,我第一次知道,最熟悉的知了,其卵产在树上,孵化成幼虫,就要钻入泥中,竟然要在黑暗的地底下生活好多年,然后钻出泥土,爬上树的缝隙里,隐藏好身子,慢慢地变成蛹,又羽化成蝉,终于在一阵风里叫开来。多年以后我才知道,当年读的,是法布尔的《昆虫记》。这本书让我很尴尬,因为同学急着要我赶快看完还他,我去食堂蒸饭的路上也边走边看。因为洗米,顺手就将书搁在窗台上,等我将饭盒放在蒸笼里,回头拿书,书却不见了。

我焦急地四处乱找,怎么也不见书,身上已出了冷汗。这可怎么办呀?惴惴不安地过了两天,同学催我还书已经好几次了,我实在隐瞒不了,只好坦白,书不见了。同学要我赔,至少要一块钱。这一块钱对我来说几乎是天文数字,只好拖着。没两天,这同学就采取了措施,上数学课时,我怎么也找不见数学书,再过两天,化学书也不见了,我才明白,是那个借给我书的同学拿走了。

我不敢吭声,装着没事一样,可心里焦急得要起火了。

谢天谢地,过了两个星期,竟然在原来搁书的窗台上又发现了那本书,照原来的样子,静静地躺在那儿,拿走的人还回来了。我欣喜若狂,不敢相信这是真的,生怕是做梦一场。可书确确实实还回来了,一页不多也一页不少。我一刻也不敢耽误,飞速跑回教室,将书还给了同学,自然,我的数学书和化学书也悄无声息地回来了。

直至今天,我都十分感谢那个拿走我的书又还回来的人,在丢了书的那几天里,我真正体验了一把身临绝境、走投无路、焦虑无援的感受,甚至怀疑,这学还要不要再上下去? 我至今也不知道拿走书的是谁,原封不动重新放在原位置的原因又是什么,唯一真实的是书重新回来了,我的命运之舟以为就要顷刻颠覆,谁知只是轻轻地摇晃了一下,又恢复了平衡。

猎猎红旗飘在河沿上

初夏时节,满地金黄的油菜花已经谢了,略呈银色的叶片间结出细长的油籽荚。天将亮未亮之时,山里的鹧鸪唱起了"插禾,打麦"的晨歌。

队伍前头飘着"向贫下中农学习"的学农小分队红旗,我们人人肩上扛了扎成四方四正的行军铺盖,来到一个名叫河沿的生产队,说是帮助春耕。现在想起来,别说帮上了什么忙,倒是给队里的社员添了不少的愁。

到了村上,已经中午,太阳近头顶,有些热起来。男同学六人一组,住进了社员的家里,楼板上早早为我们铺了一层厚厚的稻草,看来生产队里已经布置过了,隔年稻草的清香熟悉得很。因为蒸不了饭,我们都被安排在社员的家里吃饭,据说这叫同吃同住同劳动。住没问题,吃可就让生产队里的社员为难了,一帮半大不小的孩子,正是狼吞虎咽的年龄,没有满满一饭甑的米饭和几个有油水的菜,哪里喂得饱? 实际上,我们生在农村的都知道,那刚好是青黄不接之季,大多社员家里也是米瓮将要见底,我们一到,还不是愁上添愁?

意气风发、立志建设新农村的我们自然顾不到这些,卸下铺盖,就走户串门,看看别的同学住得怎样,叽叽喳喳,你说我挺好,我说他不错,村里的几条狗没见过世面,来了一大帮生人,也不知发生了什么事,紧张得四处奔跑,伸了脖子一阵乱叫。

班里的一个女同学就是河沿村的,自然,一些女同学就嘻嘻哈哈地挤在她家,弄得她母亲只是搓着两只手,脸上不自然地笑着,不知如何是好。我们从门前走过,一个劲地让我们坐坐,我们推说住的地方还没安排好,就匆匆走开。那时刚好是对女同学既感兴趣又不敢接近的年龄,人人都很敏感,一有风吹草动,就会满城风雨。

河沿村的名字取得既写实又写意,村后一脉青山,东西而去,村前一湾清河自西向东流淌,河边上,牛羊出没,柳枝依依。其间一片平畴,就是千年以来村里人劳作的天地。

学农其实就是干农活,白天割麦、拔秧,对我们这些农家子弟来说,驾轻就熟。不过,也有在家从来娇生惯养的,割麦扎不成把,拔秧系不成捆,惹来一阵讪笑。

和社员们一起劳动,学生和社员的表现完全两样,我们队伍整齐,学农小分队的红旗领头,唱着歌,来到地头,红旗一插,一声令下,齐刷刷就干起来。社员的干劲远不如我们,出工到地里去时拖拖拉拉,到了地里,干起活来,不是直起腰点旱烟,吧嗒吧嗒抽,就是停了手中的活聊天。我们是来向贫下中农学习的,看情景好像贫下中农要向我们学习。

没几天,一件事让我被好多人莫名讪笑。那天出工,我点名,发现少了两名女生,就问怎么了,班长说是请假了,我疑惑地问,生病了?班长不置可否,一旁的一个女生说,不是生病,是那个。我一脸迷茫,什么那个?那个女生脸红了。我觉得好生奇怪,就盯牢她,不问出个子丑寅卯不罢休。几个女生吃吃地笑,几个男生也一起笑,我有些生气,原因都说不清楚,怎么就请假了?班长见此情景,凑近来跟我说老师同意的。既然老师同意,我也不好再说什么了。不过一天下来,我也没有搞明白,无端端地,她们怎么可以不参加劳动,老师还同意?

晚饭后,老师从学校赶回来,我还是将两个女生没下地的事汇报了,老师说他知道的。我说她们也说不清请假事由。老师笑笑,女生一个月总有几天不方便,你不懂?我"噢"了一声,装着明白了,其实心里还是不太服气,有什么不方便?娇气呗。

割了几天麦子,拔了几天秧,听队里的意思,希望我们的学农能早点结束,于是,不到十天,我们又扛了红旗,打道回校了。望一望河沿的柳林,似乎比来时又浓了许多。

中学时代,学了工,学了农,就差了学军,这个圆圈,一直到上大学才画圆。

空白的毕业留言本

站在学校的操场上,凝望远处的山,弧形的山脊曲线延绵而去,山坡上尽是裸露的泥石,呈黄褐色,山岗上唯一一棵不知名的树,仿佛立于天际线上,婆娑的枝丫肆意伸展,余晖残照,在蔚蓝色的天空里留下令人难忘的剪影。

明天就要毕业,正式离开学校了。想想自己,今天也许是一生中最后一个当学生的日子,说不出是有些感伤,还是兴奋。

前几天,同学问我,毕业了,准备干什么,我觉得这个问题似乎是脱裤子放屁,有的选吗? 当农民呗。同学说,当农民也有得选呀,学做木匠、篾匠、弹棉花、养蜂。我问他想干什么,他竟然说要学打铁,我想想也对,他那大块头,挥舞铁锤,一定是好把式。可我不行,瘦弱矮小,也许学个编筐织席,倒行。不过,我还是想当一个植保员,研究稻子的生长,找到增产的办法。初中时,老师上农业课,二十四个节气我可以倒背如流,农业八字方针"土、肥、水、种、密、保、管、工"滚瓜烂熟。

可惜,直至读完高中,除了课本,我还没有买过一本书,一来书店里确实没有书,除了领袖著作和一些宣传画,就是讲木工、油漆、锻造之类的。二是确实没有买书的实力,袋子里的钱,最

多也没有超过两毛。前些日子，同寝室的一个同学在北京工作
的舅舅，给他寄来了一本《铁道游击队》，我纠缠了好多天，最后
答应替他值日搞卫生到学期结束，并保证两天后归还时没有一
丝折痕，干净如新，才弄到手看。为了两天里看完此书，第二天
夜里熄灯，等值日检查老师走后，我装着上厕所，将书藏在腋下，
蹲在臭气熏天的厕所蹲位上，借昏暗朦胧的灯光，把书看完。记
得最后想站都站不起来，几乎是扶了墙壁，才好不容易回到铺
上，一躺下，那股舒坦劲儿贯满全身。

　　可惜，直至读完高中，除了课本上的，我几乎没有完整读过
任何一本写于1949年以前的书，之所以说"几乎"和"完整"，现
在回想起来，因为托评水浒的福，读过《水浒传》，报纸上老说"宋
江架空晁盖"，我看了半天，也没找见其中的玄机，大概还是底子
太差，水平不够。还读过半本张天翼的《大林和小林》，其实当时
并不知道这书是谁写的，书名叫什么，没头没尾没封面，还断成
两截，要小心地拼着读，后来上大学才明白。不知道《论语》《孟
子》，不知道《诗经》《楚辞》，不认识李白、杜甫，更无论苏轼、李清
照。除了知道鲁迅，不知道世上还有巴金、老舍。我以为，这个
世界上，所谓的知识，就是语文、数学、物理、化学。英语算不上
学问，也从来没有见过一个外国人，学了顶屁用。

　　可惜，直至读完高中，除了高尔基的"在苍茫的大海上，狂风
聚集着乌云，在乌云和大海之间，海燕像黑色的闪电高傲地飞翔
着"(我好多年无法理解海燕的"高傲"，高傲不是缺点吗?)，我没
有读过一本外国人写的书。

就这样，我就算高中毕业了。

回到班里，好多同学正互相在对方的本子上写毕业赠言，我不知道有这一出，也没准备本子，其实也没有钱买同学手上那种塑料皮封面的本子，于是想走开。

一个女同学将自己的本子摊在我面前，说："怎么样？给我写几句吧？"

我有些不知所措，这个女同学就是当年读初中时互相递过小字条的，上了高中，同在一个班。

至今我也没有明白，因为初中时，互递小纸条的秘密，一直在我的心底，以至于见到她，既有说话的冲动，更被一种莫名的羞愧所压抑，同在一个班，已经两年了，似乎平时也难得说几句话。

每次周末放学回家，我们都走的同一个方向，只不过出校门三四里路就要分开，我随一伙同学往河东走，她随一帮同学沿河西走，虽然我也可以沿河西走，可不知为什么，我总是选择了往河东走。隔河相望，我们都能各自看见对方的队伍，在河柳掩映的土路上，明明灭灭。

一次周六放学回家，不期然地，在校门口遇见，她主动对我说：

"你为什么总是往河东走？若往河西走，翻过我家后面的那座小山，不就是你们村吗？近得多。"

我说："没走过。"其实，那条路我曾听人说过。

"就那么一条路，又不会迷路到哪里。"

于是我听从了她，第一次往河西走。

队伍渐走渐短，就近的同学，一个个离开队伍，回家了。最后，只剩下我俩。她提议，上她家喝口水再走。

她家坐落在一面朝阳的山坡上，左右零零落落，还有几户人家。冬日的午后，大人们都出工了，屋前屋后静静的，篱笆边的一群小猪，哼哼哼地拱着新鲜的泥土。

推开门，家里没人，她父亲一直在外工作，弟弟大概放学还没回来，母亲也许也出工了。两个人似乎都想说些什么，可就是找不到话头，我喝了水，说要走，她让我等一下，就从后门出去。一会儿，提了两根甘蔗回来，削了皮，斩成一节一节，让我带上，说爬山会口渴，又说甜的东西添力气。我选了两节，说什么也不肯全带上，她有些生气：

"要么全带上，要么一节也别带。"

我没说话，拎起自己的瓶瓶罐罐就走，重重的脚步惹得散落门前觅食的一群鸡惊慌失措，一阵乱飞。

一路上，疾步如飞。上了山岗，回望，隐隐约约可以见着她家的屋子，我似乎有些后悔。此后，在班里，我们之间的话更少了。

我翻了翻前面同学给她写的赠言："广阔天地，大有作为。""愿你是一只海燕，在未来的天地里展翅翱翔。""做一个有出息的人民的好学生。"心想豪言壮语都被他们引用尽了，还不如写几句自己的话，于是我就写下一句"每一个眼光都值得记取，每一个日子都值得回忆"。

她端详了一下，问我："这是谁说的？"

"记不清了,总是名人说的吧。"我含含糊糊地说。

"那我给你写两句。"

我确实有些难为情,只好实话实说:"我没钱买本子。"

走出教室,清清淡淡的月色下,不远处的河边,有渔火明明灭灭。打鱼的人们,还正忙着自己的生计,而我,似乎什么也没有明白过来,就要迷迷茫茫地,去过另一种生活了。

后 记

曾经有人问我:旧乡究竟在哪里?

其实,旧乡在江南,是一个村,一个乡,一个城。于我来说,更有另一个意思。

想当年,为了离开旧乡,可谓竭尽心力。后来,为了生计,离开旧乡,漂泊异地,却发现,无论自己的言语声调、行为习惯,还是思考方式,无一不带着旧乡的印记,原来,旧乡一直藏在自己的行囊里。

1941 年,奥地利作家,身为犹太人的茨威格被迫流亡到巴西,面对战火纷飞,一夜之间化为断垣残壁的旧乡——欧洲,心力交瘁,于是他开始写《昨日的世界——一个欧洲人的回忆》,描绘他记忆中的欧洲。在这部书的扉页上,他引用莎士比亚剧作《辛白林》中的一句话作为题词:"我们命该遇到这样的时代。"在序言里,他说道:"我似乎觉得,为我们所经历过的那种紧张而又富有戏剧性的生活做证,是一种应尽的义务,因为每个人都是那些巨大转变的见证人,而且是迫不得已的见证人。"

"迫不得已的见证人",说得多么精到。

也许,这就是我写下这些的冲动与理由。

2022 年秋

文艺新实力
NEW FORCES OF LITERATURE

已出书目：

《茶洲记》

《如在》

《小小悲欢》

《县联社》

《在这疾驰的人间》

《行囊里的旧乡》